D1730767

Bibliografische Information der Deutschen Nationalbibliothek

Die Deutsche Nationalbibliothek verzeichnet diese Publikation in der
Deutschen Nationalbibliografie; detaillierte bibliografische Daten
sind im Internet über http://dnb.dnb.de abrufbar.

© 2024 Jung und Jung, Salzburg
Alle Rechte, einschließlich der Vervielfältigung, Veröffentlichung,
Bearbeitung und Übersetzung, bleiben vorbehalten
Umschlagabbildung: Vintage Victim © Micosch Holland
Umschlaggestaltung: BoutiqueBrutal.com
Druck und Bindung: GGP Media GmbH, Pößneck
ISBN 978-3-99027-403-3

MIX
Papier | Fördert
gute Waldnutzung
FSC® C014496

Saskia Hennig von Lange

HEIM

Roman

I

1

Sie liegt neben mir. Sie schläft. Ich streiche durch die Luft, über ihren Kopf, den Nacken und den Rücken entlang, ohne sie zu berühren. Sie soll nicht aufwachen, sie soll weiterschlafen. Wenn sie schläft, ist sie ganz da. Wenn sie schläft, habe ich Mami für mich. Ich richte mich vorsichtig auf, das macht ein Geräusch. Ich atme aus. Sie bewegt sich, aus ihrem Mund kommt etwas, ein langer Atem, an dem ein Ton klebt. Ihr Haar rutscht über meinen Unterarm. Sie löst es nur, wenn sie sich hinlegt. Meine eigenen Haare sind kurz, jedes einzelne. Papa und Berti haben sie mir an Ostern geschnitten. Ich saß im Korbstuhl auf der Terrasse auf einem wackeligen Kissenberg, Papa und Berti mit Kamm und Schere um mich herum. Meine Locken fielen auf den hellen Steinboden und ich stürzte hinterher, um nach ihnen zu sehen. Ich habe mich zu ihnen auf den Boden gelegt, die Wange auf den kühlen Steinplatten, und sie mit den Außenkanten meiner kleinen Finger zu einem Haufen zusammengefegt. Aber der Haufen hat mir nicht gefallen: Da lagen nicht nur meine Haare, da war auch Staub, und da waren Grashalme und Krümel vom Kuchen, ein großes Durcheinander. Also habe ich die Haare herausgenommen und eins ans andere gelegt. Das war nicht leicht, wegen der Locken, das hat lange gedauert. Oben hat Berti immer weiter an mir herumgeschnitten, es wurden immer mehr Haare. Eine fürchterliche Unordnung. Das fand Mami auch, als sie dazukam. Mit ihrer lauten Stimme. Ich kann sie in meinem Kopf abspielen, so wie Papa im Keller seine Platten abspielt. Ich kann sie anschalten und dann hören, was sie damit gesagt hat, doch meistens lasse ich sie lieber in ihrer Schachtel. Ich mag Mamis Stimme nicht leiden. Deshalb habe ich auch nicht zugehört, als sie damit über Berti und Papa und mir herumgefuchtelt hat. Aber in meiner Kopfschachtel ist sie jetzt trotzdem, da kann man nichts machen, da kommt alles hinein. Jedes Schreien, jedes Geflüster. Alle Worte. Aber ich will sie mir nicht anhören und auch nicht an sie denken. Ich mag Mami lieber, wenn sie still ist. Wenn sie schläft. Am liebsten mag ich sie, wenn sie schläft. Neben dem Tagesbett, auf dem Fußboden, ist ein kleiner Stapel Papiere. Mamis Füller. Ich lehne mich vor und streiche darüber, ich fahre über einen der rauen Umschläge, lasse meine Hand kurz darauf liegen. Ich spüre Mamis Haare weich auf meinem Arm. Eine leichte Decke. Ein Fell. Gerade stört es mich nicht. Die Sprungfedern drücken hart gegen meine Brust, meine Hand schwitzt. Das Papier wird sich verformen, ich weiß es und nehme sie doch nicht weg. Ich sehe meine Hand und die Linien, die darunter hervorkommen. Zeichen und Striche, wie Ameisenbeine, und meine Hand ist ihr Körper. Sie wollen davonlaufen, aber ich lasse sie nicht.

Jetzt ist sie wach. Sie rührt sich nicht, ich weiß es trotzdem. Ihr Haar hängt immer noch über meinem Arm, es ist kalt und schwer. Als wäre es nass. Ich hebe die Hand. Da ist ein welliger Fleck auf dem Umschlag. Sie räuspert sich, noch steckt der Ton in ihrem Hals. Ich richte mich auf. Ich sitze auf der Bettkante zu ihren Füßen und schaue nach draußen. Das Fenster reicht bis zum Boden und ist doch keine Tür. Ich sehe die hohe Tanne, ihren großen Schatten auf dem Rasen und wie das Gras dort weniger grün ist. Zwischen jedem Grashalm die Erde. Und in der Erde Milliarden von Tieren. Milliarden winziger Körper, die ich zählen könnte und doch nicht zähle. Die ich nicht zu zählen brauche, denn ihre Zahl steckt schon in meinem Blick. Und hinter dem Baum der Zaun. Papa hat ihn gestern gestrichen, ich stand dabei. Ich hätte gerne einmal meine Hand auf den vom Lack feuchten Zaun gelegt, aber ich wusste schon, dass Mami das nicht gefallen würde. Weil es der Nachbarin nicht gefällt. Die Liege ist so schmal, Mami berührt mich, als sie die Füße an mir vorbeihebt, ihre Nylons streifen meinen Rücken. Bevor sie aufsteht, sitzt sie einen Moment neben mir. Wir sitzen nebeneinander, wir schauen beide nach draußen. Ich sehe die unscharfe Spiegelung unserer Körper im Fensterglas. Ich strecke meine Hände danach aus. Sie greift sich in die Haare, dreht sie zu einem Knoten. Sie hält ihn mit der Rechten zusammen, während sie mit der Linken nach den Haarnadeln angelt, die zwischen den Papieren liegen. Ich sehe das alles im Fenster und spüre es auch neben mir. Wie ihr Rücken sich bewegt, wie ihre Hand herumwischt, wie die Umschläge dabei über den Boden schaben, an meine Zehen stoßen. Das Sehen, das Spüren und die Geräusche, die Mami macht, vermischen sich, das ist mir unangenehm. Ich rücke ein Stück zur Seite. Als sie sich weiter nach vorn beugt, berührt sie mich mit ihrer Hüfte. Der Wollstoff ihres karierten Rocks rutscht über meine Cordhose. Jetzt steht sie schon. Das

Karomuster schiebt sich vor das Bild von uns, das ich gerade noch in der Fensterscheibe gesehen habe. Die Mittagsruhe ist vorbei.

Tilda hält den Anblick kaum aus: Wie sie da sitzt, so plump und klein. Können ihre Haare nicht am Kopf anliegen, kann sie nicht den Rücken gerade halten? Tilda könnte ihr Knie da hineinbohren, in diesen Rücken, zwischen diese schlappen Wirbel, so sehr stört sie dieser Anblick, aber das gibt ja doch nur Geschrei. Und nach einer Sekunde ist sie wieder krumm. Schon wieder war Hannah an ihren Sachen, hat alles auf dem Boden verteilt. Wieso kann sie nicht in ihrem Zimmer bleiben, wenn ich schlafe? Ich habe es ihr schon tausendmal gesagt, denkt Tilda, sie hört einfach nicht auf mich. Schleicht heran, legt sich neben mich, fingert an mir herum. Tilda richtet sich auf. Ein kleiner Troll, mit ihren schwarzen Augen, den wilden Haaren. Wenn Tilda nicht aufpasst, verhext das Mädchen sie eines Tages im Schlaf. Aber sie muss sich doch auch einmal ausruhen. Sie kann doch nicht immer wach sein, Hannah nicht dauernd im Blick haben. Sie muss mit Willem reden, auf ihn hört sie. Aber der sitzt unten, im Hobbyraum, mit seiner Musik, und raucht. Merkt gar nicht, was hier oben passiert. Jetzt muss sie erst mal aufräumen und dann Hannah vom Boden weg und an den Tisch kriegen. Das wird schwierig genug. Doch es ist Sonntag und Zeit für Kaffee und Kuchen.

Mami ist in die Küche gegangen. Ich knie im Halbdunkel auf dem Holzboden vor der Liege und streiche über den hellen Überwurf. Von nebenan fällt in Streifen

Licht herein, das stört mich nicht. Da sind schmale Falten in der Decke, die verschieben das Würfelmuster. Ich streiche mit dem Daumen darüber, wieder und wieder, die Falten verschwinden davon nicht. Ich versuche mit dem Daumennagel eine Reihe gerade zu halten, doch wenn ich hinten angekommen bin, ist vorne wieder alles schief. Die Decke besteht aus winzigen Karos, drei davon gehen auf die Länge meines Daumennagels. Unter die Fläche meiner Hand passen vierhundertneun ganze und einhundertneunundvierzig angeschnittene Kästchen. Diese Zahlen sind nicht aufgetaucht, halbe Sachen zählt mein Blick nicht. Ich musste den Umriss meiner Hand abzeichnen und dann die Karos zusammenrechnen. Ich habe die Zahlen in den Umriss hineingeschrieben. Mit Zahlen kenne ich mich aus. Sie hat die Decke gewaschen und wieder gewaschen, ein Schatten ist geblieben. Wenn ich meine Hand darauflege, verschwindet er. Meine Hand ist größer geworden. Ich wachse, das ist normal, sagt sie. Ich bin sieben Jahre und einhundertachtundzwanzig Tage alt. Auf der Decke sind nicht nur Karos, da ist auch noch ein anderes Muster. Das sieht man nicht leicht, nur wenn man den Kopf nach hinten legt und den Blick schräg über die Decke hält, dann sieht man es. Es ist schwierig, diesem Muster zu folgen, ich gehe dichter heran, ich beuge mich weiter nach hinten. Heran und nach hinten, heran und nach hinten. Die Liege quietscht, das Bild kommt und geht. Mit dem Zeigefinger fahre ich über das Muster, ich verliere es. Ich greife nach dem Füller, so geht es besser. »Hannah«, sie steht in der Tür und sagt meinen Namen. »Hannah, Hannah!« Sie sagt ihn immer wieder. Ich mag meinen Namen, man kann ihn in der Mitte zusammenfalten. Man kann ihn auf einen Zettel schreiben und den Zettel dann in der Mitte falten, das hat Berti mir gezeigt, ich habe es nicht vergessen. Man kann den Zettel in die Hosentasche stecken, in eine Kopfschachtel oder in den Mund. Einmal habe ich ihn hinuntergeschluckt, er ist nicht wieder herausgekommen. Ich bin fast fertig, ein blauer Strich quer über die Liege. Sie kniet jetzt neben mir, sie reißt mich an sich, sie schüttelt mich. Ich mache mich los, ich will das zu Ende bringen. Ich will auf die Liege, sie zerrt an meinem Fuß, ich bin doch gleich fertig, dann komm ich ja! Sie lässt mich nicht los. Sie ist stärker als ich, ich gebe nach. Aber ich wachse. Eines Tages bin ich so groß wie sie.

Sitzen bleiben und rauchen, eine Zigarette an der nächsten anstecken und nicht mehr aufstehen. Nur an den Aschenbecher auf dem rechten Oberschenkel denken und dass der nicht herunterfallen darf. Eine Flasche Bier auf dem Boden. Der Clubsessel ist niedrig genug, dass er an sie heranreicht, ohne sich zu strecken. Wenn alles so leicht ginge wie der Griff nach dieser kleinen Flasche, die jetzt kühl in seiner Hand liegt. Oben wieder das Gerangel. Dass Tilda das Mädchen nicht in Ruhe lassen kann! Es ist gleich vier. Eine Zigarette noch, noch ein Lied, dann gehe ich hinauf, denkt Willem.

Der Schlag sitzt noch immer auf meiner Wange, ich achte nicht darauf. Ich male den Umriss meines Fußes auf den Teppich. Der große Zeh und dann die kleineren und dann der ganz kleine, ein langer Strich und dann die Rundung der Ferse. Mit Schwung in die Wölbung und dann wieder nach vorne zum großen Zeh. Das ist nicht einfach, die Füllerspitze verhakt sich in den flauschigen Schlingen. Papa und Mami sitzen am Tisch und essen Kuchen. Ich höre die Gabeln auf den Tellern, Papas Kauen und wie die Krümel auf den Boden fallen, die Worte, die Mami nicht sagt, die sie in ihrer Kopfschachtel lässt. Und höre, wie die Schachtel über das Tischtuch schabt, als Mami sie zu Papa hinüberschiebt.

Es ist ein fürchterliches Gefummel, den Briefbogen, das Durchschlagpapier und das dünne Papier in die Schreibmaschine einzuspannen. Aber Tilda besteht darauf, dass er den Brief heute noch aufsetzt. »Ich kann nicht mehr«, hat sie gesagt, »das Kind muss weg. Die Nachbarn gucken und reden, ich traue mich nicht mit ihr hinaus. Wie sie neben mir schlingert und hüpft, wie ein kaputtes Nachziehtierchen. Doch für den Kinderwagen ist sie schon viel zu groß! Selbst in den Garten kann ich sie kaum noch lassen. Immer steht schon die Schmelzki am Zaun. Und für Hannah ist es auch besser. Besser, wenn sie unter ihresgleichen ist. Bei Menschen, die sich von Berufs wegen mit solchen Kindern auskennen.« Tilda hat die Teller zusammengeräumt und aufs Tablett gestellt und dabei geredet und geguckt, als läse sie den Text irgendwo ab. Dann hat sie sich umgedreht und ist in die Küche marschiert. Willem hat noch eine Weile am Tisch gesessen und nach draußen geschaut. Hat Kuchenkrümel auf der Tischdecke aufgeschichtet und sie wieder flach geklopft. Er mag den Wintergarten nicht, lieber sitzt er auf der Terrasse, aber Tilda fand es zu kühl heute und wozu haben sie ihn schließlich angebaut. Die Tanne ist riesig, sie macht den ganzen Garten dunkel und das halbe Haus. Wir hätten sie längst fällen sollen, denkt er, jetzt ist es zu spät, jetzt wächst sie einfach weiter. Irgendwann werden die Wurzeln das gesamte Grundstück einnehmen. Er weiß, wovon er redet, er ist Naturwissenschaftler. Der Brief muss gleich beim ersten Versuch sitzen, er fummelt das alles bestimmt nicht noch mal da rein. Wenn Berti nur hier wäre, der weiß, wie man so etwas formuliert, der hat immer die richtigen Worte parat. Unten, im Hobbyraum, könnte er wenigstens eine Zigarette rauchen beim Nachdenken. Hier oben lässt sie ihn nicht. »Das ist nicht gut für das Kind!«, sagt sie. Als würde eine Zigarette da noch etwas ausmachen. Ich muss Berti anrufen, denkt er und lässt die Finger noch eine Weile auf den Tasten der Schreibmaschine liegen.

2

Es ist unbequem, ihre Füße ragen ein Stück über die hölzerne Kante der Liege hinaus, die Hände unter dem Kopf, der Nacken schmerzt, sie lässt sie trotzdem liegen. Hannah tut irgendetwas, sie weiß nicht, was, es ist ihr egal. Hauptsache Ruhe. Doch in ihrem Kopf ist es nicht still: Noch eine Woche. Noch eine Woche, dann bringen wir sie dahin, denkt sie. Wie auch immer Willem das angestellt hat, sie haben einen Platz bekommen. Nach den Sommerferien. Und jetzt ist der Sommer fast vorbei. Sie hat den Brief nicht gelesen und auch das Antwortschreiben nicht. Darum soll Willem sich kümmern, wenigstens darum, sie hat Tag für Tag genug mit Hannah zu tun. Willem hat ihr die Papiere auf den Schreibtisch gelegt, und Tilda hat sie in die rote Mappe gesteckt, zu allem anderen. Zu den Briefen und dem schmalen Tagebuch aus der Zeit, als sie Willem kennengelernt hatte, als alles sich noch neu anfühlte und gut. So gut, dass sie dachte, es lohnt sich, das aufzuschreiben. Die Telegramme mit den Glückwünschen zur Geburt liegen auch darin. Sie kennt sie auswendig, sie tauchen vor ihr auf, die großen, bunten Karten mit den hübschen Babyzeichnungen darauf, den fröhlichen Texten. Sie erinnert sich an jeden einzelnen, die Worte mischen sich unter das Gebrabbel und Stöhnen von Hannah: *Dem goldigen Baby viel Glück auf seiner Weltreise*. Neben ihr röhrt Hannah. *Wir wünschen herzlich Glück zur Hannah und für die Zukunft das Beste*. Tilda rührt sich immer noch nicht. *Herzliche Glückwünsche zur Geburt des Töchterleins stop Alles Glück wünscht Familie E. stop*. Diese Worte haben längst keine Bedeutung mehr. Es ist ihr Kopf, der sie abspult, ganz von selbst, ohne Tildas Zutun. *Einen herzlichsten Glückwunsch zur Ankunft der kleinen Hannah*. Und immer so weiter. Die Mappe hat sie zum Abitur bekommen, mitten im Krieg, rotes Leder mit Messinginitialen. Wo Vati die wohl herhatte? Da hinein hat sie die beiden Briefe getan. Auf den Bericht vom Arzt hat sie sie gelegt, zu dem Mutti Hannah geschleppt hat, als sie schon eineinhalb war und noch immer nicht sitzen wollte. Als schon alle wussten, dass etwas nicht stimmt. Nicht stimmen konnte. Willem vor allen anderen. Tilda hat es nicht hören wollen und will es noch immer nicht hören. Sie hat Hannah süß finden wollen und lieb haben. Zum Anbeißen süß wollte ich sie finden, denkt Tilda, doch sie ist nicht süß. Und das war sie auch damals nicht. Ich habe sie trotzdem auf dem Arm halten und an ihr riechen wollen. An ihrem Haar, in ihrer Halsbeuge, hinten im Nacken, selbst zwischen ihren kleinen Zehen habe ich riechen wollen. Anfangs hat sie sie nachts mit ins Ehebett genommen, obwohl Mutti gesagt hat, sie solle das nicht, auf keinen Fall. Tilda hat es trotzdem gemacht, ganz nah wollte sie bei ihrem Baby liegen, doch Hannah hat sich gesträubt, völlig steif ist sie neben ihr geworden. Sie hat mich nicht haben wollen, von Anfang an hat sie mich nicht haben wollen. Noch eine Woche, denkt Tilda, dann ist sie weg. Dann sehen wir sie nur noch in den Ferien.

Ich liege unter der Tanne und höre dem Boden zu. Wie meine Haare durch das Gras streifen, wenn ich den Kopf drehe. Ich spüre den Unterschied zwischen den Tannennadeln, den Grashalmen und meinen Haarspitzen, die mich im Nacken kitzeln. Mami findet sie zu lang, die Haare, wir müssen sie schneiden. Am Sonntag kommt Berti, das sind noch achttausendfünfhundertzweiunddreißig Minuten, und danach bin ich weg. Wenn ich meine kurzen Haare wiederhabe, dann bin ich weg von hier. Ich weiß nicht, wo ich dann bin, Mami hat gesagt, dass da auch andere Kinder sind. So welche wie ich. Ich bin lieber allein mit den Sachen. Oder mit Papa. Zur Not auch mit Berti. Noch achttausendfünfhunderteinunddreißig Minuten. Mami hat nicht gesagt, ob es da auch eine Mami gibt. Dann muss ich für die noch eine Kopfschachtel anfangen. Hoffentlich hat die Mami dort nicht so eine Stimme. Ich rupfe Grashalme aus und lege einen an den anderen. Ich bin schon einmal quer durch den Garten und wieder zurück. Eine feine Linie. Manche Halme sind heller, manche haben dünne, bräunliche Streifen. Ich muss sie noch mal ordnen, so kann das nicht bleiben. Ich sammle sie ein und lege sie auf die Terrasse. Die hellen zu den hellen, die dunkleren zu den dunkleren.

Wie sie durch den Garten hopst, wie ein verletztes Fohlen, wie ein schadhaftes Kalb. Tilda steht am Fenster und würde sich lieber abwenden. Zu groß der Kopf und die Glieder durcheinander. Und was sie mit dem Gras wieder anstellt! Ihr wäre lieber, Hannah bliebe drin, aber Willem meint, die frische Luft tut ihr gut. Und bald ist sie ja weg. Die Schmelzki hat erst letzte Woche gefragt, ob sie überhaupt in die Schule kommt, sie sei doch schon über sieben, wenn sie richtig gerechnet habe. Natürlich, hat Tilda geantwortet, natürlich kommt Hannah in die Schule, wieso auch nicht. Auf ein Internat wird sie gehen, hat sie noch hinzugefügt, die Schulen hier sind nichts. »Soso«, hat die Schmelzki bloß gesagt. »Ein Internat. Soso.« Und dann: »Das wird sicher teuer. Wer zahlt das denn?« Tilda hat sie am Zaun stehen lassen und ist ins Haus gegangen. Es geht die Schmelzki nichts an. Nicht, wo Hannah hingeht, nicht, wer das bezahlt. Und es stimmt doch, die Schulen hier sind nichts für sie. Sie haben es ja versucht, bei allen Grundschulen in der Gegend sind sie gewesen, überall das Gleiche. Nein, nein, ein Kind wie Hannah können wir nicht aufnehmen. Einer der Direktoren ist sogar richtig wütend geworden. Was sie sich dächten! Er hat die Akte zugeschlagen. Mit so einem Kind zu kommen! Vor zehn Jahren wären solche Fragen noch ganz anders beantwortet worden. Da ist Willem aufgestanden, hat sich, beide Hände auf dem Schreibtisch des Direktors abgestützt, zu ihm hinüber gebeugt und ihn gefragt, ob er denn vor zehn Jahren auch schon Grundschuldirektor gewesen sei oder was er da so gemacht habe. Dann hat er alles, was auf dem Schreibtisch des Direktors lag, hinuntergefegt. Mit einer einzigen, großen Bewegung. Hannah ist aufgesprungen, Willem hat sie auf den Arm genommen und Tilda an die Hand, das hat er lange nicht gemacht. Gemeinsam haben sie diese Schule verlassen.

3

Berti ist da. Zum Glück, ich wüsste nicht, wie ich den Tag sonst durchstehen sollte, denkt Willem. Berti hat immer die richtigen Worte parat. Und er weiß auch, wann er schweigen muss. Berti hat an Hannah nichts auszusetzen. Sie ist eben ein Kind, sagt er. Das eine ist so, das andere anders. Ob er auch so reden würde, wenn sie sein Kind wäre? Wenn sein Stefan so wäre? Tilda sagt gar nichts mehr. Sie hat gepackt, der Koffer steht in Hannahs Zimmer. Seit ein paar Tagen schon. Jedes Mal, wenn ich in ihr Zimmer kam, um ihr gute Nacht zu sagen, hat er mich angeschaut, der Koffer, denkt Willem, und das tut er immer noch. Er hätte ihn gern geöffnet und alles zurück in den Schrank geräumt. Die kleinen Blusen und Hemden, die Pullover und winzigen Strümpfe. Die Unterwäsche. Die Latzhosen. Wieso hat sie eigentlich keine Röcke, sie ist doch ein Mädchen. Sie hat keinen einzigen Rock. Vielleicht würde sie es mögen, wie so ein Rock um ihre Knie flattert, wenn sie springt? Was weiß er schon von Röcken und wie man sich darin fühlt. Aber sie hat keinen. Er sitzt in Hannahs Zimmer, auf der Bettkante, die Hand am Koffergriff. Er schaut auf den Koffer und dann zum Fenster hinaus. Überall ist es dunkel, überall ist diese verdammte Tanne. Was wird hier noch sein, wenn Hannah weg ist? Willem steht auf und legt den Koffer aufs Bett. Er hat das nicht zu entscheiden.

Ich sitze auf Bertis Schoß, und Papa schneidet mir die Haare. Ich würde lieber auf dem Korbstuhl sitzen, doch Papa meinte, das sei zu wackelig, da schneidet er am Ende daneben oder mir ein Ohr ab. Und ich soll doch schön sein. Für die Schule. »Schule« ist ein anderes Wort für das, wohin sie mich bringen. Ich weiß immer noch nicht, wo das ist, wo ich dann bin, ich habe das alles in die Weg-Schachtel gesteckt. *Still und stetig will ich werden, leis und lieblich, flink und fein, um mit Mut ein Mensch zu werden, und mit Maß ein Mensch zu sein.* Ich habe den Spruch gelernt und kann ihn aus der Kopfschachtel holen, nur über meine Lippen bringe ich ihn nicht: In mir klingt er wunderbar vielfältig, jeder Buchstabe hat seinen Platz und seinen eigenen Klang. Wie ein Gedicht. Wie ein Lied. Ich sehe in Papas Gesicht, dass es für ihn nicht so klingt, dass er nicht hören kann, was ich höre. Berti auch nicht und Mami schon gar nicht. Und doch muss ich es singen, dieses

Lied, denn es durchströmt meinen ganzen Körper. Es bleibt nicht, wo es bleiben soll, es ist schon längst nicht mehr in der Schachtel, es bewegt sich draußen, wie die Zahlen. Dieses Lied ist eine schöne Schlange, auf die ich meine Hand legen, die ich lang ziehen kann. Ich kann es hin und her drehen, dann rührt es sich leise und knirscht ein bisschen dabei. Ich kann es ausdehnen oder zu einer winzigen Murmel rollen, dann passt es ganz in meine Hand. Oder in meinen Mund. Ich schlucke das Lied hinunter und lasse es wieder raus. Ich kann es mir um den Hals wickeln und es eine Weile mit mir herumtragen. Ich könnte es unter Mamis Kopfkissen schieben, aber ins Schlafzimmer darf ich nicht. Vielleicht hat Mami gar kein Kopfkissen. Auf der Liege im Arbeitszimmer schläft sie immer ohne. Dann müsste ich das Lied direkt unter ihren Kopf quetschen. Das würde sie bestimmt nicht mögen.

Schon wieder dieses Gebrabbel, denkt Tilda, seit Tagen nichts anderes. Seitdem Tilda Hannah den Spruch vorgelesen hat, gibt es für sie nichts anderes mehr. Sie hätte das nicht tun sollen, sie hätte es sich denken können. Sie hätte ihn ihr erst auf der Fahrt sagen sollen. Man kann es ohnehin kaum verstehen. Ein einziges Gestöhne und Gestammel. Ein Gemurmel, das von allein spricht. Ein paar Wortfetzen dazwischen. »Mutamensch, Mutamensch.« Willem und Berti machen ihre Scherze, »Mutamensch, Gutamensch!«, singen sie, und Willem lässt Hannah auf seinem Schoß auf und ab springen. Tilda kann es kaum noch aushalten. Ich bin froh, wenn das aufhört, denkt sie.

4

Sie sind doch zu dritt gefahren. Willem sitzt am Steuer, Hannah juckelt hinten herum. Sie mag das Autofahren eigentlich, aber dieser Weg ist lang. Die ganze Zeit leiert sie den Spruch herunter, und Willem summt dazu. Als wäre es ein Lied. Als wäre das ein Ausflug. Als wäre hier irgendetwas schön, denkt Tilda und richtet den Blick nach draußen. Willem hat zu singen begonnen: »Still und stetig will ich werden, leis und lieblich, flink und fein.«

Ich würde am liebsten immer weiterfahren, geradeaus und nicht anhalten, denkt er. Was tun wir hier? Bringen unser Kind fort. Unser einziges. Ein weiteres Kind wird es nicht geben, das hat Tilda deutlich gesagt. Und wenn sie gewusst hätte, was Hannah für ein Kind wird, dann würde es auch Hannah nicht geben, auch das hat Tilda gesagt. Aber wir haben das nicht gewusst, konnten das nicht wissen. Ich bin Naturwissenschaftler und Organiker, ich stehe den Problemen nicht unwissend gegenüber, denkt er. Das lässt sich machen. Irgendwann wird man solche Dinge schon vor der Geburt herausfinden können. »Still und stetig will ich werden, leis und lieblich, flink und fein.«

Ich sitze hinter Papa. Ich streiche über seinen Nacken. Er kann meine Hand nicht wegschieben, er muss das Lenkrad festhalten. Seine Haut ist zart, mit kleinen Pickelchen da, wo die Haare herauswachsen. Ich schaue lange hin, die Zahl taucht nicht auf zwischen den Kopf-

schachteln. Da ist nur das Lied. »Mutamensch, Mutamensch!« Wir fahren schon ziemlich lange.

Hannah brummelt ihr Sprüchlein. So ein trauriges
Sprüchlein, und so falsch. Willem macht trotzdem mit.
Er singt die Melodie, ihr Gebrumme gibt den Takt vor.
Es macht ihr Spaß, es macht es ihr leichter. Vielleicht
ist es für sie gar nicht schwer. Für Tilda schon, das
spürt er, obwohl sie nichts sagt. Hannah trällert unbe-
kümmert vor sich hin. Zupft dabei in seinem Nacken
und an sich selbst herum. Als wären mein Körper und
ihr eigener, als wären unsere Körper ein Instrument,
denkt Willem, zupft sie und reißt an mir und an sich
selbst herum. Eine Gitarre, ein Kontrabass. Sie singen
jetzt zusammen, »Still und stetig, leis und lieblich«,
»Mutamensch, Mutamensch!«, und Willem hat begonnen, auf dem Lenkrad zu trommeln, mit beiden Händen. Hannah haut ihm auf den Kopf dabei. Sie hüpft auf
der Rückbank auf und ab und haut ihm auf den Kopf.
Es rumst im Rhythmus seines Trommelns, wenn sie
mit dem Kopf gegen das Wagendach donnert, wenn
ihre kleinen Hände auf seine Glatze schlagen. »Mutamensch, Mutamensch!« Sie werden immer schneller,
Willem hat das Seitenfenster heruntergekurbelt und
schreit nach draußen. »Flink und fein, Mutamensch!«
Er schlägt mit der Linken von außen auf das Wagendach, Hannah rumst von unten dagegen. Sie schreit
und quiekt. Der Wagen schlingert. Tilda hält sich die
Ohren zu. Willem hört, dass auch sie zu schreien begonnen hat. Sie schreit, sie schreien und singen jetzt
alle zusammen.

Tilda und Willem haben Hannah eine Weile nachgeschaut. Tilda stand noch da, beide Hände am Gitter des Tors, den Blick über den weiten Vorplatz, als Hannah an der Hand der Schwester schon längst in der Villa, mehr ein Schloss, mehr eine Burg als eine Villa, als sie schon längst in dieser Festung verschwunden war. Die Schwester trug den Koffer und Hannah hüpfte und schlingerte neben ihr, ab und an schlug sie sich auf den Kopf. Willem tappte mit dem Fuß auf den Kiesboden. Die Hände in seinen Hosentaschen zuckten. Die Schwester hatte schon am Tor gestanden, als die drei ankamen. »Herr Brandes meint, sie sollten sich heute hier verabschieden, das macht die Trennung leichter«, sagte sie und öffnete das Tor gerade so weit, dass Willem den Koffer hineinreichen und Hannah hindurchschieben konnte. Dann schloss sie es wieder. Tilda und Willem blieben davor. Sie haben Hannah noch eine Weile nachgeschaut, durch das Gitter.

5

Sie liegt mit dem Gesicht zur Wand. Die Augen geschlossen. Eine Hand unter dem Kissen, die andere zwischen ihren angezogenen Knien. Sie atmet flach, sie wagt nicht, sich zu bewegen, nicht einmal ihre Hand auf den glatten Laken. Alles um sie herum schaukelt, dreht sich. Sie befindet sich auf einem schlingernden, trunkenen Boot. Ich bin ruhig in diesem Gewoge, denkt sie. Ich bleibe ruhig. Ihr Kopf oben auf dem Kissen beschwert die Hand darunter, so kann sie nicht herausrutschen, nicht aus dem Bett und über den Bettrand auf den schwankenden Boden fallen. Sie könnte durch ihn und alles, was darunter ist, Teppiche, Holzböden, durch die Zeit könnte sie rutschen, ihre Hand, bis in den Maschinenraum hinein und durch ihn hindurch. Sie könnte ins Meer stürzen. Sie mag die Augen nicht öffnen. Sie mag dem Schwanken nicht nachgeben. Sie will es aushalten, bis es vorbei ist. Bis sie es nicht mehr aushalten kann. Und dann auch das aushalten. Einfach liegen bleiben und aushalten, dass sie hier liegt und noch mindestens zehn Tage und Nächte liegen muss, ob sie das nun will oder nicht. Vielleicht ist sie gar nicht mehr auf diesem Schiff. Vielleicht ist sie längst alt und tot und von aller Welt vergessen. Vielleicht ist sie ins Meer gefallen. Nicht nur ihre Hand, die ganze Tilda, mit ihrem ganzen Körper. Dem Morgenmantel überm Nachthemd und dem Kissen unterm Kopf. Treibt im Wasser, wenn sie die Augen öffnete, sähe sie Fische. Und wie sie sie anglotzen. Vielleicht atme ich nur deshalb, weil ich die Augen geschlossen und mich damit an der Vorstellung festhalte, ich läge immer noch in meinem Bett, denkt sie. Unter ihr Gerda, in der Kabine nebenan die Eltern. Wie kann ich sicher sein, dass nicht alles verschwindet, wenn ich die Augen öffne, um es anzuschauen. Wie kann ich sicher sein, dass ich auch dann da bin, wenn ich mich selbst und die Teile meines Körpers, die sich normalerweise in meinem Sichtfeld befinden, nicht sehe. Meinen Brustkorb, wie er sich hebt und senkt, die Schultern mit den Armen daran, der Bauch und die Beine. Die schmalen Hände und Füße. Wie kann ich wissen, dass mein Gesicht noch da ist, wenn ich es nicht im Spiegel betrachte. Dass es nicht nur aus meinem Blickfeld, sondern überhaupt verschwindet, wenn ich die Augen schließe. Dass das alles noch da ist und ich mir meinen Körper und seine Glieder nicht bloß herbeidenke. Dass das Gewicht auf dem Kissen und auf meiner Hand darunter nicht ein Stein ist. Oder ein toter Fisch. Sondern mein eigener Kopf.

Das Schaukeln nimmt kein Ende. Tilda ist jetzt draußen, auf dem Meer. Sie umklammert den Schiffsrand, oder ist es ihre Hand, die das Schiff auf dem Wasser hält? Was, wenn sie losließe? Etwas rauscht herunter, schlägt hart auf. Sie liegt zusammengekauert auf dem Boden. Jemand fasst sie am Arm, neigt sich über sie. Etwas schlägt in ihr Gesicht. Tilda öffnet die Augen, kann aber nichts erkennen mit dem Laken über dem Kopf.

»Was fuhrwerkst du denn hier so herum, Tildchen? Hattest du einen Albtraum? Ich habe prima geschlafen. Und geträumt. Dieses Schaukeln ist richtiggehend einschläfernd.« Gerda sitzt neben ihr, in eine Bettdecke gewickelt, schiebt Tilda ihre warmen Füße unter die Schenkel, rüttelt an ihrer Schulter. Kann ihre Schwester sie nicht einmal in Ruhe lassen mit ihrem endlosen Geplapper! Schon geht es weiter. »Na, was soll es. Wenn wir schon auf sind, können wir ja in Ruhe das Schiff erkunden, bevor Mutti und Vati wach werden. Vielleicht gibt es ein paar fesche Matrosen hier.« Es ist also noch vor halb sieben, die Wecktrompete hätten sie sicher nicht überhört. Die wurde ihnen gestern vorgeführt. Als wäre das nötig! Gerda schiebt ihre Zehen noch etwas tiefer in Tildas Fleisch. Ihre langen Zöpfe streifen hart über ihr Gesicht, die von Tilda sind zum Glück schon ab. Sie reibt mit dem Hinterkopf über die Bettkante. Sie hätte gerne eine Kabine für sich allein. Sie verschränkt die Hände im Nacken. Fesche Matrosen, wenn sie das schon hört! Gerda kann an nichts anderes denken, aber wehe, ein solcher Matrose taucht auf, dann kriegt sie den Mund nicht auf und Tilda muss ran. Sie schiebt sich weiter nach oben, lehnt mit dem Rücken am Stockbett. Ich bin offenbar herausgefallen, denkt sie. Trotz der Absturzsicherung. Das fängt ja gut an. »Na, komm schon«, Gerda zerrt an ihrem Ellenbogen, »zieh dich an!« Was soll es. Ein Gang über das Schiff ist allemal besser, als weiter in der muffigen Kabine zu hocken. Wenn man doch wenigstens das Bullauge öffnen dürfte.

Es ist noch nicht mal sechs Uhr, als sie an Deck ankommen. Außer ihnen ist niemand unterwegs, auch aus der Kabine der Eltern war noch nichts zu hören. Kaum zu glauben, dass über tausend Passagiere an Bord sind, aber sie hat sie ja gesehen, gestern, als sie sich eingeschifft haben. Und später, bei der Ansprache vom Kapitän auf dem Vorderdeck. Bei der Wecktrompetendemonstration. Wie sie alle den Arm emporgerissen haben! Tilda natürlich auch. Sie war auch in dieser Masse. Dicht an dicht, einer neben dem anderen. Überall Geschiebe und Gedränge. Jeder will nach vorne, jeder will den besten Platz haben. Außer Tilda scheint das niemanden zu stören, Gerda schon gar nicht. Die kommt in einer solchen Menge erst richtig zu sich. Da hört dir immer jemand zu, und immer hast du irgendjemandes Ellenbogen in deiner Seite, eine fremde Hand auf der Schulter, eine andere Hüfte an deiner. Selbst in den Speisesälen: Die Tische sind winzig, man kann kaum essen, ohne jemandem ins Gehege zu kommen. Sechs Mann pro Tisch. Gestern saß ein kauziges Ehepaar bei ihnen, Herr und Frau Meckel. Die Frau hat in einer Tour geredet, wie schön das Schiff ist und das köstliche Essen, die geräumigen Kabinen und dass wir das alles dem Führer zu verdanken hätten und dass der Führer bei einer Fahrt der *Robert Ley* sogar einmal an Bord aufgetaucht sei, einfach so, zwischen den ganzen Leuten, ein echter Mensch eben, und ob er sich hier auch einmal zeige, vielleicht sei er ja schon da und trete gleich, im nächsten Moment, durch die Tür des Speisesaals, und was sie dann tun solle, ob sie aufstehen sollte, auch wenn die Gefahr bestehe, dass sie dann in Ohnmacht falle, ob man danach überhaupt noch weiteressen könne, vor lauter Ehrfurcht und Begeisterung. Da hat selbst Gerda geguckt. Die beiden bleiben ihnen wohl für den Rest der Reise. Da sind keine privaten Worte mehr möglich, doch die sprechen sie ohnehin kaum. Aufs Zimmer mitnehmen darf man seine Mahlzeiten auch nicht, außer man ist krank. Dann lieber nichts essen. Tausend Leute auf so einem kleinem Raum, was soll daran Urlaub sein oder Erholung? Wo soll da die Freude herkommen? Aus einer solchen Menschenmasse kann doch niemand Kraft schöpfen.

Die schlafen alle noch. Oder kotzen. Liegen in ihren Betten und trauen sich nicht heraus, wagen es nicht einmal, sich umzudrehen. Gut so. Hier oben ist es ruhig.

Hier ist es besser, der Schwindel ist weg. Tilda schaut über die Reling, das Meer ist so weit unten. Der Wind fährt in ihre Bluse und durch die Haare, sie lehnt sich nach vorn, das Geländer drückt hart in ihren Magen. Sie hat keinen Hunger. In ihrem Rücken plappert Gerda, die kann einfach nicht still sein. Kann ihre Gedanken nicht für sich behalten. Tilda hört nicht hin. Am liebsten würde sie ihre Hand für einen Moment ins Wasser halten, aber es ist so weit weg, bestimmt fünfzehn Meter. Sie streckt den Arm aus, beugt sich noch ein Stück weiter nach unten. Gerda lehnt sich von hinten an sie, und in dem Moment ertönt die Wecktrompete. Gerda krallt sich an ihr fest, etwas zerreißt. Sie wären beinahe über die Reling gefallen. Tildas Bluse ist hin.

Sie hat ihr blaues Kleid angezogen, das ist eigentlich für abends, aber was soll es. Sie spürt Gerdas begehrliche Blicke, aber das ist ihr Kleid, Gerda wird da sowieso nie reinpassen. Vati verträgt die Reise auch nicht. Tilda sieht es ihm an, obwohl er sich zusammennimmt. Er isst nur ein bisschen Haferschleim und trinkt Tee. Ich bleibe beim Kaffee, denkt sie, aufs Essen verzichte ich vorsichtshalber. Mutti und Gerda haben sich schon die zweite Portion Rührei aufgeladen und unterhalten sich mit Frau Meckel. Die drei passen gut zusammen. Herr Meckel sagt auch nicht viel, wie soll er auch. Außerdem ist er Lehrer, das hat er ihnen gleich gestern Abend eröffnet, der hat in seinem Beruf genug zu reden, da hält er in den Ferien wohl lieber den Mund. Eben erzählt die Meckel, dass es heute Abend einen Kostümball gibt, dass sie als Leopard gehen wird. Mutti und Gerda sind ganz aufgeregt. Ein Kostümball, das wussten sie gar nicht, was sollen sie bloß anziehen! Ein Kostümball, auch das noch. Wenn es nicht so schrecklich schaukeln würde, würde sie am liebsten in der Kabine bleiben. Doch das überlebt sie nicht.

Die anderen sind schon weg. Gerda hat ihr das blaue Kleid abgeschwatzt, hoffentlich reißt es nicht. »Na, was sagst du?« Sie hat den Bauch eingezogen, sich hin und her gedreht, mit ihrem grünen Seidenschal um den Kopf und Muttis Granatkette an der Stirn. »Was soll das sein?«, hat Tilda ihre Schwester gefragt, und schon war Gerda beleidigt, hat sich die Stola geschnappt und die Tür hinter sich zugeknallt. Ihr empörter Ruf hallte durch den Gang: »Ich bin eine morgenländische Prinzessin!« Nun gut. Tilda jedenfalls kriegen keine zehn Pferde auf diesen Ball. Wer will denn schon tanzen bei diesem Geschaukel? Da geht sie lieber noch eine Weile an Deck, Meerluft atmen, sich für die Nacht wappnen. Als sie oben ankommt, steht da schon einer. Sie will unbemerkt die Treppe wieder herunter, zu spät, er hat sie gehört und dreht sich um. Sein Gesicht liegt im Dunkeln, Tilda erkennt ihn trotzdem. Sie hat ihn gestern schon gesehen und heute beim Mittagessen. Sie weicht einen Schritt zurück und geht dann doch auf ihn zu, greift mit der rechten Hand nach der Reling. Er lächelt mit halb geschlossenen Augen. Lange Grübchen ziehen sich über seine Wangen, eine dunkle Haarsträhne fällt ihm in die hohe Stirn. Er streicht sie nicht zurück. Er ist ein bisschen kleiner als Tilda, aber er gefällt ihr trotzdem.

6

Ich liege unter der Decke, mit dem Gesicht zur Wand, mein Atem strömt aus mir heraus und wieder in mich hinein. Ich lege mir die Hände auf den Kopf, die Unterarme vor mein Gesicht, nur ein schmaler Spalt bleibt frei, durch den ich atmen und blicken kann. Meine Haare sind länger jetzt, eine richtige Mütze sind sie geworden. Berti ist nicht da, um sie mir zu schneiden, sie hängen mir in die Augen und über die Ohren, das stört mich nicht. Gleich kommt die Schwester, um mich zu wecken, ich höre ihre Schritte schon auf dem Gang, sie verbinden sich mit den Geräuschen aus meiner Kopfschachtel. Ich weiß nicht mehr, sind es ihre Schritte, die ich höre, oder ist es bloß das Dröhnen in meinem Kopf, das sie vorwegnimmt? Hier ist alles laut, die Schritte der Schwestern und wie sie die Türen aufreißen, selbst das Rascheln ihrer steifen Kittel kann ich schon von Weitem hören. Und ihre harten, zackigen Stimmen. Das Atmen und Schnaufen der anderen Kinder in der Nacht. Wie sie sich in den Betten wälzen. Hier ist keine andere Mami, hier sind nur jede Menge Schwestern. Und die Brandes. Und einmal die Woche der Arzt, das ist ihr Mann. Und all die Kinder in all den Betten. Ich weiß gar nicht, wohin mit den ganzen Kopfschachteln, die ich für jedes von ihnen brauche.

Jetzt ist sie da, jetzt reißt sie mir die Decke weg, zieht an meinen Haaren dabei. Ich bin längst wach. »Komm schon, Hannah«, fährt ihre Stimme in meinen Kopf, »genug geschlafen. Hopp, hopp, zum Waschen.« Sie klatscht in die Hände. Im Bett neben mir rührt es sich, es knarzt und brummt, ich höre nicht so genau hin, ich kann nicht jedes Geräusch hereinlassen. Wir liegen so nah beieinander, dass sie immer zwei von uns auf einmal wecken kann. Ich hole mir meine Decke zurück, drehe mich auf den Rücken, die Finger über meiner Brust verschränkt. So soll ich beim Einschlafen liegen, sagen sie, wenn ich so liege, ist es gut, dann habe ich meine Ruhe. Die Sonne scheint herein, ein helles Viereck streckt sich über das Laken und meine Hände bis hinauf zur Wand, dazwischen dunklere Streifen. Dreiundsechzig helle und zweiundsechzig dunklere Streifen ziehen sich über mich und die Wand. Ich bin ganz still, das Bild ist es auch. Ich habe keinen Stift. Keine Möglichkeit, es zu behalten. Ich darf mich nicht rühren, sonst verschwindet es. Wenn ich jetzt aufstehe, dann ist es fort und ich mit ihm. Dann liege ich nicht mehr hier im Bett, die Hände auf der Decke, die Augen geschlossen, die schweren Haare in meiner Stirn. Sobald ich aufstehe, verschluckt mich der Tag. Jetzt bin ich noch da, ich darf mich bloß nicht bewegen. Sie packt mich am Arm: »Hannah, raus jetzt!« Sie zerrt mich nach oben. Ich schau sie gar nicht an, ich schau gar nichts an. Ich bin gar nicht da. Ich liege immer noch im Bett, die Augen geschlossen, das warme, helle Bild auf mir.

Ich sitze auf der Bettkante, die Hände auf den Oberschenkeln. Ich sehe meine Finger und den hellen Stoff des Nachthemds darunter, den Saum mit der gezackten Naht darauf und wie meine Knie darunter hervorschauen. Da ist Mamis Stimme. »Sie hat so hässliche

Knie, dick und knubbelig. Von mir hat sie die nicht.« Ich höre, wie sie mit ihren rauen Händen über den Wollstoff ihres Rocks streicht und wie er sich über ihre Nylons schiebt, über ihre schlanken Oberschenkel und die schmalen Knie darunter. Und ich höre auch Papas Schweigen. Ich rücke ein Stück zur Seite und beuge mich vor, ziehe an meinem Nachthemd, versuche den Stoff über die Waden zu bekommen. Er rutscht immer wieder nach oben, ich beuge mich noch weiter vor, zerre noch fester daran, ein kräftiger Ruck, ein harscher Laut und ich kann das Hemd bis über meine Füße ziehen. Sie steht neben mir, und schon bohrt sie ihren Ellenbogen in meinen Rücken. Ich lege meine Hände auf die Knie, die Mittelfinger unter die Kniescheibe. Ihre kühlen Finger schließen sich um meinen Oberarm und ziehen mich nach oben.

Sie schleift mich durch den langen Gang hinter sich her, die hohen Fenster stehen offen und die Morgenluft weht kühl gegen meine Oberschenkel, das Nachthemd ist entzwei. Draußen die Bäume, die Mauer und das Tor. Ob der Wagen immer noch da steht, mit Mami und Papa darin? Beim Rennen geraten die Kopfschachteln durcheinander, sie fallen um, und alles stürzt heraus. Die Geräusche und Stimmen schlagen von innen gegen meinen Kopf, ich halte von außen dagegen, mit der freien Hand haue ich mir auf den Schädel, das macht auch Lärm, erst das Zischen in der Luft, dann das Knistern und Rascheln meiner Haare und schließlich das dumpfe Dröhnen. Ich versuche, meine Schritte dem Schlagen anzupassen, aber vorne zerrt die Schwester an mir. Von draußen die Vögel, ihre hellen Stimmen gleiten durch mich hindurch, während ich hinter der Schwester herrenne. Ein Lied hat begonnen, ich erkenne das alles wieder. Ich höre Papas Stimme, mein Kopf hämmert gegen das Wagendach: »Flink und fein, Mutamensch!« Ich öffne meinen Mund, das verändert den Klang, und beginne zu singen. Etwas stülpt sich nach außen. Meine Stimme vermischt sich mit den Tönen der Welt. Wir sind stehen geblieben, ich schlage sicherheitshalber noch eine Weile auf meinem Kopf herum. Die Ordnung muss vollständig wiederhergestellt werden, alles muss an seinen Platz zurück. Aber mein Lied singe ich noch, das kann ja nicht falsch sein, das wollten sie ja. Die freie Hand habe ich in das Loch im Nachthemd gesteckt, die passt da gut hinein, auch wenn ich mich dazu etwas hinunterbeugen muss. Im Arztzimmer stehen die Fenster offen, auch hier zwitschern die Vögel. Durch die Fäden der grob gewebten Vorhänge scheint das Licht, ein heller Schatten fällt über den Schreibtisch und den Boden bis hin zu meinen Füßen. In meinem anderen Haus, bei Mami und Papa, habe ich auch oft die Vögel gehört. Ich singe ein bisschen lauter, schlage etwas schneller, das Zwitschern könnte alles wieder durcheinanderbringen. Der Arzt hat zu sprechen begonnen, ich werde immer lauter, ich will seine Stimme nicht auch noch unterbringen müssen. Ich singe weiter, während sie mich auf die Pritsche heben. »Mutamensch, Mutamensch, Mutamensch!«

Die Schwester steht vor mir und hält mich fest. Ich sehe trotzdem, wie der Arzt eine Spritze aufzieht. Draußen wird es leiser, in mir hört es nicht auf zu singen. Alles ist noch da: Papa, Mami, die anderen Kinder,

wie meine Haare durch das Gras streifen und das Zer-
reißen des Nachthemds. Mamis schmale Finger auf ihrem Wollrock. Meine nackten Füße auf dem Linoleum
und wie ich meine Arme in die Luft strecke. Die
Schwester hat mich losgelassen, ich nehme beide Hände auf die Brust, die rechte über die linke. Die Sonne
scheint immer noch herein und malt ein warmes Bild
auf mich. In diesem hellen Viereck liegen meine Hände,
hier schlägt mein Herz.

7

Selbst jetzt hat man keine Ruhe vor ihr, selbst wenn sie
fort ist, ist sie noch da. Der Brief liegt auf ihrem Schreibtisch, Tilda kann ihn von der Liege aus sehen, er ragt
etwas über die Tischkante hinaus. Er ist wohl schon
vor ein paar Tagen angekommen, aber Willem hat ihn
ihr erst heute gezeigt. Nach dem Mittagessen. Mit einer
einzigen Bewegung hat er sich die Serviette aus dem
Hemdkragen und den gefalteten Brief aus seiner Hosentasche gezogen. Ihn über den Tisch zu ihr hinge-
schoben. Dann hat er genickt, wie immer, wenn er weiß,
dass sie zu etwas Nein sagen will, aber findet, sie sollte
Ja sagen. Er saß da, die Hände links und rechts vom Teller und hat so lange genickt, bis sie den Brief schließlich zu sich herangezogen und geöffnet hat.

Tilda hat nicht wissen wollen, was da stand, doch dann
hat sie ihn doch gelesen. Sie ist in ihr kleines Zimmer

gegangen, hat die Schiebetür hinter sich zugezogen und sich mit dem Brief an den Schreibtisch gesetzt. Das Kuvert war einmal gefaltet, aber schon geöffnet: *Hannah ist störrisch. Hannah verkrampft sich. Hannah tut nicht, was sie tun soll. Hannah verletzt sich selbst. Hannah zerreißt ihre Kleidung. Leider gerät Hannah leicht außer sich. Wenn es gelingt, sie ganz zur Ruhe zu bringen, kann sie manches an Gebärden und Bewegungen sehr schön nachmachen und zum Teil auch allein ausführen. Hannah malt gern, muss aber die Scheu vor dem nassen Schwamm und Papier noch überwinden lernen. Ansätze zu einem selbständigen Tun sind vorhanden.* Willem hat an die Tür geklopft, sie hat ihn nicht hereingelassen. Am liebsten hätte sie ihm den Brief zurückgegeben, ihn wieder in seine Hosentasche gesteckt oder durch den Türschlitz geschoben. Am liebsten hätte sie diesen Brief nie bekommen.

Tilda hat die Tür hinter sich zugezogen, das hat sie lange nicht gemacht. Seit Hannah fort ist, hat sie nicht mehr die Tür hinter sich zugezogen. Vielleicht hat sie sogar abgeschlossen, Willem weiß es nicht. Er sitzt im Wohnzimmer, einen Arm auf der hölzernen Sofalehne, den Blick auf die geschlossene Tür gerichtet. Er klopft auf der Lehne herum, denkt, wie schwer es war, diese Couch zu besorgen, doch Tilda wollte sie unbedingt. Teak, aus Dänemark, das ist der letzte Schrei, und er hat es geschafft. Genauso muss er auch jetzt dranbleiben. Er kann nicht hinunter in den Hobbyraum gehen, er muss dableiben, auf sie warten und mit ihr reden, wenn sie ihn braucht. Am liebsten wäre ich unten, denkt er. Am liebsten wäre ich gar nicht da. Oder ich säße vorne, im Arbeitszimmer, und würde Berti anrufen, eine Zigarette in der Hand. Das geht ja jetzt, wo Hannah weg ist. Berti wüsste, was zu tun ist. Er hätte Berti gleich am Mittwoch anrufen sollen, als der Brief im Kasten lag. Aber er hat ihn mit nach unten genommen und da gibt es kein Telefon. Willem hat den Brief geöffnet und gelesen, ihn dann wieder in den Umschlag gesteckt, den Umschlag einmal gefaltet und unter den schweren Aschenbecher gelegt. Und vorhin erst hat er ihn hervorgezogen und in die Hosentasche geschoben. Er musste ihn Tilda irgendwann einmal zeigen, Hannah ist schließlich auch ihr Kind. Hannah ist immer noch auf der Welt und braucht sie. Sie können nicht so tun, als gäbe es sie nicht mehr. Als wäre sie glücklich dort. Oder wenigstens sie selbst.

Wie er da sitzt. Wie eine Eule, mit seiner großen Brille und den Haarbüscheln links und rechts über den Ohren. Wie er mit den Händen wedelt. Komm her, soll das heißen, setz dich zu mir.

Tilda hat sich ihm gegenüber in den kleinen Sessel gesetzt. Das ist ein Ensemble: die Couch, ein kleiner Tisch und zwei Sessel. Auf dem einen hat Hannah sonst immer gesessen. Und jetzt Tilda. Sitzt da, schaut ihn an. Sagt kein Wort. Sie hat doch sonst immer etwas zu sagen. Er kann sie da nicht länger sitzen sehen, das hält er nicht aus, dieses erwartungsvolle Schweigen. Als hätte er diesen Brief geschrieben, als wäre es an ihm, das alles ungeschehen zu machen. Er steht auf, geht in den Wintergarten, stellt sich an die Terrassentür. Es ist erst Nachmittag, und der halbe Garten ist schon wieder dunkel. Ich muss jemanden anrufen, denkt er und fährt mit der Hand über die blanke Scheibe und das Dunkel dahinter. Jemand muss kommen und uns von dieser Tanne befreien. Wenn wir das nicht bald machen, werden wir sie nie wieder los. Dann schieben sich ihre Wurzeln irgendwann unter das Haus und in den Keller. Bis in den Hobbyraum hinein werden die Wurzeln dieser Tanne reichen. Und wo soll er dann hin? Nein, er muss etwas unternehmen. Er schlägt mit der flachen Hand gegen die Scheibe.

»Hast du mit Berti gesprochen? Was sagt er?« Das Fensterglas ist kühl an seiner Stirn, er dreht den Kopf leicht hin und her, das quietscht etwas. »Was machst du denn da, so wird doch alles schmierig!« Er dreht sich um. »Nein. Ich weiß nicht. Was sagst du?« Sie räuspert sich. »So ist sie eben. So war sie schon immer. Und wenn sie Medikamente dagegen haben, dann ist das doch gut.« Das kann sie doch nicht im Ernst meinen. »Sie wissen doch gar nicht, wie die wirken. Hast du das denn nicht gelesen? Das können wir nicht zulassen, Tilda. Ich sage dir das als Naturwissenschaftler: Das wäre ein Experiment.« Tilda schweigt. Sie faltet ihre Finger ineinander, streicht ihren Rock glatt, neigt den Kopf. Kein Härchen löst sich aus ihrem festen Dutt. Er schaut weiter in den dunklen Garten. Tilda steht auf und tritt nah an ihn heran. Er nimmt seine Hand aus der Hosentasche, will sie ihr auf den Rücken legen, spürt schon die flaumige Wolle ihres Pullovers unter seinen Fingern, da zuckt sie zurück. Ein scharfer Atemzug, dann schlägt sie ihm heftig auf den Hinterkopf, so dass er mit der Stirn hart gegen die Scheibe stößt. »Unser ganzes Scheißleben ist ein Experiment«, schleudert sie ihm entgegen. »Und du hast mich da hineingezwungen mit deiner Naturwissenschaft!« Sie schubst ihn, dann ist sie weg. Noch eine Weile steht er da an der Terrassentür, schiebt die Hände wieder in die Hosentaschen. Nur sein schwerer Kopf an der Scheibe hält ihn noch aufrecht. Er drückt die Stirn gegen das kühle Glas, dreht sie hin und her. Es zieht und zerrt an seiner Haut, aber ein Schmerz wird das nicht mehr.

Die Decke wird einfach nicht warm. Tilda liegt schon seit Ewigkeiten unter dieser riesigen Decke, trotzdem friert sie noch immer. Einmal, als Hannah noch ganz klein war, hat sie sie mit ins Bett genommen, zu Willem und sich. Hat die Decke über Hannah gezogen, aus Versehen, aber Willem hat es bemerkt. Seitdem hat er sie nicht mehr bei ihnen schlafen lassen. »Sie hätte ersticken können«, hat er sie angeschrien. »Sie könnte tot sein!«

Sie liegt unter ihrer kalten Decke, die Hände unter den Oberschenkeln, und versucht sich zu erinnern, wie es sich anfühlte, in dieser Nacht, als Hannah bei ihr geschlafen hatte. Sie versucht sich zu erinnern, wie klein Hannah gewesen war und wie warm, kaum hörbar ihr Atem und wie rot ihr winziges Gesichtchen, als Willem die Decke von ihr gerissen hat. Tilda hatte gar nicht geschlafen, sie war wach gewesen, als ihre Decke über Hannah rutschte. Sie lag da, ganz allein, denkt Tilda, und ich lag daneben. Und über uns die Decke. Willem hatte sich über sie beide geneigt, er hat einen Moment gezögert, bevor er Hannah auf den Arm nahm und sie rüber in ihr Bettchen trug. Sein runder Rücken und wie er aus dem Schlafzimmer trat, in den dunklen Flur, die Tür von Hannahs Zimmer sacht hinter sich schloss, nur um sie im nächsten Moment wieder zu öffnen. Wie er zurückkam, ohne ein Wort, und sich neben Tilda legte. Noch einmal aufstand, um auch die Schlafzimmertür ein bisschen weiter aufzuschieben. Wie er noch einen Moment auf der Schwelle stand, den Kopf lauschend in Richtung von Hannahs Zimmer geneigt, das sieht Tilda jetzt vor sich. Seine dunkle Gestalt und wie er wieder zurück ins Bett kam. Wie er sich wegdrehte und kein einziges Wort sagte. In dieser Nacht nicht und auch später nicht.

Im Garten ist es völlig dunkel, und auch drinnen bei ihm ist kein Licht an. Nur durch die halboffene Küchentür fällt ein schmaler Streifen Helligkeit von der Laterne auf der anderen Straßenseite quer durch das Haus bis zu Willem hin. Genug, dass er nicht nur die Dunkelheit draußen sieht, sondern auch die schwache Spiegelung seines Gesichts in der Scheibe. Vor seinen Augen zeichnet sich unausweichlich das Bild ab, das dieser Spiegel ihm aufzwingt: ein runder Kopf, kaum noch Haar, nur über den Ohren ein paar Büschel, ein flaches Gesicht mit lächerlich langen Grübchen. Ein lippenloser Mund, die Augen hinter der Brille zu verschattet, als dass er sie erkennen könnte. Wie ich es auch drehe und wende, denkt er: Das hier bin ich. Das ist mein Gesicht.

8

Morgen ist Besuchstag, morgen kommen Papa und Mami. Und deshalb kommt heute jemand, um mir die Haare zu schneiden. Aber das wird sicher nicht Berti sein. Wenn ich die Schultern ganz hochziehe, stoßen sie schon an meine Haarkante, und ich kann die Haarspitzen in den Mund nehmen. Wenn sie getrocknet sind, sind sie so hart, dass ich sie mir ins Ohr stecken kann. Doch sofort ist eine Schwester da und reißt sie mir raus, zerrt mich am Oberarm zum Wasserhahn und hält meinen Kopf darunter. Auch jetzt hat sie mir die Haare gewaschen. Ich sitze tropfend auf einem Stuhl im Waschraum und warte auf die Haarschneiderin. Ich bin nicht alleine hier, wir sind zu neunt. Wir bilden eine Reihe quer durch den Waschraum. Das Wasser läuft mir in die Augen und den Nacken hinab, ich kann es nicht fortwischen, weil ich auf meinen Händen sitzen muss. Wir sitzen alle auf unseren Händen, die Füße haben wir um die Stuhlbeine geschlungen, damit wir nicht zappeln. Da ist die Haarschneiderin schon, ihre Schere saust über den Kopf des Mädchens neben mir, wusch-wusch, wusch-wusch, dumpf fallen die Locken auf die Fliesen. Sie tropft genauso wie ich. »Halt still!«, herrscht die Schwester sie an und drückt sie noch fester auf den Stuhl, während die andere mit der Schere durch ihre Haare geht. Ich kann das aus dem Augenwinkel sehen und höre es auch. Das Schaben des Stuhls auf dem Fliesenboden, wie ihre nackten Waden über die Stuhlbeine reiben, die raue Hand der Haarschneiderin auf ihrer Schulter.

Gleich bin ich dran, doch ich schaue nicht mehr hin. Ich habe die Augen zugemacht. Ich denke an Berti und Papa. Wie sie mir die Haare geschnitten haben, obwohl ich sie nicht hergeben wollte. Wie ich im Korbstuhl auf dem wackeligen Kissenberg saß und die beiden um mich herumgesprungen sind. Ich erinnere mich an das Quietschen des Stuhls und wie ich meine Hände über die Ohren und die Haare darüber gelegt habe. Ich wollte nichts hören, ich wollte meine Haare behalten. Ich mochte es, wie sie sich auf meinen Kopf und in den Nacken legen, wie sie mir schwer in die Stirn und in meine Augen fallen, und das mag ich immer noch. Ich habe die Finger unter dem Po hervorgezogen, ich halte meine Augen geschlossen. Ich bin gar nicht da, ich liege immer noch im Bett, die Decke schwer auf mir und meinem Gesicht. Mein Atem schlägt heiß dagegen, von der anderen Seite scheint die Sonne darauf. Es ist warm und still. Ich muss mich gar nicht bewegen. Jetzt reißt jemand an meinen Unterarmen, dreht meine Hände nach hinten, die Stuhllehne bohrt sich in meine Achseln. »Stell dich nicht so an!« Die Haarschneiderin steht vor mir. »Morgen kommen Mutti und Vati, da willst du doch hübsch aussehen!« Sie hat mein Kinn gepackt und drückt es nach oben. Ich will sie wegschieben, doch meine Hände kommen hinter der Stuhllehne nicht hervor. Ich ziehe stärker, spanne meine Schultern an, aber die Hände bleiben, wo sie sind. Sie haben mich festgebunden. Ich schmeiße meinen Kopf nach hinten, um die schweißigen Pranken der Haarschneiderin abzuschütteln, aber sie lässt nicht los, zerrt weiter an meinem Kinn, petzt in meine Haut. Meine Augen sind offen, ihr Gesicht ist ganz nah, ich sehe ihre große Nase und die triefenden Falten. Den schmalen Mund, ihre bösen Gedanken, ich sehe alles von ihr und reiße noch einmal meinen Kopf nach hinten. Er knallt erst gegen die Stuhllehne und dann nach vorn, mitten in ihr Gesicht. Es kracht und knirscht, sofort läuft das Blut. Schon sind zwei Schwestern da. Das Handtuch, mit dem mich die Haarschneiderin am Stuhl festgebunden hat, drückt die eine der beiden auf das Blut in deren Gesicht. Doch es ist schon auf den Boden getropft. Und auch auf meinen Kittel.

Sie haben mich wieder am Bett festgebunden, aber das stört mich nicht. Denn in diesem Zimmer hier gibt es nur ein einziges Bett und darauf liege ich. Durch das kleine Fenster weit oben scheint die Sonne herein, ich spüre den Lichtstrahl warm auf meinem linken Fuß. Später wird er auf meine rechte Wade wandern. Spätestens morgen früh müssen sie mich losmachen, denn dann kommen ja Papa und Mami.

9

Ihm ist kalt, er bleibt trotzdem sitzen. Niemand ist da, ihm seine Strickjacke über die Schultern zu legen oder ihn zu ermahnen, dass er sich sonst ganz sicher den Tod holen werde. Niemand ist da, der ihn stört. Willem sitzt allein in seinem Gartensessel auf der Terrasse. Der mit der blauen Bespannung gehört ihm. Er hat ihn sich vorhin aus der Gartenhütte geholt, gleich muss er ihn zurückbringen. Gleich, bevor Tilda wieder da ist. Aber noch sitzt er hier. Noch ist er allein. Die Tanne wirft ihren Schatten auf ihn, aber er bewegt sich kein Stück, auch wenn die Sonne direkt neben ihm auf die Steinfliesen scheint. Während er friert, vergisst er wenigstens nicht, dass er da ist. Es bräuchte nicht viel, nur ein kleines Nachlassen, und seine Zähne würden klappern. Doch er lässt nicht nach. Er sitzt im Schatten dieser riesigen Tanne auf seiner eigenen Terrasse und lässt nicht nach. Er schiebt die Hände unter seine Oberschenkel und lässt nicht nach.

Tilda ist heute schon früh in die Stadt gegangen. Es gibt jede Menge zu besorgen und zu erledigen, hat sie gesagt. »Du hast ja keine Ahnung, was so ein Kind alles braucht.« Und nach einer kleinen Pause. »Wir haben sie ewig nicht gesehen, sie ist bestimmt ordentlich gewachsen.« Morgen besuchen sie Hannah. Willem weiß nicht, wie das werden soll, er freut sich nicht darauf. Sie waren so lange nicht da. Immer war Tilda krank, Kopfschmerzen, Migräne. Frauensachen. Seitdem sie sie letzten Sommer abgegeben haben, haben sie Hannah überhaupt nur zweimal besucht. Und Weihnachten war sie hier. Jetzt ist bald Ostern. Ob sie uns überhaupt noch kennt? Ob sie uns noch haben will? Letztes Mal haben sie zu viert im Besucherraum gesessen, Willem und Tilda auf der einen Seite des blanken Holztischs, Hannah und die Brandes auf der anderen. Hannahs Finger sind immer wieder über die Tischplatte gewandert, haben dort nach einem Astloch, irgendeiner Vertiefung gesucht, an der sie sich festhalten können. Da war nichts. Die Brandes hat sie sich jedes Mal nach ein

paar Sekunden gegriffen und flach vor Hannah hingelegt. Ihre große Hand auf Hannahs kleinen Händen. Es
war ein seltsamer Anblick, denkt Willem, wie unsere
Hände da auf dem Tisch lagen. Tildas schlanke Finger
ineinander verknotet und meine Pranken daneben.
Die haben noch nie gut zusammengepasst, aber an diesem Tag ganz besonders nicht. Er hat seine Hände von
Tildas weg- und vorsichtig nach vorne geschoben. Er
dachte, lieber lege ich meine Hand auf Hannahs Hände, als dass die Brandes das tut. Aber er hat sich nicht
getraut. Und dann hat er sich gefragt, was Hannah sich
wohl traut, wenn er es schon nicht wagt, die Hände
seines eigenen Kindes zu nehmen. Oder der Brandes
zu sagen, dass sie ihre Finger von Hannah lassen soll.

Er hört die Gartentür, Tilda ist zurück. Er hat die Zeit
vergessen. Er muss den Gartensessel schnell wegbrin-
gen, sie darf ihn hier nicht erwischen, auf der kalten
Terrasse, ohne Jacke und Schal, sonst hat er den ganzen Tag keine Ruhe mehr. Er reißt im Aufspringen den
Stuhl unter sich hervor, zerrt ihn hinter sich her, quer
durch den Garten. Solange sie nur durch das Haus hin-
eingeht. Wenn sie hintenherum kommt, hat er keine
Chance. Er hört ihre Schritte auf dem Kies, als er auf
die Terrasse stürzt. Er schafft es gerade noch ins
Wohnzimmer, greift sich ein Buch und lässt sich in den
Sessel fallen. Sein Herz schlägt ihm bis in den Kopf hinein. Ich bin auch nicht mehr der Jüngste, denkt er und
hört, wie sie die Schuhe im Flur abstreift. Jetzt tritt sie
vollbepackt ins Wohnzimmer, setzt sich auf die Couch,
links und rechts Tüten und Taschen. »Du machst dir
keine Vorstellung, was in der Stadt los ist, an einem

Samstagvormittag! Ich habe es nicht mal zum Friseur geschafft, schau mich an!« Sie greift sich in den Nacken, löst den Dutt, schüttelt ihre Haare aus. »So können wir morgen nicht fahren!« Sie schaut ihn an. Er blickt zurück, merkt, wie ein Schweißtropfen über seine linke Schläfe rinnt. Sein Rücken ist klatschnass. Sie beugt sich zu ihm hin, nimmt ihm die Brille ab, legt ihm die Hand auf die Stirn. »Was ist los mit dir, bist du krank?« Er schüttelt unter ihren kühlen Fingern den Kopf, jetzt drückt sie ihm ihren Handrücken in den Nacken. Ihre offenen Haare streifen sein Gesicht. Sie werden langsam grau. Der flüchtige Geruch nach Seife. Sie fasst nach seinen Händen, zieht sie zu sich heran. »Was ist denn das?« Er schaut nach unten, auf seinen Handrücken haben sich die Plastikschnüre des Gartenstuhls abgedrückt. Lauter feine, rote Streifen. »Du musst sofort ins Bett!« Willem steht gleich auf, er widerspricht nicht.

»Gut, dass wir die Winterbetten noch nicht weggeräumt haben!« Sie hat ihm die Daunendecke bis zum Kinn gezogen, stopft sie links und rechts unter ihm fest. »Ich mach dir einen Grog«, sagt sie im Hinausgehen, und setzt hinzu: »Was die Träne nicht löst, löst, dich erquickend, der Schweiß.« Sie hört sich an wie ihre Mutter. Wie seine Mutter. Aber, immerhin, denkt er, immerhin einen Grog. Dann liege ich hier eben und schwitze. Allemal besser, als sich mit ihr zu streiten. Sie sucht doch nur einen Grund, morgen nicht dahin zu müssen. Doch diesmal ist es ihm egal, diesmal fahren sie. Und zur Not fährt er allein.

Offenbar wird er langsam alt, früher war er nicht von so schwächlicher Konstitution. Aber gut, dann müssen sie morgen wenigstens nicht dahin. Sie erträgt das nicht, Hannah zwischen diesen ganzen Verrückten, neben der herzlosen Brandes, den kalten Schwestern. Was haben sie sich nur dabei gedacht, Hannah dort hinzugeben? Warum haben sie sie nach Weihnachten nicht einfach zu Hause behalten? Es ist doch egal, was die anderen sagen, sie ist schließlich ihr Kind. Wer macht denn so etwas, das eigene Kind fortgeben? Ich könnte sie auch hier unterrichten, denkt Tilda. Irgendetwas würde sie schon lernen, und wenn nicht, dann nicht. Dann liegt sie eben ihr Leben lang unter der Tanne im Garten. Wühlt in der Erde, in meinen Sachen, in meinen Haaren herum. Wie sehr ihr Hannahs wissbegierige kleine Hände fehlen. Ihre komische Ordnung.

An Weihnachten hatten sie zum ersten Mal Übernachtungsbesuch. Berti und Gerda waren da, mit dem kleinen Stefan. Und Mutti auch. Hannah hat den Abakus auseinandergenommen, den Mutti ihr geschenkt hat. Hat den hölzernen Rahmen und alle Metallstangen, jede einzelne Kugel fein säuberlich aneinandergelegt. Zum Schluss die Schrauben. Eine lange Reihe von ihrem Zimmer aus quer durch den Flur. Stefan hat gleich mitgemacht. Hat die Kugeln flitzen lassen und dann gewartet, bis Hannah die Ordnung wiederhergestellt hatte, nur um dann mit seinen kleinen Fingern wieder dazwischenzugehen. Und wieder, es war ein richtiges Spiel. »Siehst du«, hat Gerda gesagt, »sie braucht andere Kinder. Das ist schon gut da, im Heim. Und wenn ihr dann auch ein zweites bekommt ...« Sie hat sich über den Bauch gestrichen, Berti angeschaut und den Satz nicht zu Ende gesprochen. Willem hat Tilda die Hand auf den Rücken gelegt, das macht er immer, wenn er gefühlig wird. Sie spürt sie da sofort wieder, beim Gedanken daran, seine dicken, gedrungenen Finger. Tilda ist aufgesprungen und zu den Kindern in den Flur gelaufen. »Schluss jetzt!«, hat sie geschrien und gegen die Kugeln getreten. »Schlafenszeit.« Hannah hat gar nicht reagiert. Sie ist weiter hinter den Kugeln hergekrabbelt und hat begonnen, sie in ihre Hosentaschen zu stecken. Stefan hat zu weinen angefangen, und da wollte Tilda ihn hochnehmen und zu Gerda bringen. Aus dem Augenwinkel konnte sie noch sehen, wie Hannah kam und sich auf sie stürzte, einfach aus der Hocke, zack, und dann der brennende Schmerz in ihrer Wade. Willem hat ihr den Metallstab herausgezogen. Es hat ziemlich geblutet, aber zum Glück ist nichts weiter passiert. In der Nacht hat sie lange an Hannahs Bett gestanden. Sie lag da, auf dem Bauch, die Hände unter sich geschoben, ganz klein und friedlich. Tilda hätte sich gerne zu ihr gelegt, zu ihrem Kind, aber sie ist stehen geblieben, hat nur auf das Pochen in ihrem Bein geachtet und sich gedacht, dass das Herz überall steckt, auch in ihrem rechten Bein. Und wusste dann nicht, was sie mit einem solchen Gedanken anfangen soll. Sie hat sich zu Hannah hinuntergebeugt und die Decke glattgestrichen. Eigentlich sollte Stefan bei Hannah im Zimmer schlafen, doch Gerda wollte das Bettchen dann doch lieber bei sich und Berti im Wohnzimmer haben. Jetzt wusste Tilda, was die gemeint hatten in ihrem Brief. Was sie nicht hatte wissen wollen. Willem hat Hannah gleich am nächsten Morgen zurückgebracht. Eigentlich sollte sie noch eine Woche bei ihnen bleiben. Aber Mutti meinte, das wäre unverantwortlich. Was, wenn sie noch mal jemanden angreift? Was, wenn sie Stefan erwischt hätte? Oder die schwangere Gerda, stell dir vor, was mit dem Kind hätte passieren können!

Willem hört gar nicht mehr auf zu schwitzen, sein Pyjama ist nass, sein Kopfkissen, alles. Das hält ja niemand aus. Dann lieber frieren. Tilda steckt den Kopf zur Tür herein: »Ich habe beim Friseur angerufen, ich kann sofort kommen.« Sie zieht die Tür hinter sich zu. »In zwei Stunden bin ich zurück.« Er will schon die Decke zurückschlagen, als sie noch mal hereinkommt: »Eine halbe Stunde, mindestens, bleibst du hier noch liegen. Und dann ab in die Wanne, kräftig abrubbeln und rein in die warmen Sachen. Ich habe dir alles auf den Hocker neben der Wanne gelegt.« Er sagt nichts. Hört, wie die Haustür ins Schloss fällt und sie über den Kies davongeht, seine patente Frau. Jetzt ist sie weg. Er will aufstehen, doch er kann sich nicht rühren. Irgendetwas hält ihn hier im Bett. Er dreht sich auf die Seite. Wie schwer die Decke auf ihm liegt!

Auf Tildas Nachttisch steht ein Foto von ihr und Hannah. Das war an Weihnachten vor drei Jahren. Tilda sitzt auf dem Sofa, hinter ihr der Weihnachtsbaum, vor ihr steht Hannah. Tilda hält ihre rechte Hand, mit der linken tippt Hannah auf einem Xylophon herum. Es ist ein merkwürdiges Bild. Im Vordergrund der kleine Weihnachtsbaum, über und über mit Lametta und Kugeln behängt, dahinter die beiden: Tilda blickt streng, sie hält den Mund fest verschlossen, als wollte sie sich nicht anstecken lassen von Hannahs Begeisterung. Deren Mund steht offen, die Zunge schaut hervor. Sie ist ganz versunken in ihrem Tun. Willem kann sich nicht erinnern, das Foto aufgenommen zu haben, aber wer soll es sonst gewesen sein. Dieses Weihnachten haben sie zu dritt gefeiert, Tilda wollte niemanden dahaben. Es war nun klar, dass mit Hannah etwas nicht stimmte. Sie war fünf, sprach nicht, lief erst seit einigen Monaten. Es kann nicht lange nach der Aufnahme gewesen sein, dass Hannah den Weihnachtsbaum attackiert hat. Zum Glück haben die Kerzen nicht gebrannt. Sie ist aufs Sofa gestiegen und hat begonnen, den Schmuck herunterzureißen. Eine stumme Arbeit. Kugeln und Engel und Lametta flogen durchs Wohnzimmer, ein großes Büschel landete auf Tildas Kopf. Ich habe nicht gewagt, ein Foto davon zu machen, denkt er. Daran erinnert er sich, wie er so gerne auf den Auslöser gedrückt hätte und es nicht getan hat. Es wäre dieselbe Tilda gewesen wie die auf dem Nachttischbild. Nur mit leeren Händen und Lametta auf dem Kopf. Mit verkniffenem Mund. Sie hat sich die ganze Zeit nicht gerührt, und auch Willem hat Hannah machen lassen. Was soll es, hat er gedacht und die Kamera auf den Tisch gelegt, das ist bloß ein Baum. Als der ganze Schmuck abgeräumt war, hat sie ihn auf ihren wackligen Beinen hinter dem Sofa hervor, quer durchs Wohnzimmer geschleift bis zur Terrassentür. Der Baum war klein, aber trotzdem, Willem hat gestaunt. Wo sie diese Kräfte nur hernimmt! Hannah hat immer wieder mit dem Kopf gegen die Terrassentür gehämmert, so lange, bis Willem sie schließlich geöffnet hat. Und dann hat sie den Baum raus in den Garten gezerrt. Was für eine Anstrengung! Zum Glück war es schon dunkel, niemand konnte sie sehen. Sie hat den Weihnachtsbaum an die Tanne gelehnt und sich danebengehockt. Willem hat sie eine Weile beobachtet und sich dann zu ihr gesetzt. Wir saßen lange draußen im Dunkeln, der Weihnachtsbaum, Hannah und ich. Drinnen Tilda, zwischen den zerbrochenen Kugeln, das Lametta noch auf dem Kopf. Es glitzerte im Schein der Wohnzimmerlampe. Ihm ist heiß. Er muss raus hier. Von wegen Badewanne, er braucht jetzt eine Dusche.

Sie könnte hier für immer sitzen, den Nacken in der Kuhle des Waschbeckens, das warme Wasser, wie es ihr über die Schläfen und in die Ohren hineinläuft. Oben die Friseuse: »Ist es angenehm so?« Hm, hm, und wie. Ihre geschickten Hände auf Tildas Kopfhaut. Doch gleich wird sie den Hahn abdrehen, ihr das Handtuch um den Kopf schlagen und sie zurück an ihren Platz führen. Gleich wird sie fragen: »Und, wie geht es Ihrer Tochter? Was macht die Schule?« Schon hat sie den Mund aufgemacht, Tilda kommt ihr zuvor. »Hannah geht es ganz prima. Sie entwickelt sich gut in der Schule. Morgen besuchen wir sie.« – »Das muss ja ganz schön weit weg sein, das Internat, wenn Hannah nicht jedes Wochenende nach Hause kann.« Tilda beugt sich nach vorn, das Handtuch verrutscht etwas, ein kühles Rinnsal läuft ihr in den Nacken und in die Bluse hinein. Sie greift nach der Kaffeetasse und nimmt einen Schluck. »Da haben Sie bestimmt arg Sehnsucht nach ihr.« Der Kaffee ist heiß, sie hält sich den Handrücken vor den Mund. Ihr kommen die Tränen, so heiß ist der

Kaffee. »Alles in Ordnung, Frau Kamp?« Tilda schluckt die Brühe hinunter, es brennt in ihrer Kehle, sie fasst sich an den Hals. Nickt. »Ja, ja, alles in Ordnung. Ziemlich heiß, Ihr Kaffee.« Das Mädchen läuft los und holt ihr ein Glas Wasser. Tilda hat ihren Namen vergessen. Obwohl sie sie seit Jahren alle vier Wochen frisiert, ihr die Haare wäscht und legt, in einer Tour plappert dabei, kann Tilda sich einfach nicht merken, wie das junge Ding heißt. »Danke«, sagt sie und stürzt das Glas hinunter. Jetzt steigen ihr erst recht die Tränen in die Augen.

Willem stützt sich mit beiden Händen an der gekachelten Wand ab und lässt sich das kühle Wasser über den Rücken laufen. Ihm ist ein wenig schwindelig, das kommt sicher vom Schwitzen. Und vom Grog. Das kleine Fenster über der Wanne steht offen und auch die Badezimmertür, Tilda ist ja nicht da. Es weht ein leichter Wind, ihn fröstelt. Das ist angenehm. Er könnte die Wassertemperatur jederzeit hochdrehen, doch er lässt es so. Er hat eine richtige Gänsehaut. Herrlich, wie vorhin auf der Terrasse! Das letzte Mal, dass er eine Gänsehaut hatte, war bei der Hochzeit mit Tilda. Und davor im Krieg, aber daran mag er jetzt nicht denken. Er dreht den Kaltwasserhahn ganz auf. Er bewegt sich unter dem eisigen Strahl, dreht sich hin und her, reißt die Arme empor, kommt regelrecht in Schwung. Das ist beinahe schon ein Tanz. Er tappt leicht mit dem Fuß, muss an Hannah denken und die seltsamen Tänze, die sie dort tanzt. Herr Brandes hat es ihnen bei ihrem ersten Besuch gezeigt. Wie diese traurigen Kinder in ihren orangen und roten Hemdchen durch die Turn-

halle hüpften und wedelten. Er braucht kein Hemdchen dafür, er kann das auch so. Willem versucht sich
an einer Drehung. Erwischt gerade noch den Brause-
kopf, bevor es ihn von den Füßen reißt.

»Heute machen wir mal was anderes«, hört Tilda sich
sagen. »Heute schneiden wir die Haare kurz.« Die Friseurin zögert, lässt eine lange Strähne durch ihre Finger gleiten, zieht daran, sie reicht weit über Tildas
Schulter. »Wenn Sie meinen.« Sie zieht noch ein bisschen fester. »Ja«, sagt Tilda, »das meine ich.« Das Mädchen reicht Tilda eine Zeitschrift. »Dann schauen wir
mal.« Sie muss das Heft nicht aufschlagen. »Hier«, sagt
sie, »so soll das sein. Genau so. Ganz kurz und mit so
einem kleinen Pony. Wie die Hepburn.« Das Mädchen
schweigt, ihre Blicke treffen sich im Spiegel. Tilda
schaut gar nicht in ihr Gesicht, sie denkt nicht daran,
ihr eigenes Gesicht anzuschauen und mit dem der Hepburn zu vergleichen. Sie schaut bloß auf ihre Haare, wie
sie so schlapp und nass an ihr herunterhängen. Eine
unbestimmbare Farbe. »Weg«, hört sie sich rufen, »das
muss alles weg!« Die Dame neben ihr schaut sie an. Das
Mädchen schiebt Tilda die Hände in den Nacken und
zieht ihre Haare zu sich heran. »Chefin, Frau Kamp will
die Haare kurz!« Da kommt sie schon, die Frau Meyer.
Ihren Namen kann Tilda sich merken, schließlich heißt
der Salon so. Die Friseurin streckt ihr das Magazin entgegen. »So«, sagt sie, »wie die Hepburn!« Was hat sie
denn? Tilda ist schon klar, dass sie nicht die Hepburn
ist und dass sie auch nicht die Hepburn sein wird, nur
weil sie die gleiche Frisur haben. Oder zumindest so etwas Ähnliches. Wozu ist das denn hier ein Salon, wenn

man sich nicht mal eine neue Frisur schneiden lassen kann? »Dann machen wir das auch«, sagt Frau Meyer. »Ich bin noch eine halbe Stunde frei. Soll ich übernehmen?« Immerhin eine hier hat Verstand.

Irgendwie muss er aus der Wanne wieder rauskommen, bevor Tilda zurück ist, sonst steckt sie ihn für eine ganze Woche ins Bett. Alles dreht sich, sein Rücken tut ihm weh, und als er sich am Wannenrand mühsam nach oben zieht, sieht er eine schmale Blutspur in der Wanne. Er muss sich beim Sturz den Kopf aufgeschlagen haben. Er tastet vorsichtig danach, ja, da ist eine Wunde. Zum Glück hat er nicht mehr so viele Haare. Willem stellt sich nackt vor den Spiegel, damit er nicht auch noch das Handtuch volltropft, schiebt mit dem Fuß den Badevorleger zur Seite und inspiziert mithilfe von Tildas Schminkspiegel seinen Hinterkopf. Es blutet immer noch, trotzdem: So schlimm sieht es nicht aus. Etwas Jod, ein Pflaster, das wird reichen. Aber wo sind die Pflaster? Im Badezimmerschränkchen findet er nichts. Dann in der Küche.

Die Schere liegt kühl an ihrer Stirn, die nassen Strähnen fallen ihr in den Schoß. Sie sind schon lange nicht mehr schwarz. »Wie wäre es mit ein wenig Farbe?« Ja, denkt Tilda, wieso eigentlich nicht. Sie nickt, Frau Meyer unterdrückt einen Fluch. Jetzt ist der Pony wirklich kurz. Was soll es, Haare wachsen wieder.

Willem läuft durch den Flur. Denkt, dass er gerade zum ersten Mal nackt durch dieses Haus geht, und wundert sich darüber. Das ist schließlich sein Haus, er hat es bezahlt und bezahlt es immer noch. Wieso um alles in der Welt ist er hier noch nie nackt durch den Flur gelaufen, denkt er, als er den Schlüssel hört. Tilda ist zurück! Und er erinnert sich, dass er schon das Quietschen des Gartentors gehört hat, aber mit seinen Gedanken so beschäftigt war, dass er nicht erkennen konnte, was das bedeutet. Dass Tilda gleich durch diese Tür treten wird. Und da ist sie schon. Aber, nein, das ist sie nicht, im Halbdunkel steht jemand anderes. Oder doch, das ist Tilda, aber sie hat einen anderen Kopf auf ihren Schultern. »Tilda!«, ruft er, als sie sich einfach nicht rührt, ihn bloß anschaut, unter ihrem schwarzen Helm. »Was ist mit deinem Kopf passiert?« Sie steht auf der Schwelle, der Schlüssel steckt noch im Schloss, sie lässt ihn nicht los. Starrt Willem an, als wäre er derjenige mit einem neuen Kopf. Jetzt zieht sie den Schlüssel ab, deutet mit der Schlüsselhand auf ihn, von oben nach unten und wieder zurück, zeigt auf seinen Kopf. Pickt zweimal mit dem Schlüssel in die Luft. Willem merkt, dass ihm etwas Blut den Nacken hinunterläuft, greift an die Stelle, wischt ein bisschen herum, das hilft nicht viel. Er nickt schließlich und sagt: »Nicht schlimm. Gar nicht schlimm. Ich bin ausgerutscht, in der Wanne. Etwas Jod. Ein Pflaster.« Zeigt mit dem Daumen hinter sich in Richtung Küche. »Ich wollte mir gerade eins holen.« Sie tritt auf ihn zu, fasst ihn am Oberarm und schiebt ihn in die Küche. Geht an ihm vorbei und zieht die Vorhänge zu. Willem spürt immer noch ihren festen Griff auf seiner Haut und muss daran denken, wie sie ihn früher so angepackt hat. Ihre langen Finger um seinen Oberarm und wie sie ihn zu sich herangezogen hat. Auf dem Rand der Zisterne im Garten ihrer Eltern. Er erinnert

sich, sie hatte ihre Füße links und rechts von ihm ab-
gestellt, grub die Zehen in seine Oberschenkel. Die Sonne schien auf uns und wir lachten, denkt er. Plötzlich
packte sie ihn an den Oberarmen und zog ihn ins Wasser, drückte ihn nach unten und stellte ihm ihre Füße
auf die Schultern. Sie war stark, schließlich sind sie fast
gleich groß. Gerade so ist er wieder nach oben gekommen. Sie warf den Kopf in den Nacken und lachte noch
mehr. Und er schlang seine Arme um sie, presste seinen
nassen Kopf gegen ihre Brust, war froh, dass er lebte.
Willem kann diesen Griff immer noch spüren, jetzt besonders, auch wenn sich viele andere Berührungen da-
rübergelegt haben. Er streicht sich über den Oberarm,
neigt sich etwas in ihre Richtung. Sie stellt das Erste-
Hilfe-Kästchen auf die Anrichte, drückt seinen Kopf
nach unten, träufelt das Jod in die Wunde. Sie ist viel
größer als er in ihren hohen Schuhen. Jetzt klebt sie das
Pflaster drauf, quer über die kümmerlichen Reste seiner Haare. Das wird wehtun beim Abziehen.

Willem steht allein in der Küche, schaut an sich herunter. Er sieht seinen Bauch, die Rundung der Oberschenkel und seine Fußzehen auf dem hellen Linoleum. In
der Wunde an seinem Hinterkopf brennt es. Er fasst
kurz dahin, legt sich die andere Hand auf den Bauch,
dunkle Haare schauen zwischen seinen Fingern hervor. Ein paar schwarze Sprenkel, genauso wie auf dem
Boden. Ich bin blass und weich und wäre es lieber
nicht, denkt er, und plötzlich weiß er, was es heißt,
nackt zu sein. Plötzlich weiß er, warum Tilda ihn hier
hat stehen lassen, warum sie ihn immer stehen lässt
und gar nicht mehr anrührt. Früher war das anders,

da waren sie beide dünn, der Krieg hatte sie dünn gemacht. Das hier ist nicht mehr mein Körper, denkt Willem, dieser weiche Mantel aus Speck und Haaren. Schlapper Haut. Ich vermisse meinen Körper. Irgendwo muss er doch noch stecken, unter all diesem Fleisch und dem Fett. Soweit er sehen kann, hat Tilda ihren Körper behalten, auch nach der Schwangerschaft. Alles an ihr ist klar und konturiert. Von hinten sieht sie immer noch so aus wie damals auf dem Schiff. Dunkel vor dem dunkleren Himmel. Ich sehe das auch jetzt noch, denkt er, wo sie den Raum schon lange verlassen hat. Auch jetzt kann ich ihre Gestalt noch deutlich vor mir sehen und spüren, wie nahe unsere Körper sich einmal waren. Neue Frisur hin oder her.

10

Alle Räume sind abgenutzt, denkt Tilda, während sie im Schlafzimmer vor dem Spiegel sitzt, überall bin ich schon gewesen. Alles, was ich sein konnte, war ich schon einmal. Es ist nichts Neues zu erwarten. Sie greift sich an den Kopf, fährt mit beiden Händen durch ihre neue Frisur und über das leere Gefühl am Hinterkopf, hoch und runter, hoch und runter. Streicht die Haare schließlich glatt und zupft sich ein paar Strähnen in die Stirn. Selbst das hier ist nichts Neues, auch wenn Willem gerade so getan hat, als wäre ich jemand anderes, als könnte er mich nicht erkennen. Doch damals waren meine Haare ja auch kurz, ich habe sie bloß aus Bequemlichkeit wachsen lassen. Und aus Sehnsucht, weil ich wusste, dass es Willem so besser gefiel. Weil es mir half, an ihn zu denken, als ich ihn gänzlich aus den Augen verloren hatte. Und dann habe ich sie einfach nie mehr abgeschnitten. Doch selbst dieser Gedanke ist nicht neu. Es ist nicht einmal ein Gedanke, lediglich eine Erinnerung. Ich bestehe nur aus Erinnerungen. Ich gehe darin herum und kann nichts Neues entdecken. Selbst das, was mir damals neu erschien und verblüffend, was ich mir erträumt habe, ist jetzt alt und hat jeden Reiz verloren. Ein abgedroschenes Leben. Wie Willem damals auf dem Schiff an unseren Frühstückstisch trat. Wie er einen Moment stehen blieb, mir zuzwinkerte, die Hacken zusammenschlug und salutierte. Wie er Vati kurz zunickte, Mutti und Gerda einen Handkuss gab. Der hatte Schneid! Das gab vielleicht ein Gerede. Meckels waren gerade im Anmarsch und haben die Szene natürlich mitbekommen. Die Meckel kriegte sich gar nicht wieder ein: »Was war das denn für einer? Kann er nicht den Deutschen Gruß machen? Wir sind hier schließlich auf deutschem Boden!« Ich weiß noch, wie ich lachen musste. Schön wäre es, wenn wir auf deutschem Boden gewesen wären. Aber wir waren auf einem Schiff irgendwo im Mittelmeer Richtung Spanien unterwegs. »Was gibt es denn da zu kichern, junges Fräulein?« Ihr Mann musste ihr schließlich die Hand auf den Unterarm legen. Mutti und Gerda schwiegen, Vati zog die Augenbraue hoch. Nach dem Frühstück nahm er mich beiseite, doch was konnte ich schon sagen? Wir hatten kaum mehr als unsere Namen ausgetauscht am Abend zuvor. Dass Willem einer Gruppe junger Männer angehörte, die sich großspurig und geheimnistuerisch gaben, hatte Vati natürlich selbst bemerkt. »Pass bloß auf«, sagte er, und das war weit weniger, als von Mutti zu erwarten gewesen wäre. Das alles steht in Tildas Tagebuch, aber sie muss nicht reinschauen, um es zu wissen. Meine Erinnerung funktioniert prima, denkt Tilda, nur mein Leben nicht.

Am Vormittag lag Tilda mit Gerda an Deck, als Willem wieder auftauchte. Gerda redete in einer Tour, von den Matrosen und ob der eine nicht gerade zu ihr hergeschaut habe und ob sie ihre Haare nun auch bald abschneiden sollte: »Fesch ist es ja schon«, sagte sie, »aber ein deutsches Mädel, das braucht doch Zöpfe!« Die reinste Qual. Tilda war kurz davor, wieder nach unten zu gehen, da trat Willem von hinten an ihren Liegestuhl heran und legte ihr die Hände vor die Augen. Gerda fing gleich an zu kreischen, als hätte er sie angefasst. Tilda drehte sich um und schob seine Hände weg. Und dann bin ich runter in die Kabine, den Abdruck seiner kühlen Hände auf meinen Schläfen, denkt Tilda und fährt sich durchs Gesicht. Willem gefiel ihr. Wie eine Möglichkeit, denkt sie, die ich schon lange für mich ausgeschlossen hatte. Wie ein Gedanke kurz nach dem Aufwachen.

11

Mami sieht merkwürdig aus, und das liegt nicht nur daran, dass mein Kopf von der Spritze immer noch so zäh ist. Irgendwas hat sich verändert. Ich glaube, Berti hat ihr die Haare geschnitten. Weil ich nicht da war, irgendjemandem mussten sie eben die Haare schneiden. Diesmal hat sie auf dem Korbstuhl auf der Terrasse gesessen, und Papa und Berti sind mit Kamm und Schere um sie herumgesprungen. Ich habe sie zuerst gar nicht erkannt, aber Papa stand neben ihr und sie hatte den karierten Wollrock an. Den mit den hellgrünen Fäden. Wer sollte diese Frau neben Papa sonst sein! Und sie haben es schließlich auch gesagt, als sie mich heute Morgen losgemacht haben: »Mutti und Vati kommen heute. Also reiß dich zusammen!« Wieder hat mich die Schwester hinter sich hergezerrt, den Flur entlang und in die Kammer. Aber heute war es anders, ruhiger, das lag an der Spritze, die macht meine Beine langsam und den Kopf auch. Die Schachteln stehen dann ganz ordentlich beieinander, keine fliegt einfach so auf, nichts vermischt sich. Trotzdem finde ich nichts mehr. Kein Vogel weit und breit. Kein einziger Sonnenstrahl, der mich erreicht. In der Kleiderkammer stehen auch Schachteln, in einem hohen Regal, auf jeder Kiste steht ein Name, und auch mein Name ist dabei. Ich kenne ihn noch, aber er hat sich verändert. Ich kann ihn nicht mehr zusammenfalten. Ich kann ihn nicht mehr herunterschlucken. Er ist ein langes Gebilde geworden, eine Schlange, die ich Hunderte Male am Tag durch meine Hefte jagen muss. Die vor mir davonläuft.

Ich habe viele Hefte hier, in vielen Farben. Ein blaues, ein rotes, ein gelbes, ein oranges und ein braunes. Am liebsten mag ich das grüne. Und auf jedem Heft vorne mein Name. Ich muss in ihnen malen und schreiben, sie nennen das nicht Schreiben hier, sie sagen *Nachspuren*. Wir sind alle in einem Zimmer, die anderen Kinder und ich, jedes hat einen eigenen Tisch mit einem Stuhl. Da sitzen wir dann, die Hefte aufgeschlagen vor uns, und spuren nach. Ganz für uns und dürfen auch nicht reden. Nicht mit den Beinen schlenkern und auch nicht die Füße um die Stuhlbeine wickeln. Den Tisch kann man aufklappen, und drinnen liegen alle Hefte, das Federmäppchen mit den Stiften, das Mami mir gekauft hat, bevor ich hierher kam. Die Blechschachtel mit den Wachsmalkreiden. Seitlich am Tisch ein Schild mit meinem Namen. Überall stehen hier Namen. Und dann sagt die Lehrerin, welches Heft wir herausnehmen sollen. Wenn ich es aufschlage, steht immer schon etwas darin, das ich nicht geschrieben habe. Feine Linien sind da, mit Bleistift gezogen, mit dünnen, runden Buchstaben darauf. Aus den Buchstaben werden Wörter, das weiß ich, auch wenn ich sie nicht verstehen kann. Die Lehrerin bestimmt, welchen Stift ich nehmen soll, in welcher Farbe, und dann muss ich die Wörter nochmal hinschreiben, die da schon stehen. Muss kräftig, aber nicht zu fest über die schönen dünnen Buchstaben fahren. So, dass sie unter meinem Strich verschwinden, dass am Ende bloß meine dicken Buchstaben noch da sind und die feinen Linien, auf denen sie nicht bleiben wollen. Ich weiß nicht, ob das dann dieselben Wörter geworden sind. Auf der folgenden Seite ist immer alles noch leer und frei, doch am nächsten Tag, wenn ich wieder da sitze, wird das Blatt nicht mehr leer sein. Die Linien werden da sein und die feinen Buchstaben, und ich werde wieder darüberschreiben müssen. Nachspuren. Ich würde die Hefte gerne einmal mit in mein Bett nehmen und sie in der Nacht beobachten. Ich würde gerne sehen, wie die Wörter darin auftauchen. Aber das dürfen wir nicht, alles muss im Pult bleiben. Auch das grüne Heft, das mit den Zahlen. Obwohl es anders ist: Das bleibt leer, das füllt sich nur, wenn ich darin schreibe. Auch das heißt nicht Schreiben, das heißt Rechnen, und rechnen kann ich, sagt die Lehrerin. Zahlen mag ich, die bleiben an ihrem Platz. Ich kann sie sehen, sie sind immer da. Auch jetzt, wo die Schwester wieder an meinem Arm reißt, sind die Zahlen noch da. Es sind einhundertachtundzwanzig Schachteln in diesem Regal, einundzwanzig ganze und vierzehn angeschnittene Dielen liegen am Boden der kleinen Kammer. Das sehe ich, auch wenn sich der restliche Raum so lahm vor mir ausdehnt, dass ich kaum etwas von ihm erkennen kann. »Hannah, träum nicht, zieh dich an! Gleich sind deine Eltern da.« Die Schwester stupst mich von hinten an, vor mir auf dem Stuhl ein Stapel mit Unterwäsche, eine Hose und ein Hemd. Ein Paar Strümpfe obendrauf und unter dem Stuhl die Schuhe. Das sind meine Sachen von zu Hause, die hat sie aus der großen Schachtel geholt, die dürfen wir auch nicht mit in unser Zimmer nehmen. Die kriegen wir nur am Besuchstag, die restliche Zeit stecken wir in unseren Kitteln. Die Schwester rupft auf meinem Kopf herum. »Was machen wir nur mit deinen Haaren? Ich glaube, da muss ich noch mal ran«, sagt sie und zieht an einer langen

Strähne, lässt sie mir über die Stirn und in die Augen fallen. Schon hat sie eine Schere aus ihrer Kitteltasche geholt und lässt sie durch die Luft sausen. Wusch, wusch macht es, Strähnen fallen mir in den Nacken und über die Schultern, auf den Boden. Ich will nach der Schere greifen, ich will der Schwester auch ihre Haare abschneiden, aber meine Hand schläft noch. Ich reiße sie nach oben, und sie kommt sogar hinterher, doch sie will nicht greifen. Sie schlägt der Schwester gegen die Brust, die wischt sie einfach weg. Das ist doch meine Hand, und das ist mein Kopf, aus dem wachsen meine Haare heraus. Sie soll das lassen. Von mir aus, wenn Berti mir die Haare schneidet, dann soll er das machen. Aber sonst niemand. Schon gar nicht die Schwester.

Jetzt greift Mami mir in die Haare. »Ganz schön kurz«, sagt sie und schaut die Brandes an, neben der ich immer noch stehe. Die Brandes sagt nichts, und Mami lässt ihre Hand auf meinem Kopf liegen, greift sich mit der anderen in den Nacken, schaut auf den Boden, und dann fängt sie an zu lachen. Meine Hand ruckt in der Hand von der Brandes, und ich weiß nicht, zieh ich an mir oder ist das die Brandes, die zieht. Es ruckt noch einmal, und dann bin ich frei. Mami steht immer noch da und lacht. Ich kann es nicht richtig sehen, weil sie den Kopf so komisch hält und die eine Hand vors Gesicht, ich höre, wie die Töne gluckernd aus ihrem Mund kommen. Papa steht ganz still neben ihr. Er schaut auch nach unten, die Hände in den Hosentaschen, ich sehe, dass er sachte mit dem Fuß wippt, immer wieder, tipp und tapp, tipp und tapp, ganz leise, kaum hörbar, aber ich sehe es. Die Brandes merkt gar nichts, die schaut nämlich nie nach unten, sondern immer so schräg nach oben. Wahrscheinlich zum Herrgott hin. Von dem redet sie immer, obwohl es hier angeblich gar nicht um den Herrgott geht. Sagt Papa zumindest. Die merkt also nichts, aber ich habe es gemerkt, und jetzt fange ich ein bisschen zu tanzen an. Es geht nicht so gut, weil alles an mir so schlapp und schwer ist. Ich will den Fuß heben und nach vorne schieben, etwas reißt mich um. Die Brandes packt mich am Oberarm, sodass ich nicht hinfalle, sondern nur leicht zur Seite und zusammenknicke. Sie hat also doch alles mitgekriegt. Mami lacht nicht mehr, und auch Papas Fuß ist still. »Was ist denn mit ihr?« Mami ist einen Schritt nach vorne getreten und hat mich der Brandes aus der Hand gerissen. Papa hat sich hingekniet und schaut mich mit seinen Brillenaugen an. Ich schau zurück, aber er rutscht irgendwie weg, wird ganz groß und schlierig. »Nichts weiter«, sagt die Brandes kühl, »genießen Sie erst mal Ihren Nachmittag.« Und setzt hinzu: »Sie haben die Kleine schließlich lange nicht mehr gesehen.« Sie streckt Papa die Hand hin, das ist komisch, denn er hockt noch immer neben ihr. Jetzt richtet er sich auf und zieht dabei ein bisschen an der Brandes. Sie macht einen kleinen Schritt nach vorne, während sie sagt: »Kommen Sie doch später nochmal bei mir im Büro vorbei.« Mami hält mich fest, und Papa nickt und schüttelt ihre Hand, und auch sein Fuß tappt jetzt wieder auf dem Boden herum.

Papa fasst mich unter dem Arm, und Mami geht an der anderen Seite neben mir, aber wir kommen so nicht vorwärts. Meine Füße kleben am Boden, ich reiße an meinen Beinen, aber sie wollen einfach nicht hinterher. Der Weg zieht in dicken Schlieren an mir vorbei, Papa müsste mich so hinter sich herschleifen, wie die Schwester das vorhin getan hat. Richtig mit Schwung und dass man spürt, dass er wo hinwill, dann würde es klappen. Vorhin waren meine Füße ja auch flink genug. Schließlich nimmt Papa mich auf den Arm und trägt mich zum Auto. Mami läuft nebenher und streichelt die ganze Zeit über meine Haare. Wahrscheinlich will sie prüfen, wer von uns beiden nun kürzere hat. Im Auto setzt Mami sich nach hinten, und Papa legt ihr meinen Kopf auf den Schoß. Sie lässt meine Haare einfach nicht los. Ich merke, dass sie die ganze Zeit mit mir redet. In meinem Kopf ist wirklich einiges durcheinandergeraten, und ich weiß überhaupt nicht, in welche Kopfschachtel ich Mamis neue Stimme packen soll. Am besten, ich lasse sie noch eine Weile draußen. Papa hat den Motor angelassen, das Brummen fährt durch Mamis Beine direkt in meine Brust hinein. Auch meine Arme zittern und mein Kopf. Ich mache einen schönen Ton dazu. Mami hat ihre Hand in meinen Nacken gelegt und es macht mir nichts aus, dass der Klang direkt da hindurchgeht.

Willem blickt in den Rückspiegel. Tilda weint. Soweit er weiß, hat Tilda noch nie geweint. Nicht, als sie das mit Hannah erfahren haben, nicht, als ihr Vater gestorben ist. Nicht mal, als sie das Kind weggemacht haben. Das Kind von diesem Jugoslawen. An dieses Kind hat er lange nicht mehr gedacht, und er will auch jetzt lieber nicht daran denken, denn es ist ja nicht sein Kind.

Und trotzdem hat etwas in ihm die ganze Zeit an das Kind gedacht, denkt er, und auch wenn er diesen Gedanken nicht nachgegangen ist, so waren sie doch da. Die Gedanken und auch das viele Blut. Was haben wir uns nur dabei gedacht, Berti und ich? Ein Buchhalter und ein Chemiker, die zusammen ein Kind weg machen! Der Arzt im Krankenhaus hat nichts gesagt, hat ihn nur angeschaut und dann den Aufnahmebogen zur Hand genommen. »Chemiker sind Sie also. Und jetzt diese starken Blutungen. Wir werden das Kind nicht retten können. Sofern noch etwas von ihm da ist.« Tilda hat zwischen ihnen gelegen, und das Blut ist aus ihr herausgeflossen. »Wir nehmen eine Ausschabung vor. Und dann sehen wir weiter. Ungewiss, ob Ihre Frau noch mal ein Kind bekommen kann. Und jetzt raus mit Ihnen.« Die Schwester hat ihn mit einem harten Griff auf den Gang geschoben. »Sie rühren sich nicht vom Fleck.« Er hat bis zum nächsten Morgen da gestanden, niemand ist zu ihm gekommen, er hat es nicht gewagt, sich auf den kalten Boden zu setzen. Sie haben ihn einfach da stehen lassen. Bis Tilda kam. Blass und wackelig, aber auf ihren eigenen Beinen. Auf dem Weg nach Hause hat sie hinten gesessen, und er hat ihr Gesicht im Rückspiegel gesehen. Sie hat aus dem Fenster geschaut, so wie jetzt. Nur dass sie jetzt weint und damals nicht geweint hat. Und gesagt hat sie auch nichts. Auch später, auch zu Hause haben sie kein Wort mehr über die Sache verloren. Tilda hat sich für eine Woche ins Bett gelegt, und es war selbstverständlich, dass er im Wohnzimmer schlief. Gerda hatte das Gästezimmer, auch sie hat nichts gesagt, zumindest nicht zu ihm. Am Ende der Woche kam Tilda wieder aus dem

Schlafzimmer heraus. Gerda ist zurück zu Berti, und alles war wie vorher.

Hannahs Kopf liegt schwer auf Tildas Schoß, sie brummt und stöhnt vor sich hin, etwas Speichel fließt aus ihrem halb geöffneten Mund über ihre Wange und auf ihren Rock, aber das stört Tilda heute nicht. Hannah ist warm und weich, sie ist ihr Kind. Willem vorne sagt kein Wort, wie immer, wenn es darauf ankommen würde. Er fährt, sie weiß nicht, wohin, auch das ist ihr egal, er wird es schon wissen. Er sucht ihren Blick im Rückspiegel, sie weicht ihm aus. Sie will nicht sprechen. Sie will ihm nicht in die Augen schauen. Hier sind schon genug Gefühle, eines mehr kann sie nicht verkraften. Sie will hier einfach sitzen, das Brummen des Motors in ihrem Körper und ihr Kind auf ihrem Schoß, in ihren Armen. Den Blick aus dem Fenster auf die vorbeiziehende Landschaft, Felder und Bäume, Hecken und hinten ein Haus. In einem solchen Haus würde ich gern leben, denkt Tilda, durch so eine dunkle Tür möchte ich treten, die Ärmel hochgekrempelt, die Weste offen und eine Hand in der Hosentasche. Mit Kniestrümpfen und schweren Schuhen. Oder im Haus am Fenster stehen und herausschauen. Wieso auch nicht. Hannah ist leiser geworden, die Augen sind ihr zugefallen. Sie sind schon eine Weile unterwegs.

Willem sieht nicht nur Tilda im Rückspiegel, er sieht auch sich selbst. Die Stirn und den dunklen, breiten Rand seiner Brille, den Ansatz seiner Ohren und die Haarbüschel darüber. Vielleicht müssen diese Haare weg. Vielleicht wäre ich ein ganz anderer Mann ohne diese albernen Überreste auf meinem Kopf. Tilda hat kurz zu ihm hingeschaut. Und genickt. Das hat er gesehen, bevor er schnell wieder auf die Straße geschaut hat. Ewig kann man sich schließlich nicht im Spiegel betrachten, wenn man fährt. Langsam wird Willem hungrig, aber wo sollen sie hin? In ein Restaurant mit Hannah? Das haben sie noch nie gemacht, und heute ist ganz sicher kein guter Tag dafür. Andererseits, es ist Sonntag, sie haben keine Wahl, wenn sie nicht jetzt schon zurück ins Heim wollen. Nach Hause ist es zu weit, das schaffen sie nicht. Sie haben keine Übung in den Ausflügen mit Hannah, sie haben sich gar nichts überlegt. Also einfach ins nächste Dorf und dort in den Gasthof. Was soll schon passieren? Willem schaut noch mal in den Rückspiegel, sucht Tildas Blick. »Hast du auch Hunger?« Sie rührt sich nicht, schaut weiter aus dem Fenster. Sie will das nicht entscheiden, wie immer. Immer drückt sie sich vor den Entscheidungen, damit sie ihm hinterher die Schuld geben kann, und Hunger hat Tilda ja sowieso nie. Also gut, dann nimmt er das eben in die Hand. »Aber ich«, ruft Willem, Heiterkeit in der Stimme, »und Hannah bestimmt auch!« Hannah ist wie er, sie kann immer etwas essen, doch das sagt er schon nicht mehr. Am liebsten Süßes. Und Fleisch. Ein Schnitzel mit Jägersoße und hinterher ein Stück Kuchen. Schon sind sie runter von der Bundesstraße. Da hinten ist eine Ortschaft, da wird es sicher etwas geben. Es ist ein Uhr, Zeit zum Mittagessen. Und tatsächlich, direkt vor ihnen, an dem Eckhaus, da hängt ein Schild: *Gasthaus zur Sonne*. Neben dem Haus, in einem kleinen Hof, stehen ein paar Tische und Stühle. Das ist perfekt. Draußen ist für Hannah immer besser als drinnen. Er fährt erst einmal vorbei, will den Wagen am Ortsausgang parken. Ein kleiner Spaziergang wird ihnen sicher guttun.

Mami hat ihre Hand von meinem Kopf genommen. Wir bewegen uns nicht mehr. Ich halte die Augen noch eine Weile geschlossen. Es stört mich nicht, dass ich hier liege, auf diesem kratzigen Wollstoff. Er erinnert mich an die Decken im Heim, die sind auch kratzig. Anders als die Bettwäsche zu Hause, die ist so dünn und glatt, dass ich manchmal gar nicht unterscheiden kann, wo hört die Decke auf und wo fange ich an. Und am Ende schläft man ein, und wenn man aufwacht, ist man nicht mehr da. Oder ist doch noch da, aber kann sich nicht mehr finden. Hier dagegen ist alles eindeutig: Das hier bin ich, und das andere ist Mamis Rock, und wenn ich meinen Kopf hebe, dann bleibt der Rock liegen. Dann ist beides wieder getrennt, da muss ich nichts befürchten. Alles ist völlig klar, und auch mein Kopf kommt langsam in Ordnung. Mami redet wieder mit ihrer alten Stimme. Papa will offenbar etwas, das sie nicht will. Dann wird ihre Stimme immer noch ein bisschen schärfer, als sie sowieso schon ist. Also richte ich mich besser auf, sonst fährt die Stimme wieder in meinen Kopf. Ich komme hoch und bin gleich ziemlich in Schwung. Mein Kopf schlägt gegen die Scheibe, ich bin wieder da. Mami fasst mich an, das mag ich nicht. Wenn einen einer anfasst, ist es schwer zu unterscheiden, welche Haut zu wem gehört. Ich ziehe meinen Arm weg und drehe mich zur Scheibe. Papa ist ausgestiegen und macht die Tür auf, schon sind meine Beine draußen. Er nimmt mich an beiden Händen und zieht mich hoch. Papas Hände sind rau und groß und packen fest zu, die stören mich nicht so sehr. Da weiß ich genau, das ist seine raue Haut und hier beginnt meine eigene, weiche. »Komm«, sagt er, und hat mich schon losgelassen, »wir gehen eine kleine Runde. Und dann essen wir etwas.«

Sie können doch mit Hannah nicht in ein Restaurant gehen, selbst wenn es nur ein Dorfgasthof ist. Und schon gar nicht in diesem Zustand. Was ist nur in ihn gefahren? Geht einfach vorneweg, zieht Hannah hinter sich her, und die stolpert mit. Natürlich, Hannah folgt Willem ja in allem. Weil er ihr alles durchgehen lässt. Wenn ich schon sehe, wie ihre Arme beim Laufen schlenkern und wie sie den Kopf hängen lässt, denkt Tilda. Wie die Füße über den Schotterweg schlurfen. So können wir doch nicht in ein Restaurant. Aber Willem stört das nicht. Er geht einfach weiter, eine Hand in der Hosentasche, die andere um Hannahs Hand geschlossen. Singt vor sich hin, und Hannah kreiselt neben ihm. Tilda sitzt in der offenen Wagentür und blickt den beiden hinterher. Oder eigentlich schaut sie nur zum Waldrand dahinter und wie der Himmel sich darüberspannt. Hier könnte auch so eine kleine Hütte stehen, ein Häuschen, in dem sie unterkommen kann. Die beiden streifen ihr Blickfeld. Mich lassen sie hier sitzen. Es interessiert ihn gar nicht, wie das alles für mich ist. Er ist wie ein Kind. Läuft los, denkt nur an diesen Moment und keine Sekunde lang an den nächsten. Und schon gar nicht an die Folgen. Dass sie mit Hannah überhaupt von da weggefahren sind war ein Unding. Eine totale Katastrophe letztlich. Hoffentlich nehmen sie sie wieder auf. Es war nicht leicht, das Heim für sie zu finden, und was soll sie den Nachbarn sagen, wenn Hannah plötzlich wieder zu Hause ist?

Hannah läuft am Straßenrand neben Willem her, es scheint ihr besser zu gehen. Immer einen Fuß im Gras, der andere auf dem Asphalt. Sie schwingt die Arme, brummelt vor sich hin, und auch Willem bekommt Lust zu singen. Beim Gehen muss er immer ans Marschieren denken, beim Marschieren ans Singen. Also summen und singen sie beide, werfen ihre Arme in die Luft und geben nichts auf die Worte. Er denkt nicht an die Lieder, die er früher gesungen hat, Lieder, die er jetzt nicht mehr singen darf, die ihm in der Kehle stecken bleiben. Ein Vogel im Wald, der sein Lied nicht mehr weiß. Der es nie gewusst hat. Und hat auch schon vergessen, was für ein Vogel er ist. Er ist froh, dass er in Hannahs gestammeltes Liedchen einstimmen kann, sonst hat er nichts. Von hinten ruft Tilda, das schert ihn nicht. Soll sie doch im Auto sitzen bleiben, soll sie ihnen nachlaufen, er dreht sich nicht um. Rechts liegt das Dorf, aber dahinten beginnt der Wald, und da gehen sie jetzt hin. Das Gasthaus ist auch in einer halben Stunde noch offen. Willem beginnt zu rennen, und auch Hannah ist schneller geworden. Sie hüpft und juchzt und kiekst und schmeißt die Beine in die Luft. Sie werden immer schneller, er spürt den Wind in seinem Gesicht und die kühlere Luft, die ihnen aus dem Wald entgegenkommt. Der Boden wird weicher, und Willem wird langsamer davon. Noch ein paar Schritte und sie sind im Wald. Hannah ist stehen geblieben, wirft sich rücklings auf den Boden, die Hände neben sich, die Finger im moosigen Waldboden. Willem legt sich zu ihr, nicht zu nahe, schiebt ein paar Blätter als Kissen zusammen, streckt die Beine aus und verschränkt die Hände im Nacken. Die Sonne steht hoch, Lichtflecken fallen ihm ins Gesicht. Ich kann die Augen schließen und trotzdem wissen, dass ich im Wald bin. Hannah neben mir. Ein Bild, denkt Willem, man müsste ein Bild malen. Von hinten hört er Tildas Schritte, aber er hört nicht hin.

Hier ist es gut. Fast wie zu Hause, nur dass hier viel mehr Tannen sind. Eine neben der anderen, dahinter noch eine und immer so weiter. Sie sind so groß und stehen so weit entfernt voneinander, dass ich ihre Zahl nicht erkennen kann. Ich lege meinen Daumen und den Zeigefinger aneinander und schaue hindurch. Wenn ich die Bäume hier in einen Rahmen stecken könnte, so wie Mami das mit unseren Fotos tut, dann ginge es, dann könnte ich ihre Zahl erfassen, so wie ja jetzt eine Zahl vor mir auftaucht. Doch die Zahl stimmt nicht, etwas fehlt. Vielleicht gibt es Mengen, die man nicht sehen kann. Vielleicht stehen hier sogar alle Tannen. Der Weihnachtsbaum auch und die Tanne von zu Hause. Und jede einzelne für sich, und ich kann sie klar erkennen. Wenn ich die Augen schließe, sind sie immer noch da. Und ich bin es auch. Ich kann die Vögel hören. Jeder singt für sich sein eigenes Lied. Da kommt noch wer, das wird Mami sein, aber sie geht nicht zu uns, ihre Schritte verstummen schon vorher. Wenn ich die Augen leicht öffne, den Kopf etwas drehe, sehe ich Papa neben mir. Er schnauft ein bisschen, sein Bauch hebt und senkt sich dabei, die Sonnenflecken verschieben sich über den Streifen seines Hemds. Dazwischen läuft eine Ameise. Da kommt noch eine. Und noch eine. Sie laufen über Papas Hemd, stören sich nicht an den Lichttupfen darauf und auch nicht an den hellblauen Streifen. Da krabbeln fünf weitere Ameisen. Und noch drei. Am Kribbeln auf meinem linken Unterarm erkenne ich, dass sie auch auf mir sind. Ich würde ihnen gerne eine kleine Straße bauen, einen Wegweiser aufstellen. Ich könnte meine Hand auf Papas Bauch legen, doch das würde sie auch nicht daran hindern, quer über die Streifen zu krabbeln. Wir haben uns ihnen in den Weg gelegt, und da marschieren sie eben über uns, daran ist nichts zu ändern. Bei uns im Garten gibt es auch Ameisen, die wohnen in Erdhügeln unter den Terrassensteinen. Einmal war eine Platte kaputt, und Papa hat sie austauschen müssen, da konnten wir darunterschauen. Es gab zwölf Gänge und sieben größere, hohle Bereiche, alles auf einer Ebene. Die Bauten von Waldameisen sehen ganz anders aus. Das sind große Hügel, mit einer Blätterschicht darüber und vielen Etagen und Galerien. Papa hat mir ein Bild davon im Lexikon gezeigt. Das Bild war sehr klein, ich kann es trotzdem hervorholen und betrachten. Ich kann mir gut vorstellen, wie es in einem Ameisenhügel aussieht. Papa hat mir auch noch vorgelesen, was daneben stand. Die Nester können bis zu zwei Meter hoch werden und einen Durchmesser von fünf Metern erreichen. Eine Ameisenkolonie kann innerhalb von sechs Jahren 1900 Kammern anlegen. Im Winter dient der obere Teil der Hügelnester als Frostschutz, während alle Ameisen in den tieferen Kammern ihre Winterruhe halten. Ein solches Hügelnest ist mein Kopf auch.

Mit lauter Kammern und Gängen. Nur dass ich allein darin wohne und seine obere Schicht nicht alle zwei Wochen umgrabe, wie die Ameisen das tun. Es werden immer mehr, ein langer, beweglicher Faden von Ameisen zieht sich über meinen Unterarm und Papas Hemd hinweg auf den Waldboden und hinein in das Nest. Vielleicht kommt er direkt aus unserem Garten, vielleicht spannt er sich von dort aus einmal um die Welt, schnürt Papa und mich am Waldboden fest. Aber ich kann mich ja noch bewegen, und wenn ich den Kopf anhebe, tauchen hinter Papas Bauch und dem Ameisenhügel Mamis Haare und ihre Stirn auf. Sie schaut nach unten, als wunderte sie sich. Als hätte sie in ihrem Bauch ein Hügelnest mit einer Million Tieren darin. Lange hält sie das bestimmt nicht mehr aus. Aber Papa liegt immer noch neben mir und rührt sich nicht.

Hoffentlich kommt niemand vorbei und sieht sie da liegen. Zum Glück ist Mittagszeit, und die Leute sitzen zu Hause an ihren Tischen und laufen nicht durch den Wald. Und immer noch besser, die beiden liegen hier als im Gasthaus. Trotzdem. Hannah wird sicher ganz schmutzig, und wie sollen sie das später im Heim erklären? Tilda drückt den Rücken durch. Der Baumstumpf ist hart und unbequem, wahrscheinlich bekommt sie eine Laufmasche. Am liebsten säße sie vorne im Wagen und würde Musik aus dem Autoradio hören. Ein Lied, irgendetwas Klassisches, Schubert vielleicht. Schubert wäre schön. Doch sie kann die beiden nicht alleine lassen, mitten im Wald. Am Ende schlafen sie ein. Und dann? Aus dem Augenwinkel sieht Tilda, dass Hannah zu ihr herschaut. Sie schafft es nicht, den Arm zu heben, um ihr zu winken. Ich kann nur hier sitzen, den Kopf gesenkt, die Unterarme auf den Oberschenkeln, die Hände zwischen den Beinen, denkt Tilda, die Finger aneinandergelegt. Hier braucht man die Beine nicht zu überschlagen, immerhin. Willem ist aufgesprungen. Er vollführt einen kleinen Tanz, wischt mit den Händen über seinen Bauch und den Rücken. Dreht und wendet sich, springt auf und ab. So in Bewegung hat sie ihn lange nicht gesehen. Bestimmt hat er sich in ein Ameisennest gelegt. Das kommt davon, wenn man sich im Wald benimmt, als wäre man selbst irgendein Tier. Willem hüpft immer noch von einem Bein auf das andere und schüttelt sich dabei. Als wäre er kein Wissenschaftler. Als hätte er vergessen, wie die Dinge laufen. Hannah schaut ihm interessiert zu. Sicher fängt auch sie bald an zu tanzen. Und wie Tilda ihr Glück kennt, kommen gleich ein paar Spaziergänger um die Ecke. Oder der Förster.

Tilda ist da. Natürlich, das gefällt ihr, wie ich mich hier zum Affen mache, denkt Willem, während er sich die letzten Ameisen vom Leib klopft, und zugleich gefällt es ihr nicht. Was würden die anderen denken? Das ist die Frage, die sie sich immer stellt, die Frage stellt sich ganz von selbst, auch wenn weit und breit niemand zu sehen ist. Selbst wenn sie auf dem Klo sitzt, fragt sie sich bestimmt, was die Leute denken würden, wenn sie sie so sehen könnten. Deswegen hat sie wahrscheinlich auch immer Verstopfung. Obwohl sie so wenig isst. Jetzt tritt sie auf Willem zu, die Augenbrauen bis zum Haaransatz hochgezogen. Bevor sie etwas sagt, fängt lieber er an. »So, jetzt habe ich aber Hunger!

Du auch, Hannah?« Willem braucht gar nicht abzuwarten, Hannah hat immer Hunger. »Na, dann mal los! Wir gehen heute ins Restaurant.« Er geht vorneweg und Hannah kommt ihm hinterher, hüpfend und brummelnd, hat das neue Wort bereits in ihren Singsang eingebaut. »Restoro – restoro!« Der Tag ist eine Prüfung für Tilda, aber Willem hat keine Lust mehr, auf Leute Rücksicht zu nehmen, die es gar nicht gibt. Die nur in Tildas Vorstellung da sind. Außer zu ihrer Mutter, zu Berti und Gerda haben sie seit Jahren zu niemandem Kontakt. Es gibt in ihrem Leben überhaupt keine Leute.

12

Einfach davonlaufen, das hat er ja schon immer gemacht. Von Anfang an. So wie er nach dem Tagesausflug nicht mehr zurück an Bord gekommen ist. Niemand von seiner Gruppe. Tildas Wut ist da, als wäre die Sache nicht schon zwanzig Jahre her. Schon beim Abendessen war ihr aufgefallen, dass er fehlt, und zum Frühstück erschien er auch nicht. Deshalb also wollte er ihre Adresse haben! Er wusste natürlich, dass er nicht mehr auf das Schiff kommen würde. Und ich Idiotin habe sie ihm gegeben! Sonst hätte er mich nie mehr wiedergefunden, und dann müsste ich jetzt auch nicht hinter ihm und Hannah her durch diesen Wald stolpern. Die Meckel musste das natürlich gleich kommentieren: »Na, ist er desertiert, Ihr strammer Verehrer?« Vati hat kurz meine Hand gedrückt, ich habe geschwiegen. Mutti hat die Augenbrauen hochgezogen, und Gerda hat gleich losgelegt: »Sie haben völlig recht, Frau Meckel. So ein Hallodri!« Und dann, zu mir: »Ich hab es dir gesagt, auf so einen kannst du nichts geben. Ein spanischer Rock und er ist weg.« Und dann hat sie sich eine große Portion Rührei reingeschoben. »Sei froh, dass er weg ist.« Und noch eine Gabel voll Ei, nicht auszuhalten. Ich bin aufgesprungen und an Deck gelaufen. Mir doch egal, was die von mir denken. Sollen die doch denken, was sie wollen!

Wir liegen immer noch vor der spanischen Küste. Ich sehe den Hafen und wie die Stadt sich dahinter ausbreitet, sich ins Land hineinfrisst. Dort irgendwo ist Willem. Ich will nicht, dass Gerda und Frau Meckel recht behalten. Ich werde ihn vergessen. Ich werde nicht mehr an ihn denken. An gar nichts mehr werde ich denken. Bloß noch die Sekunden, die Minuten und die Stunden zählen, bis wir wieder zu Hause sind. Ich werde nachts in meiner Koje liegen und tags hier oben stehen, die Hände an der Reling, den Geruch des Meeres in der Nase und an nichts weiter denken als bloß daran, wie lange wir noch unterwegs sind.

13

Sie haben Hannah wieder im Heim abgeliefert. Tilda hatte recht behalten, das Essen war eine Katastrophe. Hannah ist keine Sekunde ruhig sitzen geblieben. Immerzu musste sie aufstehen, einmal um den Tisch laufen, in den Gasthof hinein und wieder heraus, schauen, ob die Welt noch da ist. Hat jedes Besteckteil anfassen müssen und jeden Teller, hat die ganze Zeit etwas vor sich hin gemurmelt. Es klang wie Zahlen. Ob sie gezählt hat? Alles, was da ist, hat sie zusammengezählt. Oder nur das Geschirr? Die Falten in der Gardine oder im Rock der Wirtin? Eine endlose Summe, eine unaufschreibbare Zahl. Zahlen liebt sie. Zählen kann sie gut, das hat ihnen sogar die Brandes gesagt. Und sie hat auch gesagt, dass Willem sie nicht weiter mit »Frau Oberin« anreden soll. Das hier sei keine kirchliche Einrichtung, es würde völlig ausreichen, wenn er sie bei ihrem Nachnamen nenne. »Also gut, Frau Brandes, dann möchte ich jetzt gerne Ihren Mann sprechen«, hat Willem gesagt und dabei ein Klicken in seinem Kopf gespürt, als würde irgendwo ein Schalthebel einrasten. »Wenn ich Sie nicht weiter Frau Oberin nennen darf, beginne ich doch, stark an Ihrer Autorität zu zweifeln.« Tilda trat ihm auf den Fuß, und die Brandes sagte eine Weile lang gar nichts mehr. Dann hat sie sich geräuspert und noch einmal geräuspert. Sie hatte einen regelrechten Hustenanfall, bevor sie weitersprach. »Genug der Scherze, Herr Kamp, zurück zum Thema. Wir mussten Hannah heute Morgen eine Spritze geben, sie hatte eine schreckliche Nervenkrise. Es

wäre dringend nötig, dass Sie in die erforderliche The-
rapie einstimmen, sonst kann es jederzeit wieder zu
solchen Vorfällen kommen. Und das ist ganz sicher
nicht in Hannahs Interesse.« Sie blickte Willem lange
an. Während er schon redete, schaute sie ihn weiter
völlig ausdruckslos an, als hätte er gar nichts gesagt.
»Nun möchte ich aber doch gerne Ihren Mann sprechen. Er ist doch der Arzt hier. Soweit ich das sehe, haben Sie ja bloß die organisatorische Leitung inne.«
Willem machte eine kleine Pause, »Frau Oberin«. Ihre
Stimme war jetzt glatt und erbarmungslos. »Mein
Mann ist mit einigen Patienten beschäftigt, unter anderem mit Ihrer Tochter. Nach Ihren haarsträubenden
Unternehmungen ist eine erneute Sedierung unum-
gänglich.« Tilda tat einen kleinen Hickser, machte An-
stalten aufzustehen. Frau Brandes nutzte die Gelegenheit und erhob sich. »Sie können im Moment nicht zu
ihr. Sie muss zur Ruhe kommen, der Tag war anstren-
gend genug. Mein Mann wird sich bei Ihnen melden,
um den weiteren Therapieverlauf abzustimmen.« Bei
ihren letzten Worten hatte sie die Tür geöffnet und die
beiden mit einem einzigen energischen Winken nach
draußen befördert. Willem und Tilda standen schon
auf dem Gang, als sie hinzufügte: »Bitte sehen Sie in
der nächsten Zeit von Besuchen ab.«

Sie sind längst zu Hause, als Tilda wieder den Mund
aufmacht. Aber eigentlich öffnet sie gar nicht zuerst
den Mund, sondern greift nach Willem. Der hat den
Zündschlüssel schon abgezogen und will gerade aus-
steigen, als sie ihm die Hand auf den Unterarm legt. Er
hat keine Chance auszuweichen, es ist gewissermaßen

erst ein Schlag und dann ein Griff. Sie schaut weiter nach vorne, zur Frontscheibe hinaus, als sie ihm ihre Hand auf den Unterarm haut und dann zu sprechen beginnt: »Und du hast gar nichts gesagt! Hast dich von ihr nach draußen schieben lassen wie ein Servierwagen und den Mund gehalten. Das ist doch sonst nicht deine Art. Um sie zu beleidigen, hattest du genug Worte. Und um mit der Wirtin zu scherzen, hat es auch ausgereicht. Nur für Hannah nicht!« Was ist denn jetzt los? Er wird doch nicht in seiner eigenen Einfahrt im Auto sitzen und sich mit seiner Frau streiten. Im Übrigen hat sie sich genauso hinausschieben lassen. Aber sie hat völlig recht, Willem hat gar keine Lust mehr, sich irgendwelche Worte auszudenken. Er ist es leid, immer etwas erwidern zu müssen. Können wir nicht einfach mal still sein, denkt er. Können wir nicht endlich den Mund halten und einfach noch eine Weile hier sitzen. Draußen die Nacht und drinnen sie. Er steckt den Schlüssel zurück ins Zündschloss und startet den Motor. »Was soll das denn?« Tilda packt noch fester zu, Willem reißt sich trotzdem los. Das Auto macht einen kleinen Schlenker, ein schabendes Geräusch ist zu hören. Das war der Zaunpfosten. Zum Glück war das Tor noch offen. Wer sollte es auch zugemacht haben? »Du bist wirklich nicht sehr klug!«, schreit sie ihn an. »Versuchst du ernsthaft, vor dem Gespräch zu fliehen? Hast du nicht bemerkt, dass ich immer noch neben dir sitze? Dass wir hier beide in diesem Auto sitzen?« Er hat keine Geduld für Spitzfindigkeiten, fährt einfach weiter in Richtung Bundesstraße. Stellt das Radio an, Nachrichten. Tilda redet noch immer, Willem dreht den Sprecher lauter. Tilda schlägt mit der flachen Hand auf das Armaturenbrett, der Sender springt um, irgendetwas Jazziges läuft jetzt. Es ist schon dunkel, es hat zu regnen begonnen, aber das bringt ihn erst so richtig in Schwung. Er dreht die Lautstärke etwas höher, doch Tilda scheint sowieso zu reden aufgehört zu haben. Noch besser. Er entspannt sich, schlägt mit den Fingern aufs Lenkrad, tippt mit seinem freien Fuß. Das würde Hannah auch gefallen. Willem pfeift und weiß, dass er Tilda damit quält. »Pfeifen tun nur die Gassenjungen«, sagt ihre Mutter immer, und das findet Tilda auch. Dennoch, es gab eine Zeit, da hat sie sein Pfeifen gemocht. Wenn er nachts unter ihrem Fenster stand und den Ruf eines Buchfinken nachmachte. Wie lange hatte er dafür geübt! Wie schwer ging es ihm über die Lippen! Wie froh war er, wenn es endlich gelang: erst die Lippen flattern lassen für das scharfe *Fink* und dann die Unterlippe spitzen für das eintönigere *Trüb*. Bis Tilda kurze Zeit später ihren Kopf aus dem Fenster streckte und dann zu ihm heruntergelaufen kam, wo sie sich ein paar Minuten an die Häuserwand drückten, zwischen den Schatten der Laternen. Damals wusste Willem nicht, dass er nicht der Einzige war, der den Ruf des Buchfinken beherrschte. Er macht die Musik ein bisschen lauter und versucht sich dazwischen als Vogel. Tilda hat schon wieder seinen Arm gepackt. Ob sie ihn gehört, den Ruf erkannt hat? Nein, sie hat sich bloß wegen der Kurve erschreckt. Als ob er an diese Kurve nicht gedacht hätte! Als ob er sie nicht schon hundertmal gefahren wäre! Aber er kennt Tilda. Heute ist so ein Tag, heute muss alles dramatisch sein. Heute muss er an allem schuld sein, dann eben auch an dieser Kurve. Willem wehrt sich nicht, nimmt den Fuß vom Gas. Dreht die Musik leiser und wagt noch einen letzten, trüben Buchfinkenruf. Dann setzt er den Blinker. Er weiß, dort vorne ist eine Parkbucht.

Tilda mag seinen Unterarm gar nicht mehr loslassen. So hat sie ihn noch nie erlebt, und nun auch noch diese Musik! Beim besten Willen kann sie diese Musik jetzt nicht ertragen, aber Willem gefällt das, natürlich. Tilda hat die Schallplatten im Hobbykeller schon längst gefunden, und sie hört sie ja, auch wenn er denkt, sie höre sie nicht. Wenn er denkt, sie schliefe. Auch früher schon hat Tilda sie gehört, wenn sie auf dem Tagesbett in ihrem Zimmer lag. Sie schlief gar nicht. Wie hätte sie schlafen können? Sie lag, lang hingestreckt, die Augen geschlossen, unfähig, sich zu rühren. Als hätte jemand auf sie geschossen. Hannah, die neben ihr am Boden unverständliches Zeug murmelte, und von unten das hektische Gedudel und Gejaule. Auch bei Hannahs Zeugung lief eine solche Musik, doch an Hannahs Zeugung will sie nicht denken. Anders als Willem, der gerade seine Hand auf ihren Oberschenkel schiebt. Aber sie tut sie einfach weg. Sie wischt sie zur Seite und denkt gar nicht daran, dass Willem Hände hat. Und natürlich auch nicht, dass die Musik etwas mit Hannahs Zustand zu tun hat. Das denkt Gerda vielleicht. Oder sie würde es denken, wenn sie überhaupt Gedanken hätte. Willem hat angehalten, er schaut Tilda an. Das Gewicht seines Blicks verschwindet nicht davon, dass sie immer weiter zur Frontscheibe hinausstarrt. Es ist dunkel, hier drinnen übrigens auch, denkt Tilda. Trotzdem weiß sie genau, wo sie sind, und selbst wenn sie durch die Scheibe schauen könnte, gäbe es nichts zu sehen.

Also kann sie die Augen genauso gut schließen. Dann merkt Willem vielleicht, dass sie ihn nicht ansehen will. Tilda verschränkt die Finger im Schoß. Da ist eine verhornte Stelle an der Innenseite ihres rechten Daumens. Sie streicht sacht darüber und beginnt schließlich doch zu knibbeln. Sie weiß schon, dass sie zu viel abreißen wird. Ich weiß schon, dass es gleich brennen und bluten wird und dass es auch nur eine kurze Linderung bringen wird, mir den Daumen in den Mund zu stecken.

Hannah wollte ihren Daumen so lange nicht hergeben. Nichts hat geholfen: Tilda hat ihr die Schlafanzugärmel zugenäht, Hannah hat sie aufgebissen, Tilda hat ihr Handschuhe angezogen, Hannah hat sie heruntergerissen. Selbst den Senf mochte sie, der war ja auch schnell abgeleckt oder ans Betttuch geschmiert. Willem hätte sicher etwas gewusst, er ist schließlich Chemiker. Irgendein Stoff, der bitter ist und nicht giftig, er wollte nicht. Er hat nur gesagt, dass er da nicht mitmache und dass noch niemand vom Daumenlutschen gestorben sei. Und schiefe Zähne würden bei Hannah wohl auch nichts ausmachen. Tilda weiß, dass Gerda denkt, Hannah wäre vom Daumenlutschen so geworden, wie sie ist. Und von ihrer ganzen Affenliebe. So etwas würde es bei Gerda nicht geben. Affenliebe erzieht zur Lebensuntüchtigkeit, das hat sie in irgendeinem von Muttis Erziehungsbüchern gelesen. Tilda schaut sich diese Bücher gar nicht an. Schlimm genug, dass Mutti sie benutzt hat. Jetzt stehen sie bei Gerda, und Gerda hat sie alle gelesen. Sie hatte sie schon gelesen, bevor sie schwanger war. Schon bevor an eine

Schwangerschaft überhaupt zu denken war, noch vor der Hochzeit, wusste sie, wie sie ihre Kinder einmal erziehen würde. Deshalb hat Tilda auch nie mit ihr über Hannah geredet. Denn Gerda kann gar nicht sehen, wer Hannah eigentlich ist. Weil sie in ihren Büchern nicht vorkommt. Oder nur als jemand, der herausfällt, der falsch ist, den man auszusondern hat. »Bei einem Kind wie Hannah kommst du mit Erziehung nicht weiter«, das hat sie nach dem Vorfall an Weihnachten gesagt. »Du musst dich von ihr lösen und nach vorne schauen. Gut, dass sie nun in so einer Einrichtung ist. Dann kannst du an das nächste Kind denken.« Als stünde das schon hinter irgendeiner Ecke. Als müsste man bloß einen Vorhang lüften, eine Wartemarke ziehen und, zack, da wäre es, das neue Kind. Das richtige Kind. Das nicht seltsam aussieht und sich seltsam benimmt. Das nicht sabbert und brummt, anstatt zu sprechen. Das normale Kind, dem man das Daumenlutschen ganz einfach abgewöhnen kann. Das sich freut, wenn es seine Mutter entgegen aller Regeln nachts mit zu sich ins Bett nimmt. Das normale Kind, das Tilda jetzt zusteht. Hannah ist nicht normal. Hannah ist ihr Sühnekind, so sieht Gerda das. Nicht wegen der Abtreibung, das war schon richtig, findet Gerda, was willst du auch mit so einem Bastard! Nein, wegen ihres Fehltritts mit diesem Jugoslawen. Diesem Jugoslawen. Jede Silbe hat sie betont, als wäre es ein Schimpfwort oder ein Gift, das sie zu schlucken hätte. Seinen Namen hat sie nie gesagt. Als hätte er keinen, als könnte man ihn nicht aussprechen. Dabei hat sie Lav so oft gesehen und genauso mit ihm geschäkert und gelacht wie Tilda. Doch Gerda verzeiht ihr nicht, dass sie ihn ihr weggenommen hat. Dass ich mir etwas genommen habe, das sie sich selbst niemals erlaubt hätte, denkt Tilda, und die alte Wut ist wieder da. Und das, obwohl ich Willem schon hatte. Ich hatte Willem, und dann war er weg, aber da kam Lav, und Gerda hatte niemanden. Das konnte sie mir nicht verzeihen. Sie konnte nicht einmal denken, dass es daran überhaupt etwas zu verzeihen geben könnte, so sehr hat sie sich selbst alles verboten. Und jetzt liest sie in Muttis Büchern und glaubt alles, was darin steht. Sonst liest sie nichts. Denn jetzt ist sie selbst eine Mutter, und das nächste Kind ist schon unterwegs, und es gibt nichts, was sie sich darüber hinaus noch vorstellt. Berti schweigt zu allem. Der lässt sie machen. Kindererziehung ist schließlich eine Frauenangelegenheit. Gerda befolgt alles, was in den Büchern steht, komme, was da wolle. »Mir passiert so etwas auf keinen Fall«, hat sie neulich am Telefon gesagt. »Denn erstens habe ich mir nichts vorzuwerfen, und zweitens gibt es keine Unregelmäßigkeiten in unserer Ahnenreihe. Auch Bertis Ahnenpass ist sauber.« Dann hat sie eine Weile geschwiegen, wenn auch nicht sehr lange. »Was man von Willem ja nicht direkt behaupten kann.« Wieder eine kleine Pause. »Falls er überhaupt so heißt.« Tilda hat nichts dazu gesagt. Sie kann die Geschichte nicht mehr hören. Viele Leute haben im Krieg ihre Papiere verloren, da ist Willem wirklich nicht der Einzige. Seine Familie wurde bei einem Bombenangriff getötet, auch das ist vorgekommen. An so etwas kann Gerda natürlich nicht denken, weil sie immer nur ihre Groschenromangedanken denkt. Falls sie überhaupt noch denkt, denkt Tilda und verschränkt die Finger ineinander, verbirgt den brennenden Daumen in der anderen Hand.

Das Feuerzeug klickt, es knistert, und dann zieht Rauch zu Tilda herüber. Das Radio dudelt immer noch, sie öffnet die Augen. Die Glut glimmt auf, als Willem an der Zigarette zieht, und Tilda sieht, wie sich ihre beiden Gesichter für einen kurzen Moment in der Frontscheibe spiegeln. Sie würde Willem gerne noch einmal so sehen, wie sie ihn zum ersten Mal gesehen hat. Oder nicht zum ersten Mal, da hat er ihr ja nicht unbedingt gefallen, da hat er bloß etwas aufgehakt in ihr. Und danach war er fort, und ich habe nicht mehr an ihn gedacht. Dann kam Lav, und plötzlich war Willem wieder da, denkt Tilda, oder kamen sie zusammen? Ich weiß es nicht mehr. Ich habe längst vergessen, wo Lav hergekommen ist, denkt sie und sie denkt, dass das gar nicht stimmt, dass sie es natürlich noch ganz genau weiß, aber einfach nicht mehr an ihn denken will. Und auch nicht mehr daran, wohin er gegangen ist. Aber Willem war da. Willem war da und ist geblieben. Stand Morgen für Morgen auf dem Bürgersteig, als Tilda aus dem Haus trat. Stand da, die Beine überschlagen, den Ellenbogen auf dem Mäuerchen vor ihrem Vorgarten, auf dem sie als Kind schon balanciert war, an dessen Streben sie sich einmal ihr Sonntagskleid zerrissen hatte, und den es immer noch gab, trotz Krieg, trotz der Bomben. Und Willem gab es auch noch. Er war wiedergekommen und stand da, die andere Hand in der Tasche, Zigarette im Mund, und schaute gar nicht zu ihr hin. Schaute über sie hinweg in den Himmel oder sonst, wohin. Stand da, als hätte er nicht auf sie gewartet. Klein und schmächtig, einen riesigen Kopf auf seinen Schultern mit noch größeren Augen darin. Und trotzdem die Jackenärmel zu kurz. Tilda ist an ihm vorbeigegangen in Richtung Universität, und er hinter ihr her. Tilda sieht sein Gesicht vor sich, wie sie es damals vor sich gesehen hat, Willems Schritte in ihrem Rücken. Die Wangen blass und hohl, doch das Lächeln war noch da und die spöttischen Lippen. Und etwas war dazugekommen, das hat plötzlich eine Harmonie ergeben in diesem an Harmonie so armen Gesicht. Und jetzt ist da nur noch die Fülle seiner Wangen und dazwischen ein harter Mund. Seine Augen kann Tilda im schwachen Schein der Zigarettenglut, hinter den dicken Brillengläsern gar nicht mehr erkennen. Und wann sieht sie ihn schon mal ohne Brille. Nachts. Doch da hat er die Augen zu.

Jetzt dreht sie sich zu mir hin und schaut mich an, denkt Willem und er denkt, dass sie ihm immer noch gefällt. Auch mit den kurzen Haaren. Er möchte gerne einmal wieder hineingreifen in diese Haare. Hineingreifen, diesen Kopf umfassen und ihn zu sich heranziehen. Er möchte sein Gesicht in diese Haare pressen und nicht mehr auftauchen daraus. Nicht mehr in den Spiegel blicken müssen. Für immer verschwinden in diesem anderen Kopf. Aber Tilda gestattet ihm nicht die kleinste Berührung. Nicht einmal etwas tiefer einzuatmen erlaubt sie mir. Aus Sorge, sie könnte damit gemeint sein. Manchmal denkt er, sie hat ganz vergessen, dass es ihn gibt. Nein: Sie will es unbedingt vergessen. Dass es ihn gibt und dass sie ihn ausgewählt hat. Denn eine Wahl hatte sie ja. Doch jetzt neigt sie sich zu ihm herüber. Er will die Zigarette aus dem Mund nehmen, da hat Tilda sie schon zwischen ihren Fingern. Sie nimmt einen tiefen Zug und steigt aus, ohne sich nach ihm umzudrehen, schlägt die Tür hinter sich zu, lehnt sich von außen an den Wagen. Nicht einmal das Rauchen kann sie mir lassen, denkt Willem. Er sitzt immer noch da, die Hände auf dem Lenkrad. Gerade sind sie so schnell gefahren, und jetzt ist alles still. Willem kann sich nicht mehr rühren. Im Radio läuft *Time After Time*. Die harten Töne des Klaviers, dann das Schlagzeug und die freundliche, zuversichtliche Stimme. Willem hat das Stück sofort erkannt, es ist noch nicht lange her, dass er sich die Platte gekauft hat. Ich wäre gern Chet Baker, denkt er. Nicht weil er berühmt ist und auch nicht wegen seines Aussehens, das ist ihm egal, lieber hat er seine Ruhe. Lieber habe ich es, wenn mich niemand anschaut. Aber wegen seiner Musik und dem, was er mit ihr sagt, wäre er gern Chet Baker. Und er meint nicht die Worte. Von ihm aus hätte er gar nicht singen müssen, die Trompete reicht. Ich hätte auch gerne eine Trompete und eine Melodie, die ich auf ihr spielen kann. Und eine Band, die mich begleitet, denkt Willem, und er denkt, dass das etwas anderes ist, als allein im Hobbykeller zu sitzen und sich eine Platte anzuhören. Das Stück ist vorbei, Tilda hat die Zigarette zu Ende geraucht. Er hat es gesehen, ihre schmale Gestalt und wie die Glut ihr Gesicht aus dem Dunkel geschnitten hat. Und er hat auch gesehen, wie sie die Zigarette ausgetreten hat. Mit dem Absatz darauf und dann einmal hin und her. So hat sie das früher auch schon gemacht, und schon früher hat Willem ihr dabei gerne zugesehen.

14

Irgendetwas saust durch die Luft und in meinen Kopf hinein. Ich kann es nicht festhalten, ich kann es nicht erkennen. Eine Schlange kriecht durch meinen Kopf und einmal um das Bett herum. Ihr Körper liegt schwer über den ganzen Kopfschachteln, noch schwerer auf meiner Brust. Ich kann mich nicht rühren, sie zerdrückt alles. Das hier ist anders, anders als gestern und die Tage davor. Als ich mit Papa auf dem Waldboden gelegen habe, da hätte ich mich bewegen können, wenn ich das gewollt hätte. Da habe ich jede Ameise auf meiner Haut gespürt. Ich konnte sie zählen und wusste genau, das da ist ein Ameisenbein und das hier ein Härchen, das aus meiner Haut gewachsen ist, über das die Ameise steigt. Und dann war das Ameisenbein weg und mein Härchen war noch da. Alle Härchen und meine Haut, mein Arm, die Finger an meiner Hand, Papa und ich, alles war noch da. Und das ist es immer noch, das weiß ich, auch wenn ich es nicht mehr spüren kann. Wo vorher die Ameisenstraße war, spannt sich nun eine dicke Schlange über meine Brust. Aber auch ohne die Schlange könnte ich mich nicht rühren. Mein Körper liegt wie eine schwere Decke auf mir. Wie eine der Steinplatten auf unserer Terrasse, und darunter die Ameisen. Drinnen geht alles durcheinander, draußen regt sich nichts. Und ich weiß nicht mehr: Wo fang ich an, wo hör ich auf? Ich sehe Mami, wie sie am Tisch sitzt, Messer und Gabel in der Hand, als wollte sie gleich etwas zerschneiden. Als wollte sie das Besteck nicht mehr hergeben. Und Papa, wie er mir hinterherläuft, nach meiner Schulter fasst und meinem Arm. Sein warmer, fester Griff. Da war so eine große Unordnung an diesen Tischen, in diesem Restaurant, restoro, restoro, restoro – restoro, das konnte ich einfach nicht so lassen. Ich verstehe nicht, warum Mami das nicht gestört hat. Zu Hause mag sie auch keine Unordnung, da muss immer alles an seinem Platz sein. Und hier ja auch. Aber im Restaurant ist es ihr egal. Im Restorol, imrestorol, imrestorol ist es egol. Imrestoroistesego. Istesego, ego! Ich muss die Augen öffnen. Über mir die weiße Decke, die Wände grau, und hinter mir das Fenster. Auch wenn ich es nicht sehen kann, weiß ich, dass es da ist. Weil Licht hereinfällt, weil ein Luftzug über mein Gesicht geht. Weil ich es schon einmal gesehen habe, auch wenn ich es gerade nicht sehe. Gegenüber die Tür. Wenn ich lang genug hinschaue, kann ich alles ganz genau erkennen: Wie es glänzt und wie dieser Glanz in den dunkleren Leisten und Wölbungen verschwindet. Der graue Lack ist in der Nähe der Scharniere abgeplatzt. Wenn ich lang genug hinschaue, dann spüre ich die scharfen Kanten der Lackplättchen zwischen Daumen und Zeigefinger. Dann sehe ich genau, wie viele da fehlen. Man muss immer genau wissen, was da ist und was fehlt. Deshalb musste ich ja alle Gabeln zählen und die Messer und die Löffel natürlich auch, die großen und die kleinen, selbst wenn Mami das nicht versteht. Sie hat ihr Besteck schließlich auch festgehalten. An jedem Tisch müssen gleich viele Gabeln und Messer und Löffel liegen, doch manche Tische hatten vier von jedem und andere nur zwei, also musste ich alles hin und her tragen, und dann haben die Tischdecken Falten bekommen und die Servietten sind verrutscht, und alles musste ich richten. Überall waren Krümel, auch unter den Tischen, das musste alles weg! Auch Papa ist unter einen Tisch gekrochen, und wir hätten da bleiben können, das wäre eine tolle Höhle gewesen, doch Papa wollte nicht. Beim Aufstehen hat er sich den Kopf gestoßen und dann im Tischtuch verheddert. Er hat alles heruntergerissen, und dann ging es wieder von Neuem los. Ich bin gleich hin und habe die Teller aufgehoben und wollte sie zurücklegen, aber manche waren zerbrochen und auf manchen war noch Essen. Die Leute haben sich fürchterlich aufgeregt, da hat Papa sich entschuldigt und allen das Essen bezahlt. Das war nett. Und dann hat er gesagt: Schluss jetzt, genug, wir gehen! Er hat Mami am Arm genommen, die immer noch an ihrem Platz gesessen hat, Messer und Gabel in den Händen, und sich gar nicht gerührt hat. Im Auto hat Mami bloß gesagt, dass sie mit mir nie mehr in ein Restaurant geht. Nie mehr! Dabei hat sie mich fest am Arm gepackt und ihre tiefe Stimme gemacht. Sie hat mich zu sich herangezogen, sodass sich unsere Nasen beinahe berührt hätten, und dann hat sie mit dieser Stimme, die ich gar nicht hören will, mit dieser kalten Zornstimme, für die ich überhaupt keinen Platz habe in meinem Kopf, hat sie gesagt, dass sie es ja gleich gewusst habe, dass das schiefgeht mit mir im Restaurant. Im Restoro, imrestoro! Imrestoroistesego! Ein schönes Lied, und ich habe nur diesem Lied zugehört, gar nicht der Zornstimme, und versuche auch jetzt, mit den Füßen dazu zu wippen, ein kleiner Tanz. Aber die Füße sind fest. Alles ist fest, die Schlange muss riesig sein, und nur das Bettgestell knarzt leise. Ich mache die Augen wieder auf. Da ist immer noch die Tür, Licht spiegelt sich auf ihrer glatten Oberfläche, in langen Schlieren und Streifen legt es sich über die Farbe. Da ist nicht mehr nur Grau, da sind auch ein helles Gelb und ein Grün, dazwischen ein blasses Blau. Die Augen fallen mir wieder zu, das verändert das Bild. Schwarze, fellige Ameisenbeine kriechen vom Rand her darüber, ich kann ihre Zahl nicht sehen, eines geht ins andere über. Ich reiße die Augen auf, die Beine sind weg. Die Farben auch. Nur die Tür ist noch da. Lange kann ich die Augen nicht offen halten, die Schlange drückt von oben dagegen, ihre Zunge liegt warm und feucht auf meinen Augenlidern. Da kommen die Ameisenbeine wieder, oder ist es doch eine Spinne? Nicht eins nach dem anderen, alle auf einmal sind sie wieder da. Ein träger Schlag, ein langsamer Sprung, und schon schieben sie sich in die Farbsuppe auf der Tür, legen sich wie ein pelziger Rahmen darum. Und dann ist alles weg, und da sitzt Mami wieder, Messer und Gabel in der Hand, auf ihrem Teller eine riesige Ameise. Papa beugt sich darüber und nimmt sie mit spitzen Fingern hoch. Er setzt sich die Ameise auf den Kopf und zieht seinen Kamm aus der Hosentasche. Er kämmt mit kräftigen Strichen ihr langes Haar, klemmt es sich hinter die Ohren. Er setzt die Brille wieder auf. Die Ameisenhaare stehen links und rechts von den Brillenbügeln ab, wachsen sogar aus seinen Ohren. Sie bewegt sich, jetzt hat sie ein schönes Halsband um und eine goldene Leine. Wir laufen mit ihr durch den Wald, die Ameise vorneweg, Papa und ich hinterher. Sie wird schneller und schneller, die Leine zieht sich in die Länge. Jetzt ist schon nichts mehr von ihr zu sehen, nur die

Leine spannt sich über den Waldboden und durch unseren Garten, einen Berg hinauf und bis zum Horizont, einmal um die Welt herum. Da ist sie schon wieder, stakst mit ihren weichen schweren Beinen über Papa und mich hinweg. Sie rennt los. Sie ist frei, aber wir können nicht mehr weg. Sie hat uns mit ihrer schönen goldenen Leine an der Welt festgebunden. Papa greift nach meiner Hand, ich habe keine Angst, wir sind hier ganz sicher. Wir können nicht herunterfallen. In weiter Ferne ein dumpfes Knarzen und dann ein Krachen, vielleicht hat die Ameise einen Baum umgerannt. Ich richte mich etwas auf, aber da ist kein Baum. Da ist auch kein Wald und weit und breit keine Ameise. Die Schwester ist wieder da. Sie muss durch die Tür gekommen sein, denn die Tür steht offen. Hinter der Schwester der Flur und die Fenster. Sie tritt zur Seite, da ist der Arzt. Sie bewegen ihre Münder, ich kann sie nicht verstehen. Ich weiß trotzdem, was sie vorhaben. Sie lockern die Gurte etwas, die Schlange rückt zur Seite. Sie heben meine Arme an und lassen sie wieder fallen, drehen meinen Kopf hin und her, ich lasse ihn auf der Seite liegen. Jetzt klopfen sie in meiner Armbeuge herum und dann das scharfe Metall. Eine kühle Welle wandert durch meinen Körper. Da ist auch die Schlange wieder, sie hat sich etwas fester um mich gelegt. Sie nimmt mich mit.

15

Sie versinkt in dem weichen Untergrund. Es waren nur ein paar Züge, aber sie hat den Geschmack der Zigarette noch im Mund. Ihr ist übel, das stört sie nicht. Da weiß man immerhin, dass man lebt. Es regnet. Ich kann hier nicht bleiben, denkt Tilda, und ich kann nicht wieder in den Wagen steigen. Ich kann nicht mehr neben ihm sitzen und ihm beim Atmen zuhören. Tilda läuft immer tiefer in den Wald hinein. Ich kann ihm nicht mehr zuhören, denkt sie, wenn er Gedanken denkt, die überhaupt keine Gedanken sind, denn er hat offenbar keine Worte für sie. Willems Denken führt nirgendshin, er sitzt in seinem Körper, in seinem Kopf, wie er in diesem Wagen sitzt, fährt immer wieder dieselbe Strecke und merkt es nicht. Aus dem Auto hört sie Musik, er hat sie lauter gedreht, Tilda kann sich schon vorstellen, was er sich dabei vorstellt: Was er für einer ist oder wenigstens sein könnte. Ein großer Mann, der etwas zu sagen hat in der Welt und dem jemand zuhört. Der etwas ausrichtet. Tilda muss sich nicht umdrehen, um zu sehen, wie er auf das Lenkrad klopft, mit dem Fuß tippt und dem Kopf wippt, wie ihm die Brille auf die Nasenspitze rutscht. Dabei tut er nichts weiter, als Geschmacksrichtungen für Brausetabletten zu erfinden. Morgen für Morgen steht er auf, geht ins Bad und wäscht sich, das Gesicht, dann den Nacken und unter den Armen, spritzt alles voll, zieht die Sachen an, die sie ihm am Abend rausgelegt hat. Die Socken, die Unterwäsche, zweimal in der Woche ein frisches Hemd und dann noch eins fürs Wochenende. Isst sein Brötchen, sein Ei, trinkt den Kaffee, den Orangensaft, nimmt Mantel und Hut und geht los, immer den gleichen Weg, ans andere Ende des Viertels, geht los, um seine dämlichen Geschmacksrichtungen zu erfinden. Dabei erfindet er sie ja nicht einmal, denkt sie und schreitet immer weiter aus, denn es gibt sie schon längt: Erdbeere, Pfirsich, Waldmeister, alles schon da, er bildet es nur nach. Und wenn sie vormittags rausgeht, zum Einkaufen oder in den Garten, dann weiß sie schon, dann kann sie riechen, womit er sich beschäftigt. Das ganze Viertel riecht tagelang nach Erdbeere, nach Pfirsich, nach Waldmeister. Was ist das für ein Beruf, das ist doch nichts für einen Mann. Das ist doch ein Witz! Gut, dass ich darüber mit niemandem reden muss, denkt Tilda, wie hört sich das denn an: Mein Mann erfindet Geschmacksrichtungen, die es schon gibt, und er wird gut bezahlt dafür. Er wird niemals Chet Baker sein, denn er ist Willem Kamp und steht in seinem weißen Kittel im Labor, mit der Schutzbrille über der Brille und den Handschuhen an seinen dicken Fingern. Tilda weiß das alles, sie kennt das, sie ist auch in Labors gewesen, sie hat schließlich studiert. Steht da, über die Reagenzgläser gebeugt, ein paar Werkstudenten hinter sich, mit wichtigem Gesicht, und was tut er? Erfindet Geschmacksrichtungen, die es schon gibt! Kein Wunder, dass ihn niemand für voll nimmt, der Brandes nicht und sonst auch keiner, nicht einmal die Wirtin im Gasthof heute hat ihn ernst genommen. Bloß Hannah, aber das passt ja.

Etwas streift Tildas Stirn, etwas fällt auf ihre Schulter. Sie steht schon längst nicht mehr neben dem Wagen, sie ist losgegangen, in den Wald hinein. Es ist stockdunkel, Tilda kann keinen Weg erkennen. Sie weiß nicht einmal, ob es hier überhaupt einen Weg gibt. Sie geht so vor sich hin. Vor dem Wald hat sie keine Angst, und was Willem kann, das kann sie schon lange. Nur dass sie nicht so unvernünftig ist, Hannah mitzunehmen. Tilda geht sowieso lieber allein, und Hannah ist nicht da. Hannah ist im Heim. Sie haben sie da abgegeben, vorhin. Ist das wirklich erst ein paar Stunden her? Die Brandes hat sie ihr beinahe aus der Hand gerissen. Tilda weiß schon, was sie jetzt mit ihr machen, auch wenn sie die ganze Zeit versucht, nicht daran zu denken, weiß sie trotzdem, dass sie sie sedieren, dass sie irgendwo liegt, allein, festgeschnallt, mit zähen Gedanken im Kopf und einem Körper, der ihr nicht mehr gehört. Tilda weiß das alles, Willem weiß es auch. Willem hat schließlich nicht nur einen Brief zu dem Thema bekommen. Herr Brandes hat viele Briefe geschrieben, aber noch haben sie der Behandlung nicht zugestimmt, auch wenn sie wissen, dass sie schon lange läuft. Von Anfang an läuft das, aber noch haben sie nicht einmal darüber gesprochen. Willem hat Tilda die Briefe über den Tisch zugeschoben, und Tilda hat sie entgegengenommen, jeden einzelnen, und sie einmal gefaltet und dann in ihre Rocktasche gesteckt. Und später, in ihrem Zimmer hat sie sie dann gelesen. Tilda hat sie alle gelesen, Wort für Wort, und sie danach in die rote Mappe gesteckt. Da liegen sie immer noch, ein fester kleiner Stapel. Sie hat sie nicht wieder herausgenommen, weil sie nicht daran denken wollte, dass das etwas mit Hannah zu tun hat, was da steht, dass das mit ihrem Kind zu tun hat, diese Worte und die Medikamente und das, was sie mit ihr machen, und alles, was darüber hinaus auch noch falsch daran ist. Sie will nicht wissen, wovon diese Briefe handeln, um wen es geht in diesen Gutachten. Es ist dunkel hier, es raschelt im Unterholz, aber Tilda hat keine Angst. Was soll schon passieren? Das hier ist bloß die Nacht mit ihren Finsternissen. Dunkler als in meinem Herzen kann es nirgendwo sein, denkt sie und geht weiter. Und dann denkt sie noch, dass das, was sie für ihr Herz hält, vielleicht gar nicht ihr Herz ist, sondern bloß ihr Verstand und dass es deshalb noch Hoffnung gibt für dieses Herz. Vielleicht stürze ich in irgendeine Grube, denkt sie, in ein Loch, aus dem ich nicht mehr herausfinde, und habe dort meine Ruhe. Bis dahin setze ich einen Fuß vor den anderen und bleibe nicht stehen. Und auch meine Gedanken gehen weiter, denkt Tilda, Gedanken, die eigentlich Willems Gedanken sein sollten. Typisch: Die Briefe waren an ihn gerichtet, natürlich, er gibt sie ihr nur, weil er weiß, dass sie sie wegsteckt, und damit ist er die Verantwortung los. Und deshalb meint er, dass sie auch das Gespräch darüber anfangen muss. Irgendeine Entscheidung treffen oder zumindest nahelegen, so ist es doch immer. Solange sie nichts sagt, muss er nichts unternehmen. Solange ich nichts sage, gibt es das Problem gar nicht. Mein Kopf ist trotzdem voll davon. Jetzt hat sich etwas an ihrem Strumpf verhakt, sie geht weiter, spürt erst ein Zerren, dann ein Reißen und auch, wie es kühler wird an der Stelle, an der sich die Laufmasche gebildet hat. Wann hat Willem sich so verändert? Er war doch Pilot in Spanien, und dann war er an der Front. Hat er all seinen Mut im Krieg verbraucht? Sie hat doch das Foto gesehen, wie er da stand, in seiner

Kampfmontur und den Stiefeln, zwischen den anderen Soldaten. Willem hat schon gekämpft, als in Deutschland noch keiner an Krieg gedacht hat. Oder zumindest nicht daran denken wollte. Denn natürlich waren die Zeichen eindeutig. Und später dann Russland, die Front, davon gibt es keine Fotos, davon hat er nichts erzählt. Nur die Narben an seiner Schulter und am Rücken hat sie gesehen. Sein Blick war so flach geworden, anders als auf den Bildern aus Spanien. Denn die waren ja keine Schürzenjäger, auch wenn die Meckel und Gerda das gedacht haben. Das waren Geheimsoldaten, auf Sondermission. Mission Condor. Wie er grinst auf dem Foto und die anderen auch. So viel Abenteuerlust, so viel Schneid! Das hat selbst Mutti beeindruckt, das hat Tilda gespürt, als sie es ihr gezeigt hat. Wäre die Legion Condor nicht gewesen, hätte sie ihn wohl nie heiraten dürfen. Und jetzt, wo ist das hin? Ist das alles an der Front geblieben? Oder schon vorher in Spanien? Denn es ist schon seltsam, dass er dann kein Pilot mehr war, sondern einfacher Soldat. Zumindest soweit sie weiß. Kann er jetzt nur noch still sein und das Leben aushalten, abwarten, bis es vorbei ist, und sich danach sehnen, Chet Baker zu sein oder sonst wer, der auch bloß an seinen Vorstellungen scheitert. Aber wenigstens etwas daraus macht, ein Bild, ein Lied, ein halbes Buch immerhin. Tilda hört Schritte, sie geht weiter, wer kann das schon sein, mitten in der Nacht, mitten in diesem Wald, der gar kein Wald ist, sondern nur eine Anhäufung von Bäumen. Da vorne beginnt schon die Straße, da wird es etwas heller. Auf den Fotos in ihrem Hochzeitsalbum sieht er ganz anders aus. Dünner natürlich, die Augen größer in seinem riesigen Schädel. Überall unter seiner Haut direkt die Knochen. Seine Haut so glatt und darunter die Knochen, Tilda konnte gar nicht aufhören, diese kühle Glätte seiner Haut zu berühren. Wie er neben ihr steht und sie kaum überragt. Wie sie seine Hand hält, die sie am liebsten nie mehr losgelassen hätte. *Du brauchtest nur da zu sein, nichts solltest du sprechen, nur mir deine Hand geben, dass ich die Gewissheit habe, so wie du meine Hand einschließt in deine beiden Hände, wirst du mich ganz und gar festhalten und immer bei mir sein.* Dann habe ich es doch getan, ich habe losgelassen, und jetzt gibt es sie nicht mehr, diese Hand. Oder doch, natürlich gibt es sie noch, aber es ist nicht mehr dieselbe, denkt Tilda und läuft weiter. Schlamm an den Schuhen, die Laufmasche an der Wade. Wen kümmert es? Es liegt ihr nichts am Weg. Auf manchen Fotos sieht es so aus, als wäre Tilda die Größere, dabei sind sie genau gleich groß. Und immer ist Willem ein bisschen unscharf getroffen, verschwimmt beinahe mit dem Hintergrund oder in der Umgebung, und sein Blick geht aus dem Bild heraus. Als wollte er verschwinden oder wäre schon gar nicht mehr da. Jetzt hat er sie am Arm gepackt. Tilda wusste die ganze Zeit, dass er hinter ihr ist. Natürlich, das war doch klar, dass er nicht im Wagen sitzen bleiben würde. Jedes Musikstück geht einmal zu Ende, und dann ist Schluss mit der Träumerei.

Sie ist fortgegangen, einfach losgegangen und marschiert im Dunkeln durch den Wald. Mitten in der Nacht, ganz allein und hat nicht mal ihren Mantel an. Der lag auf der Rückbank, den trage ich über dem Arm, den trage ich ihr hinterher, denkt Willem und mag ihn gar nicht mehr loslassen. Sie hat die Zigarette ausgetreten und ist davon. Hat nicht an die Scheibe geklopft, nicht gewunken, kein Wort gesagt. Sie hat ihn sitzen lassen, als hätte das nichts mit ihm zu tun, als ginge es ihn nichts an. Als wäre das ein Problem, das sie allein lösen muss, und nicht ihrer beider Leben. Sie muss doch frieren, sie muss sich doch fürchten, sie kann doch nicht einfach davonlaufen, ohne mich. In der Nacht kann alles Mögliche passieren. Selbst in einer solchen Gegend, die man tagsüber niemals Wald nennen würde. Nachts ist es dann eben doch einer. Gut, dass ich hinter ihr her bin. Dass ich sie erwischt habe. Ich musste ganz schön rennen, mit ihrem Mantel über dem Arm. Gut, dass es nicht der Pelzmantel ist, den mag ich gar nicht anfassen, so glatt und tot und rau unter der Glätte. Willem will ihr den Mantel über die Schulter legen, doch sie bleibt nicht stehen. Er greift nach ihrem Oberarm, sie läuft weiter. Hochaufgerichtet und geradeaus, als wäre er gar nicht da. Aber ich bin da. Ich folge ihr und werde nicht aufhören damit. Ich laufe gern hinter ihr her, das habe ich schon immer gemocht. Schon als er aus der Gefangenschaft kam und direkt zu ihr gegangen ist, ist Willem gerne hinter Tilda hergelaufen. Und Lav ist ihr wohl auch gerne hinterhergelaufen, denkt er jetzt, und er denkt das nicht zum ersten Mal. Wieso habe ich ihn bloß mitgenommen, diesen Jugoslawen! Nur weil er so lebendig war und zuversichtlich, als Willem halbtot war und an nichts mehr glauben wollte. Da hat Lav ihn am Arm gepackt, ihn zu sich emporgezogen und ihm in die Augen geschaut: Ich finde sie, deine Tilda, und wenn es das Letzte ist, was ich tue, hat er gesagt. Willem lacht.

Denkt, dass das sicher nicht das Letzte war, das Lav getan hat, aber dass Lav der letzte Mensch war, dem er vertraut hat. Oder nein, nicht ganz, Hannah vertraut er. Hannah würde ihn niemals verraten. Und dann denkt er noch, dass er also den einzigen Menschen verraten hat, der zu ihm steht. Und hier ist Tilda. Ihre hohe Gestalt und wie der schmale Gürtel sich um die Taille spannt. Er hält ihren Arm fest und läuft hinter ihr her. Er gerät aus dem Tritt, auch das stört ihn nicht. Lieber würde er zwar ihre Hand nehmen, lieber würde ich Hand in Hand mit ihr gehen, auch wenn es nur dieses kurze Stück in einem Wald ist, der gar kein Wald ist, der bloß deshalb ein Wald ist, weil wir uns in ihm verirren können, denkt Willem. Auch wenn ich danach ihre Hand für immer loslassen müsste, würde ich sie jetzt gerne halten. Es wäre nicht schwierig, er müsste nur seine Hand an ihrem Arm entlang nach unten gleiten lassen, er müsste nicht mal den Griff lösen, bloß etwas lockern und dann über ihren Arm streifen und nach ihrer Hand greifen, doch das lässt sie ganz sicher nicht zu. Dann also der Oberarm, besser als nichts. Besser, als wenn er hier alleine ginge. Er spürt die Wolle ihres Pullovers zwischen seinen Fingern, rau und warm. Er lässt sie nicht mehr los. Wo will sie nur hin? Sie ist noch nicht einmal außer Atem. Geht weiter und weiter, und er stolpert hinter ihr her. Gleich sind wir raus aus dem Wald, denkt Willem. Und dann? Wo sollen wir dann hin?

Er hängt an ihr wie ein Kind. Aber was soll sie tun? Sie kann ihm ja schlecht davonrennen. Ich kann mich nicht losreißen, denkt Tilda, wohin sollte ich auch? Sie spürt Willems Griff um ihren Oberarm und versucht, die Muskeln unter seiner Hand zu entspannen. Das ist nicht leicht, wenn sich jemand an einem festhält. Wenn der nicht mehr loslassen will. Aber es tut gut. Wie sie weich werden in ihrem Arm, keine andere Funktion mehr haben, als von ihr losgelassen zu werden. Wie sie diese Muskeln vergisst, und auch vergisst, was sie mit ihnen tun könnte, was sie schon getan hat. Die Muskeln ihres Arms gehören ihr nicht mehr. Der Arm ist weich und schlapp, so weich, dass sich niemand mehr an ihm festhalten kann, weil es ist, als würde man sich an etwas Totem festhalten, als würde man sich an einem Seil festhalten, an einem Faden, der nirgendwo hinführt und an nichts befestigt ist. Dann hält man sich gar nicht mehr fest, sondern trägt bloß etwas herum, das man fast nicht spürt. Das man genauso gut loslassen könnte. Willems Schritte werden immer unregelmäßiger, Tilda hört ihn hinter sich herstolpern und -schlurfen. Gleich fällt er hin.

Sie will mich loswerden. Sie will, dass ich sie loslasse, den Gefallen werde ich ihr nicht tun, denkt Willem. Wenn sie mich loshaben will, muss sie das schon selber tun. Oder wenigstens ein Wort sagen. Doch sie marschiert einfach immer weiter, und der Wald nimmt kein Ende. Sie müssten doch schon längst wieder draußen sein, oder gehen sie im Kreis? Dann können sie auf diese Art ewig laufen. Soll sie doch, er hat nichts dagegen. Solange er sie halten kann und hinter ihr gehen, wird er das tun. Und wenn sie die ganze Nacht durch diesen Wald tigern. Und wenn ich mich bloß noch an ihrem Gürtel festhalten darf, an ihrem Schal, an der

Spitze eines Haares, dann ist mir das auch recht, denkt Willem. Solange sie mich lässt, werde ich sie nicht loslassen. Vielleicht werde ich ihr nicht mehr näher kommen als in diesem Moment, auch das stört mich nicht. Wenn du dich nur einmal umdrehen würdest, damit ich sehen kann, ob auch du das weißt.

Tilda reißt sich los und beginnt zu rennen, Willem hinter ihr her. Er soll weg, wieso fällt er nicht hin? Wieso bleibt er nicht stehen? Wie soll sie nur verschwinden, wenn er die ganze Zeit hinter ihr herläuft und sie anschaut dabei. Selbst durch die Dunkelheit hindurch, durch das Dickicht und die Nacht spürt sie seinen Blick auf sich und dass er ihn nicht abwendet. Aber Tilda will nicht mehr gesehen werden. Sie will verschwinden, unsichtbar sein, auch für sich selbst. Sie denkt daran, wie sie damals aus dem Behandlungsraum kam, in dem sie die ganze Nacht gelegen hatte. Eine Infusion nach der nächsten lief in sie hinein, und dann waren sie fertig, und sie durfte gehen. Willem hatte auf dem Gang gewartet, stand da und hatte auf Tilda gewartet, aber dann, in dem Moment, als die Tür aufging und sie auf den Flur trat, da hat er sie nicht bemerkt. Stand am anderen Ende des langen Ganges, in seinem blauen Mantel, den Hut in den Händen. Stand einfach da, schaute nicht zu ihr hin, setzte den Hut auf, nahm ihn wieder ab, wendete ihn in den Händen, fuhr sich durch die Haare, die damals schon dünn waren. Tilda ging diesen Flur entlang und dachte, dass sie ihm nie mehr näher kommen würde als in diesem Moment, in dem sie unbemerkt auf ihn zuging. Er hatte sie vergessen und sie dachte, dass er offener als in diesem Moment nicht mehr sein würde. Und das denkt sie jetzt auch. Hier ist eine Wurzel, und sie lässt sich fallen in das feuchte Laub. Vielleicht läuft er hinweg über mich und merkt es nicht, denkt sie. Vielleicht rennt er immer weiter, ohne zu merken, dass er mich längst verloren hat.

Sie ist hingefallen und hat Willem mitgerissen. Er liegt halb auf ihr und halb auf dem kühlen Boden, schlingt seine Arme um sie, gräbt sich in das nasse Laub. Hält sie und den Mantel und die Blätter. Will nichts davon hergeben. Presst sein Gesicht in den wolligen Stoff, seinen Körper an ihren, quetscht die Blätter zwischen seinen Fingern und kann nicht aufhören zu weinen und sich an sie zu drücken.

16

Die Schlange ist müde geworden, und ich bin es auch. Draußen ist ein Licht, draußen berührt etwas Helles meine Stirn, doch hier drinnen ist alles dunkel, nicht stockfinster, aber trübe, düster, das Licht reicht nicht herein. Es legt sich um mich herum und löst die Schlange ab, verscheucht sie. Sie fällt herunter, jetzt liegt sie am Boden, kriecht träge davon. Sie will unter dem Türspalt hindurch, sie ist zu dick. Sie steckt fest, von hinten schiebt sie immer weiter, und vorn steckt sie unter der Tür. Es staut sich, sie türmt sich auf zu einem riesigen weichen Berg. Hier kommt niemand mehr herein, die Tür lässt sich nicht öffnen, gegen eine solche Schlange kommt keiner an. Ich höre Schritte und Stimmen. Sie sind da und fassen mich an. Etwas klatscht auf meine Wangen, etwas reißt an meinen Lidern. Jetzt zerren sie mich nach oben, und ich will weich und dick wie die Schlange sein, durch ihre Hände auf den Boden rutschen. Ich will mich fallen lassen und unter der Tür durch, dünn wie ein Pfannkuchen. Das ist nicht eine Tür wie die Türen zu Hause, diese ist anders. Alle Türen hier sind anders. Man kann sie nur von einer Seite öffnen.

Sie sitzen im Auto, und er weiß nicht, wohin. Weiß nicht, was sagen. Draußen ist es dunkel und hier drinnen auch. Stumm hat Tilda sich erhoben, hat ihn mit einer einzigen Bewegung abgeschüttelt, ihm den Mantel aus den Händen gerissen und ist losgelaufen, zurück zum Auto. Kein Zweifel, sie kannte den Weg. Ob sie ihn liegen gelassen oder sich nochmal nach ihm umgedreht hätte? Er wollte es nicht darauf ankommen lassen, hat sich aufgerappelt, die Hände in die Hosentaschen gesteckt und ist mit ihr gegangen. Wir irren umher, ohne zu wissen, wohin wir gehen, hat er gedacht, unsere Gesichter sind düster und mit Traurigkeit bedeckt. Er hat den Gedanken für sich behalten, wie alle seine Gedanken, obwohl er ahnte, dass das nicht von ihm war, dass er es irgendwo gelesen hatte. Tilda hätte ihn in der Luft zerrissen oder wenigstens ausgelacht. Und jetzt sind sie im Auto, jeder auf seinem Platz. Er spürt ihre Ungeduld, er schafft es nicht, den Zündschlüssel zu drehen. Seine Hände auf den Oberschenkeln, dreckig und schwer, als gehörten sie nicht zu ihm. Sein Herz schlägt schneller, er ist immer noch außer Atem. Als käme er von irgendeinem Kampf oder aus dem Bergwerk. Tilda sieht nicht besser aus: Blätter und Äste in den Haaren, das Kleid dreckig, die Strümpfe zerrissen. Aber sie hat noch immer ihre Haltung, sitzt da, aufrecht und ungerührt, als wäre gar nichts passiert, stellt das Radio an, nimmt sich eine Zigarette aus seiner Schachtel, steckt sie an und zwinkert ihm zu. »Na los«, sagt sie, »ab nach Hause.« Es gelingt ihm, den Wagen zu starten, ihn irgendwie vom Parkplatz und auf die Straße zu lenken. Er denkt, dass auf ein solches Vehikel immer Verlass ist, das war auch damals schon so: Alles ist gut, solange er nur eine Maschine zu bedienen hat. Er denkt an den Krieg, er denkt an das Röhren der Motoren und wie die Ju sich mächtig in die Luft erhob, das Abwerfen der Bomben, das Heulen. Ein einziger Tanz und dass dieser Tanz mit nichts zu vergleichen war, was er später in diesem Krieg erlebt hat. Als hätte er, ohne es zu wissen, die Seiten gewechselt. Es sind keine Worte, in denen er denkt, er denkt in Bewegungen. Die eleganten Schleifen in der Luft, die sicheren Handgriffe und wie er danach aus der Maschine sprang. Und dann die endlosen Schritte, der Frost, der die Beine müde macht, der schwere Helm, die Geste, mit der er sich das Gewehr von der Schulter und emporriss, der Druck am Schlüsselbein, das eiskalte Metall. An alles andere denkt er nicht. Er schüttelt den Kopf, zwingt seine Aufmerksamkeit zurück zum Lenkrad zwischen seinen Händen, seinen Blick auf die Straße. Er hört die Musik aus dem Radio, sie fährt ihm in die Finger. Er braucht keine Trompete und kein Schlagwerk, er hat ja den Wagen.

Er bedient ihn mit seinen Händen und Füßen, sicher, beherrscht. Tilda raucht noch immer. Es wird langsam hell, er fährt und fährt, Miles Davis treibt ihn vorwärts. Der Wagen legt sich in die Kurven, Willem tippt nur leicht aufs Gas, auf die Bremse, wenn es nötig ist, der Schalthebel ist sein Ventilzug. Er bringt sie sicher nach Hause, nur noch nicht gleich.

Er denkt nur an sich, denkt Tilda, an sich und sein Vergnügen. Und an den Wagen natürlich, ohne den Wagen gäbe es Willem gar nicht. Das war das Erste, was er gekauft hat, nach der Hochzeit, als wir noch bei Gerda und Berti gewohnt haben. Keine Wohnung, keine Möbel, nicht mal ein eigenes Bett hatten wir, aber auf der Straße vor dem Haus stand der Opel. Jeden Morgen ist er damit zur Arbeit gefahren, hat Berti unterwegs abgesetzt. Und am Wochenende die Ausflüge zu viert. Nie waren wir unter uns, manchmal haben wir uns abends in den Wagen gesetzt, um allein zu sein. Und waren es doch nicht. Den Opel würde er niemals hergeben. Und was ist mit mir? Und mit Hannah, denkt Tilda, was ist mit Hannah? Wie die Brandes sie ihr vorhin aus den Händen gerissen hat! Ohne ein Wort. Wie eine Puppe, die Tilda nicht gehört. Und Willem hat danebengestanden und nichts unternommen. Was sollen sie nur tun? Sie können Hannah dort nicht lassen. Egal, was Mutti denkt oder Gerda oder die Schmelzki von nebenan: Hannah muss da raus, Hannah muss wieder nach Hause. Auch wenn mir das nicht gefällt, denkt Tilda, denn ich weiß, wie hart es mit ihr ist. Anders als Willem, der immer im Labor ist, der nichts kennt außer die Sonntagnachmittage und seine romantischen Vorstellungen. Und irgendwelche Extratouren natürlich. Trotzdem, sie können sie dort nicht lassen. Sie sollten mit Berti reden, auch wenn sie es ungern zugibt, Berti ist gescheit. Und er hat einen guten Einfluss auf Willem. Das machen wir, denkt sie, während sie die Scheibe runterkurbelt: Sobald wir zu Hause sind, rufen wir Berti an, und dann finden wir eine Lösung. Sie schnickt die Zigarette aus dem Fenster. Jetzt merkt sie, dass sie gar nicht nach Hause fahren. Sie sind schon viel zu lange unterwegs, Willem hat die Landstraße längst verlassen. Die Bundesstraße auch. Tilda hört das Ticken des Blinkers, sie fahren auf die Autobahn. Sie streckt den Kopf durchs offene Fenster, der Wind fährt ihr in die Haare, Blätter und Ästchen wirbeln ins Auto. Die Sonne geht auf, sie schließt die Augen, der Wind drückt gegen ihre Lider. Sie weiß schon, wohin sie fahren, aber sie will nicht daran denken. Sie hält den Arm nach draußen, lässt die Hand im Fahrtwind schwimmen, den Kopf auf dem Oberarm. Sie spannt die Muskeln an und lässt sie wieder los, von ferne, von drinnen, tönt Trompetenmusik, sie hört sie kaum. Sie hört nicht hin, der Gegenwind rauscht in ihren Ohren, da ist kein Platz mehr für irgendwas, nicht für Musik, nicht für Gedanken. Am liebsten würde sie den linken Arm auch noch durchs Fenster strecken, den ganzen Körper nach draußen halten. Sie dreht sich ein bisschen, legt den Kopf in den Nacken, greift mit beiden Händen nach oben, nach dem Autodach. Sie zwängt sich durch das schmale Fenster, und schon sitzt sie draußen, den Oberkörper weit über das Dach gebeugt. Der Wind presst sie nach hinten, ihr Bauch, ihre Brust, ihre linke Wange liegen flach auf dem kalten Blech. Der Wind geht über sie hinweg und durch sie hindurch. Wenn ich jetzt loslasse, denkt sie, dann fliege ich davon, und keiner kann mich mehr einholen. Sie spürt den Sog und wie er sie nach oben reißen, wie ihr Körper zu wirbeln beginnen würde. Immer höher, immer weiter, bis schließlich überhaupt nichts mehr von ihr übrig wäre als nur dieses Wirbeln und Ziehen. Wie sie erst hinaufgezerrt würde und sich dann ausbreitete, ausdehnte, und dann gar nicht mehr vorhanden wäre. Sie ist bereit und müsste ja nicht einmal loslassen, denn sie hält sich nirgendwo fest. Sie müsste bloß die Anspannung ihrer Muskeln lockern, den Oberkörper etwas aufrichten. Der Druck lässt nach, ihr Körper wird ganz weich, sie braucht keine Kraft mehr, um sich zu halten. Willem ist rechts rangefahren.

Er stößt die Tür auf, rennt um den Wagen herum, fasst sie von hinten, um ihre Taille, will sie zu sich ziehen, sie umarmen und gar nicht mehr loslassen, doch er schafft es nicht. Sie hält sich nicht einmal mehr fest, sie hätte es geschehen lassen, aber er hat keine Kraft. Seine Beine zittern, die Arme sind schwer. Er lehnt sich mit dem Oberkörper gegen ihren Rücken, den Kopf in ihren Nacken, seine Arme hängen schlaff herunter. So steht er eine Weile da, hört ihren ruhigen Herzschlag und seinen schnelleren dazwischen, ihre Haare kitzeln ihn an der Stirn, seine Nase reibt ein wenig über ihren Pullover. Sie richtet sich auf, und Willem lässt sich nach hinten auf den Streifen Gras fallen. Er zittert und kann gar nicht mehr aufhören damit. Willem zieht die Beine zu sich heran, legt die Oberarme auf die Knie, verschränkt die Hände ineinander, das Zittern hört nicht auf. Tilda klettert aus dem Auto und setzt sich zu ihm. Was ist nur mit ihm los? Erst das nächtliche Geheule und jetzt das hier! »Ich kann gar nicht fliegen«, stößt er schlotternd hervor, »und du kannst das auch nicht. Niemand kann fliegen. Der Mensch ist nicht zum Fliegen gemacht.« Sie legt ihm eine Hand auf den Rücken und nimmt sie gleich wieder weg. Hat nichts dazu zu sagen. Er schaut an sich herab, sieht seine zitternden Finger, die braune Anzughose, die Lederschuhe im Gras. Das bin doch nicht ich, denkt er, so bin ich doch nicht. Er zieht das Sakko aus, schnürt unbeholfen die Schuhe auf, streift auch die Socken noch ab. Krempelt die Hosenbeine nach oben. Lieber würde er sich ganz ausziehen und in das morgenfeuchte Gras legen, aber das wagt er nicht. Er streckt die Beine aus, macht sich lang, die Arme neben sich. Sein Körper kommt langsam zur Ruhe. Nach einer Weile fasst Tilda an seine Schulter, er öffnet die Augen. »Wir müssen los«, sagt sie. »Wir müssen Hannah holen.«

17

Stille liegt über dem Gelände. Niemand ist unterwegs. Sie haben den Wagen ein Stückchen weiter vorn geparkt, unter ein paar Bäumen, und sind zu Fuß hierhergegangen. Als wären sie Einbrecher. Als dürften sie gar nicht hier sein. Sie stehen am Tor, blicken durch das Gitter und den langen Weg entlang zum Eingang.

Wie sollen sie unbemerkt dort hineinkommen? Und dann mit Hannah wieder heraus? »Das wird nichts«, sagt Tilda, »wir können sie nicht einfach so da herausholen. Wir müssen hingehen und an die Tür klopfen und sagen, dass wir sie jetzt mitnehmen werden. Hannah ist schließlich unser Kind. Sie können sie nicht gegen unseren Willen dabehalten.« Willem schweigt. »Warum sagst du nichts?«, fährt Tilda ihn an. »Wenn du eine bessere Idee hast: Nur zu!« Doch Willem hat nichts zu sagen. Tilda versucht, das Tor aufzuschieben, es ist verschlossen. Natürlich. Dann klingeln wir eben, denkt sie, aber da ist keine Klingel. Und jetzt fällt es ihr ein: Wenn sie sonst hierherkamen, wurden sie immer erwartet. Diesmal wartet niemand auf sie. Tilda beginnt am Tor zu rütteln, und da legt Willem ihr die Hand auf den Arm. »Doch, Tilda«, sagt er, »sie dürfen sie hierbehalten.« Er macht eine Pause, hat seine Hand längst wieder weggenommen. »Wir haben das damals unterschrieben.« – »Nichts habe ich unterschrieben!«, schreit Tilda ihn an. »So etwas hätte ich niemals unterschrieben!« Willem hält den Kopf gesenkt, Tilda rüttelt immer noch am Tor. »Hör auf«, sagt er leise. »Hör bitte auf, sie werden doch auf uns aufmerksam.« – »Das sollen sie ja auch. Wir wollen Hannah schließlich wiederhaben.« – »So werden wir sie nicht bekommen.« Er greift nach ihrer Hand, löst behutsam die Finger von den Gitterstäben. »Nicht auf diese Weise. Nicht nach allem, was gestern passiert ist.« Er stockt. »Schau uns doch an.« Und dann zieht er sie hinter sich her, den ganzen Weg zurück zum Auto. Sie lässt es geschehen.

Willem parkt den Wagen in der Einfahrt, sie sind also wieder hier. Tilda ist müde, aber an Schlaf ist nicht zu denken. Sie lässt Willem im Wagen sitzen, geht ins Haus, in die Küche, setzt Kaffeewasser auf. Holt die Dose aus dem Schrank, den Filter, das Filterpapier. Stellt alles neben den Herd. Das Wasser kocht, sie gießt den Kaffee auf. Nimmt zwei Tassen aus dem Schrank, Milch, Zucker. Richtet alles auf einem Tablett an. Geht ins Esszimmer, Willem ist nicht da. Er wird doch nicht immer noch im Wagen sitzen! Sie gießt den Kaffee ein, geht mit den Tassen nach draußen. Tatsächlich, da ist er, den Kopf im Nacken, die Augen geschlossen. Tilda öffnet die Beifahrertür, stellt den Kaffee aufs Armaturenbrett, setzt sich neben den schlafenden Willem. Sie müssen reden, aber es hat keinen Sinn, ihn zu wecken, das weiß sie. Wenn sie ihn jetzt weckt, bekommt sie kein Wort aus ihm heraus. Also trinkt sie erst mal ihren Kaffee. Er wird schon aufwachen. Und was soll sie ihm auch vorwerfen? Sie weiß, dass sie damals beide die Unterlagen für das Heim unterschrieben haben. Willem hat ihr die Papiere hingelegt, überall war schon seine Unterschrift, schwungvoll und großspurig: Willem Kamp. Da hat sie auch unterschreiben. Hat nichts durchgelesen, immer nur geschaut: Wo steht Willems Name, und dann ihren dazugesetzt. Wie bei der Hochzeit, denkt sie. Alle standen um sie herum, der Standesbeamte, ihre Eltern, Gerda und Berti, und die ganzen Tanten in ihren schwarzen Kleidern. Und Willem natürlich. Sie war so nervös, dass die Buchstaben vor ihren Augen verschwammen und sie nichts erkennen konnte, außer Willems Unterschrift. Und auch wenn sie weiß, dass das nicht stimmt, denkt sie weiter: Hätte ich doch bloß nicht unterschrieben! Aber sie hat es nun mal getan und erinnert sich, dass die Formulare vom Heim ein paar Tage auf ihrem Schreibtisch gelegen haben, bis sie sie irgendwann nicht mehr ignorieren konnte, bis sie sie einfach nur noch weghaben wollte. Und dann hat sie eben ihren Namen dahin geschrieben. Sie haben nicht miteinander gesprochen, selbst bei dieser wichtigen Entscheidung nicht. Die eigentlich gar keine Entscheidung war, zumindest was Tilda betrifft. Sie wusste ja nicht oder zumindest nicht genau, was sie da unterschreibt. Wann hat das eigentlich angefangen, fragt Tilda sich und weiß die Antwort doch: Kurz nach Hannahs Geburt. Als langsam klar wurde, dass mit ihr etwas nicht stimmt. Sie weiß es sogar noch genauer: Nach der Nacht, in der sie Hannah zu sich ins Bett geholt und die Decke über sie gelegt hat. Nach dieser Nacht hat Willem nicht mehr mit ihr gesprochen. Wochenlang kein einziges Wort. Und sie hat es einfach ausgehalten. Hat nichts gesagt dazu und nichts gefragt. Was hätte sie auch fragen sollen? Am nächsten Vormittag stand Gerda plötzlich auf der Matte, Willem musste sie gerufen haben. Sie blieb die nächsten Wochen und ließ Hannah und Tilda keinen Moment aus den Augen. Schlief sogar bei Hannah im Zimmer. Obwohl sie doch eigentlich dafür war, die Babys allein schlafen zu lassen, wegen der Abhärtung. Tilda hat alles mitgemacht, hat zu allem geschwiegen. Irgendwann haben die beiden dann offenbar beschlossen, dass die Gefahr vorüber war, und Gerda ist zu Berti zurück. Willem hat wieder angefangen zu sprechen, aber seit dieser Nacht sind sie nicht mehr über das Alltägliche hinausgekommen. Seit Gerda weg war, kam Willem zum Mittagessen nach Hause. Schlag halb eins hörte sie den Schlüssel im Schloss. Tilda wusste, warum, natürlich: Er wollte sie kontrollieren, wollte sehen, ob mit Hannah alles in Ordnung war. Das war es sowieso nicht. Und was sollte das auch verhindern? Als hätte nicht eine einzige Minute ausgereicht. Deswegen wollte er Hannah ja unbedingt im Heim wissen. Für ihn war sie da in Sicherheit. Tilda hat ihren Kaffee längst ausgetrunken, Willem schnarcht immer noch leise. Sie greift nach seiner Tasse. Was soll es, das wird er schon verkraften. Dann muss er sich eben einen neuen holen. Und es hilft nichts, denkt sie weiter, jetzt müssen sie miteinander reden. Also bleibt sie neben ihm sitzen, trinkt den lauwarmen Kaffee und wartet, bis er endlich aufwacht. Sie erinnert sich genau an ihre Gefühle in dieser Nacht. Sie weiß noch, wie sie barfuß in Hannahs Zimmer lief. Die schon wieder schrie, die immer noch nicht schlafen wollte, und das kleine Bündel in den Arm nahm. Obwohl Mutti ihr gesagt hatte, dass sie das auf keinen Fall tun solle: Schreien kräftigt die Lungen! Und sie wolle das Kind schließlich nicht verzärteln. Wie sie da stand, im Dunkeln, mit Hannah auf dem Arm, die sofort still geworden war und begonnen hatte, nach der Brust zu suchen. Dabei war sie längst abgestillt. Willem war für Flaschennahrung, Mutti sowieso, und sie hatte dem nichts entgegenzusetzen. Und dann ist sie mit Hannah ins Schlafzimmer gegangen, hat sie neben sich gelegt, die immer noch nach der Brust gesucht hat, immer hektischer wurde, das Gesichtchen ganz verzogen. Da hat Tilda die Decke über sich gezogen, über sich und dieses winzige Wesen neben ihr, das sie nicht kannte, das sie nicht verstand.

Sie wollte nichts mehr sehen und hören, und es wurde auch still. Bis Willem kam. Merkwürdig, denkt sie jetzt, so zärtlich und innig hat Willem das Baby zuvor noch nie im Arm gehabt wie in dieser Nacht.

Etwas liegt warm auf seinen Augenlidern, etwas reißt in seinem Nacken. Ist er noch im Wald, sind sie da liegen geblieben, Tilda und er, eingeschlafen auf den warmen Blättern? Dann würde er gerne noch etwas bleiben. Sein Nacken brennt, er rührt sich. Nein, er liegt ja gar nicht, er sitzt. Und jetzt weiß er es wieder: Er sitzt im Wagen, sie sind längst raus aus dem Wald. Er öffnet die Augen, neben ihm sitzt Tilda mit zwei leeren Kaffeetassen. Er sieht ihren Unterkörper, die Hände, ein Stück der Unterarme, er kann den Kopf nicht heben. Er streckt die Beine, so weit das geht, dreht vorsichtig den Nacken. Er muss ihn sich verrenkt haben. Er spürt Tildas Blick und weiß, was sie will. Ihm ist schon klar, dass das jetzt sein muss, dass er nicht drum herumkommt, aber erst mal muss er hier raus. Eine heiße Dusche nehmen und eine Paracetamol. Und dann sehen wir weiter, dann können sie reden. Er quält sich aus dem Wagen, geht mit hängenden Schultern ins Haus.

Sie sitzt am Esstisch, einen frischen Kaffee vor sich. Toast, Butter und Marmelade, und Eier, es ist schließlich Sonntag. Sie hört das Prasseln der Dusche, er hört gar nicht mehr auf. Wie lange will er sich da noch verkriechen? Sie könnte auch eine Dusche vertragen, aber das hier ist nun mal wichtiger. Sie hat ihm keine frische Wäsche hingelegt, soll er doch selber sehen. Darin, nackt durch die Wohnung zu laufen, hat er ja mittlerweile Übung. Aber eigentlich denkt sie gar nicht an ihn, eigentlich denkt sie an Hannah und daran, dass sie sich von Anfang an weg entwickelt hat von dem, wie sie sein sollte. Sie fragt sich, ob Hannah überhaupt jemals das goldige Baby war, für das sie sie am Anfang gehalten hat. Ob nicht alle außer ihr sofort gesehen haben, dass etwas nicht stimmt, und einfach geschwiegen haben, aus Angst oder Scham oder Gleichgültigkeit. Sie geht zum Wohnzimmerschrank und holt das Album. Es gibt nur eine Handvoll Fotos von Hannah. Im Wagen oder im Bettchen, auf der Couch, links und rechts von Kissen gestützt, damit es so aussieht, als könnte sie schon sitzen. Da war sie eineinhalb. Ihr Gesichtchen war so süß und die Löckchen, auch wenn ihr Blick immer irgendwohin ging. Doch das ist auf Fotos von Willem schließlich auch so, der schaut auch immer irgendwohin. Auf keinem Bild ist Hannah auf Tildas Arm, das fällt ihr jetzt erst auf. Aber sie hat sie im Arm gehabt, daran erinnert sie sich, ganze Vormittage ist sie mit Hannah auf dem Arm durch die Wohnung gelaufen. Nur dass da niemand war, um ein Foto von ihr zu machen. Beim Essen und am Wochenende, wenn Willem zu Hause war, musste Hannah im Stubenwagen liegen oder auf einer Decke. Das hat Gerda ihm so eingetrichtert, und Willem hat sich daran gehalten, natürlich. So wie Willem sich gegen nichts wehrt und alles immer aushält und niemals einen eigenen Standpunkt einnimmt. Obwohl sie ganz sicher ist, dass er Hannah auch lieber in den Arm genommen hätte, das hat sie deutlich gesehen in dieser Nacht. Dr. Schlegel hatte ganz offenbar recht in seinem Schriftgutachten, das niemand außer ihr kennt. Das bei allen anderen

Unterlagen, den Telegrammen und Briefen und auch dem alten Horoskop in der roten Mappe liegt. Sie kennt es auswendig, trotz seiner gestelzten Sprache: *Summa summarum: der vielverzweigte, sehr feine und oft etwas unkräftige Gefühlsfluss des Schrifturhebers wird hauptsächlich gesteuert vom Intellekt. Mit großem und empfindlichem Ichgefühle wehrt sich dabei das Innere gegen Entblößung, gegen fremden Einblick. Und oft sucht es zum Schutze gewaltsam und brüsk den Abstand und die Distanz von anderen.* Wie oft hat sie darin gelesen, hat die beiden Gutachten nebeneinandergelegt und Zeile um Zeile verglichen. Der kalte, steife, hilflose Willem auf der einen Seite, und daneben Lav: *Restlos frei von Kälte, von Schwäche, von Abkehr und von egoistischer Berechnung, ja von Berechnung überhaupt, strebt dieser Mann seelisch seinen Mitmenschen mit echter Wärme, Herzlichkeit und Gemüthaftigkeit entgegen.* Hätte sie sich anders entschieden, wenn sie die beiden Gutachten schon früher gehabt hätte? Und was würde sie dann jetzt wohl für ein Leben führen? Keine Hannah, kein Haus im Nirgendwo, kein Garten, wahrscheinlich auch kein Wagen. Nur Lav und sie und ein gesundes Kind. Sie streicht mit den Händen über das knisternde Papier, schlägt das Album zu, richtet sich auf. Da ist Willem, immer noch so schief: Klein und krumm steht er in der Tür. Er schaut gequält, greift sich in den Nacken, sie sagt nichts dazu. Das muss er jetzt aushalten, hätte ja nicht schlafen müssen im Auto. Er setzt sich mühsam ihr gegenüber an den Tisch, stützt den Kopf mit seiner Rechten, kann kaum hochschauen. Er ist ein alter Mann, das sieht sie plötzlich, und das liegt nicht nur an seiner Glatze und dem Bauch. Sie schiebt das Album zur Seite, blickt ihn an: »Was tun wir jetzt?« Er zögert, würde wohl gerne nicken, das wird schon, um sie zu besänftigen, schafft es aber nicht. Also beißt er in seinen Toast, kaut, hebt vorsichtig die Schultern, weiß, dass er damit nicht durchkommen wird, schluckt, rafft sich auf. »Ich rufe am Montag Dr. Brandes an.« Beißt noch mal ab, schiebt hinterher: »Es muss doch eine Lösung geben.« Tilda nickt. »Ja, das ist gut.« Sie kann gar nicht aufhören zu nicken, das ist doch sonst Willems Part. Nickt und nickt und denkt, dass das wirklich gut ist, dass es schon werden wird. Willem hat den Heimplatz für Hannah gefunden, da wird es ihm wohl auch gelingen, sie dort wieder herauszuholen. Denn es steht noch etwas in diesem Gutachten: *Besonders scharf spannt das Innere den Bogen, sobald irgendein Angriff oder Widerstand den Weg verbaut; in solchem Falle ist der Verfasser äußerster Schärfe und Unbeugsamkeit fähig.* Mit dieser Schärfe und Unbeugsamkeit wird Willem Hannah da herausholen. Und mit seinem Humor, den er ja auch hat und den Dr. Schlegel in seiner Handschrift seltsamerweise nicht entdeckt hat. Er muss das nur ins richtige Verhältnis bringen: Humor, Willen und seinen Verstand. Dann muss es gelingen. So denkt Tilda, während sie den Tisch abdeckt. Sie hat selbst gar nichts gegessen, nicht mal das Ei. Stellt alles in die Durchreiche, das Album wieder zurück ins Regal. Willem ist längst im Keller verschwunden.

Es kribbelt, die Arme und Beine, mein ganzer Leib. Das müssen die Ameisen sein. Eine ruhige Armee von Ameisen. Tausende von ihnen. Immer im Kreis, immer im Kreis. Rundherum. Und in meinen Kopf hinein, durch alle Schachteln und Gänge, in jede letzte Ecke. Alles summt und sirrt und kribbelt. Ich will sie abstreifen und von mir schütteln, ich will auf meinen Kopf schlagen, auf die Stirn oder die Stirn gegen die Wand, aber die Schlange ist wieder da, ist immer noch da, liegt dick und schwer auf mir. Ich versuche an die Schlange zu denken und nicht an die Ameisen, die Schlange ist immer da, auf sie ist Verlass. Sie legt sich um mich, hält mich zusammen. Nur in den Kopf, da kommt sie nicht hinein, das muss ich selber aushalten. Also dreh ich ihn hin und her, erst langsam, dann immer schneller. Meine Haare schaben über das Laken, krsch-krsch, krsch-krsch, die Ameisen sind noch da. Also nicht aufhören, immer weiter, jetzt kommt Schwung in die Sache, jetzt wird es besser. Mein Mund öffnet sich ganz von selbst, und ein paar Töne kommen da heraus, das sind die Ameisen, sie krabbeln über meine Lippen und das Kinn. Ich schreie ihnen hinterher, dass sie bloß nicht wiederkommen sollen. Doch da ist noch etwas anderes, das Ticktack von Schritten. Sie kommen und nehmen mir die Schlange weg. Sie reißen und rütteln und zerren an mir, stellen mich hin. Zwei Schwestern packen mich und ziehen mich hinter sich her. Durch die graue Tür und raus aus dem Zimmer. Wie soll ich denn vorwärtskommen auf solchen Beinen. Schlieren und Fetzen rutschen an mir vorbei, der Boden ist weich unter meinen Füßen. Ich denke noch mal an die Ameisen und an den Wald. An Papa und Berti und Engelchen flieg. Und plötzlich wollen meine Beine laufen, wollen rennen und immer schneller werden. Den langen Gang entlang und auf und davon. Hinaus in den Garten, den ich durch die großen Scheiben sehen kann. Bis zur Mauer und immer weiter. Doch die Schwestern sind einfach zu schwer, sie hängen an mir, und ich werde sie nicht los. Die eine petzt mich, die andere herrscht mich an. Ich höre das, aber meine Beine werden nicht langsamer davon. Wenigstens eine Hand ist jetzt frei. Ich hau mir auf den Kopf, ein paar Töne kommen heraus.

18

Willem sitzt im Flur neben dem Telefon, lieber säße er unten, im Hobbykeller. Er müsste schon längst bei der Arbeit sein, doch sein Nacken tut immer noch weh, und er hat sich krankgemeldet. Tilda steht in der Küche, die Tür ist nur angelehnt. Er sieht sie nicht, aber er weiß, dass sie da ist. Auf jedes Wort lauert. Also nimmt Willem den Hörer und weiß nicht, soll er zuerst Berti anrufen oder gleich im Heim. Vielleicht ist Dr. Brandes gar nicht erreichbar, vielleicht sollte er ihm besser schreiben. Schriftlich kann man seine Argumente sowieso besser darlegen. Oder ein kleiner Spaziergang, um die Gedanken zu sortieren, und dann erst telefonieren? Ja, das ist gut, denkt er und legt den Hörer weg. Er hat den Mantel schon an, den Hut in der Hand, da steht Tilda vor ihm: »Du rufst jetzt da an, oder ich tu es.« Nimmt ihm den Hut ab, reißt ihm den Mantel von den Schultern, nimmt gar keine Rücksicht auf seinen Nacken. Sie führt ihn zum Telefontischchen und drückt ihm den Hörer in die Hand. Stellt sich mit verschränkten Armen in die offene Küchentür. Ihm bleibt nichts anderes übrig, er muss diese Nummer jetzt wählen. Seine Hände zittern, er ist nervös. Er will doch auch, dass Hannah wieder bei ihnen ist. Er wollte das von Anfang an. Es war doch Tilda, die sie loswerden wollte, ihr zuliebe hat er das schließlich getan. Und für Hannah natürlich. Das machte alles einen guten Eindruck, was Dr. Brandes ihm damals erzählt hat. Das klang doch nicht nach Anstalt oder Experimenten. Das klang nach Zuwendung und Fürsorge. Und jetzt? Was haben die mit seinem Kind gemacht? Er hat nur noch dieses eine. Tilda hat recht: Jetzt oder nie! Also klemmt er sich den Hörer unters Ohr, das zieht im Nacken, aber das spielt keine Rolle, greift nach dem Telefonbüchlein, die Nummer steht ganz vorne. Das Freizeichen ertönt.

»Kinderheilanstalt, Schwester Marthe am Apparat.«

»Kamp hier, der Vater von Hannah. Ich muss Dr. Brandes sprechen.«

»Es tut mir leid, Herr Kamp, der Doktor ist nicht im Haus.«

»Wo ist er denn? Am Samstag war er noch da, ich habe ihn selbst gesprochen!«

»Das kann ich Ihnen nicht sagen, versuchen Sie es Mitte der Woche noch mal.«

»Bis dahin kann ich nicht warten, ich muss ihn sofort sprechen. Gibt es denn keine Vertretung? Irgendwer muss doch im Haus sein, wenn Dr. Brandes nicht da ist.«

»Ja, seine Frau.«

Willem schweigt. Mit ihr will er auf keinen Fall sprechen. Er denkt an ihren festen Griff und wie sie ihn nach draußen geschoben hat. An ihren stahlharten Blick.

»Nein, das wird wohl nichts nutzen. Dann melde ich mich wieder.«

Willem hängt ein, schaut Tilda an. Er hätte wohl doch besser mit der Brandes sprechen sollen. »Er ist nicht da. Ich soll Mitte der Woche wieder anrufen.« Tilda tritt auf ihn zu, schlägt ihm das Geschirrhandtuch quer über die Brust. »So lange können wir nicht warten. Bis dahin haben wir schon längst alles wieder vergessen. Das wissen die. Und du weißt es auch. Wenn wir jetzt nichts unternehmen, dann unternehmen wir nie wieder etwas.« Sie ist noch näher gekommen, bohrt ihm die Geschirrhandtuchhand in die Brust, schubst ihn noch einmal und dreht sich dann abrupt um. Geht in die Küche, wirft die Tür zu. Das Handtuch ist zwischen ihnen auf den Boden gefallen. Willem lässt es da liegen und geht nach draußen. Es ist noch kalt, er hat weder Hut noch Mantel und schon gar keinen Schal, das wird seinem Nacken nicht gefallen, aber egal. Soll sie doch in der Küche versauern. Er hat schließlich getan, was sie wollte. Was soll er denn noch machen?

Diesmal nimmt er nicht den Wagen, diesmal geht er zu Fuß. Bei jedem Schritt schmerzt sein Nacken, er hat schon Schlimmeres erlebt. So weiß man immerhin, dass man noch da ist, denkt er. So weiß man immerhin, dass man lebt. Die Fabrik liegt auf der anderen Seite des kleinen Bachs, er kann sie zwischen den Bäumen sehen, schaut aber nicht hin. Der Geruch hängt ohnehin über allem, er kann die Existenz seines Arbeitsplatzes überhaupt nicht vergessen. Er geht weiter an dem Bach entlang, immer weiter, da hinten beginnen schon die Felder, die Fabrik ist längst außer

Sichtweite. Er nimmt die Hände aus den Taschen, schreitet weit aus, kommt ins Schwitzen. Er ist schon eine Weile unterwegs, der Bach fließt hier wieder in seinem ursprünglichen Bett. Die Brandes ist wirklich ein furchtbarer Mensch, denkt er. Die lässt nichts gelten, will immer nur alles bestimmen und hin und her schieben. Der Doktor ist da schon anders, wir hatten ein paar gute Gespräche. Bei ihm besteht wenigstens eine gewisse Empfänglichkeit für ein wissenschaftliches Argument. Wir sind letztlich beide Forscher, da muss es doch eine Möglichkeit zur Einigung geben. Vielleicht schreibe ich nachher doch noch einen Brief, denkt er und plötzlich denkt er, das sind gar nicht meine Gedanken. Das ist nur das, was ich zu Tilda gesagt hätte, wenn ich nicht davongelaufen wäre. Er schüttelt den Kopf, sein Nacken ist besser geworden, die Bewegung hat ihm gutgetan, nur noch ein schwaches Ziehen ist spürbar. Ein schmaler Pfad führt runter zum Bach, es ist ein bisschen steil, das ist gar nicht so einfach mit seinen rutschigen Lederschuhen. Er hockt sich hin und zieht sie aus. Steckt die Socken in die Schuhe, krempelt auch die Hosenbeine hoch, so geht es besser. Er setzt sich ans Ufer, die Füße im Wasser. Gar nicht so schlecht hier, denkt er, und er fragt sich, warum sie mit Hannah nie hierhergegangen sind. Hannah würde es hier gefallen. Alles Mögliche, was man sammeln und sortieren und zählen kann. Steine und Grashalme, Getier. Er greift nach seinen Schuhen, er muss zurück. Im Aufstehen hebt er ein leeres Schneckenhaus auf, es ist winzig, höchstens halb so groß wie der Nagel seines kleinen Fingers, und steckt es sich in die Tasche. Auf dem Nachhauseweg rollt er es zwischen Daumen und Zeigefinger. Wie klein es ist, wie zerbrechlich.

Er sieht aus wie ein Landstreicher, denkt Tilda, während sie aus dem Küchenfenster blickt. Barfuß, die Schuhe in der Hand, nur im Hemd. Und die oberen Knöpfe offen. Hoffentlich sieht ihn niemand, hoffentlich schaut die Schmelzki nicht gerade aus dem Fenster. Über diesen Anblick hätte sie sicher tagelang zu reden. Gut, dass Mutti das nicht weiß. Oder Gerda. Nur Vati hätte das nicht gestört, der hätte höchstens die Augenbrauen hochgezogen, Tilda den Arm getätschelt und gesagt: »Lass ihn, so ist er eben. Du hast ihn dir ausgesucht, und jetzt hast du ihn.« Tilda ist in den Flur getreten, wo bleibt er denn? Sie reißt die Haustür auf. Da sitzt er auf den Stufen, mit dem Rücken zu ihr, zieht sich in aller Seelenruhe die Strümpfe an. »Was ist bloß in dich gefahren?«, zischt sie ihm zu. »Komm jetzt rein!« Er reagiert nicht, streift mit der Hand die Fußsohlen sauber. Was für blasse Füße er hat. Fast rosa und so weich.

II

1

Immer derselbe Ausblick aus immer demselben Fenster. Hier bin ich und da ist die Tanne, denkt Willem. Sie ist noch da, wirft den immer gleichen Schatten auf die Wiese, den Wintergarten, das halbe Haus. Niemand hat sie gefällt in diesem langen Sommer, und jetzt ist der Sommer vorbei. Alles nimmt ab. Willem blickt nach draußen, will die Hände aus den Hosentaschen nehmen, es geht nicht. Sie sind einfach zu schwer, diese Hände, mit denen er heute nichts ausgerichtet hat. Er lässt sie in den Taschen. Als wären es nicht seine, als steckte da etwas Fremdes, etwas, das er von der Straße aufgelesen hat. Das ihm irgendjemand da hineingesteckt hat. Wird das mein Leben gewesen sein? Es regnet, es wird langsam dunkel. Ist das der Nachmittag oder schon der Abend? Willem weiß es nicht, wagt nicht, darüber nachzudenken. Er ist schon lange nicht bei der Arbeit gewesen. Erst der Bandscheibenvorfall, dann die Gastritis. Und dann, und dann? Er steht barfuß vor dem großen Wohnzimmerfenster, die Hände in den Taschen, so wie jeden Nachmittag. Er steht da und weiß nicht ein noch aus. Denkt an Tilda, an Hannah, die Gedanken kommen nicht weit. Das sind eigentlich gar keine Gedanken, denkt er, das sind bloß Worte in meinem Kopf, ein paar Bilder, die sich abwechseln, mit denen ich nichts anfangen kann: die kleine Hannah auf Tildas Arm; Tildas Gesicht nah an seinem, damals waren ihre Haare noch lang; Tilda auf dem Schiff, an der Reling; seine zitternde Hand am Schubhebel, und dann das Dröhnen des Motors und wie die Welt kleiner wird, und wieder größer, immer größer, wie sie auf ihn zurast und er sich erst in letzter Sekunde wieder löst – und dann die Detonation. Seine Füße sind kalt, obwohl die Heizung läuft. Das tut den Pflanzen auf der Fensterbank nicht gut, denkt er, aber das ist Tilda egal. »Wenn du schon keine Schuhe und Strümpfe anziehst, dann machen wir wenigstens die Heizung an«, hat sie gesagt. Es hilft nichts, die Knie sind warm, auch die Waden, aber die Füße eiskalt. Immerhin, denkt Willem, weiß ich so, dass ich noch da bin, und er denkt, dass er diesen Gedanken schon einmal hatte. Und dass er das, was ihm heute wie eine Erkenntnis vorkommt, gestern auch schon dachte. Er dreht sich um, geht die paar Schritte zur Couch, nimmt nun doch die Hände aus den Taschen, setzt sich mühsam. Verschränkt die Finger, nimmt sie wieder auseinander, sieht diese blassen Finger mit den dunklen Haaren darauf in seinem Schoß liegen, auf dem hellbraunen Stoff der Cordhose. Er könnte darüberstreichen, er tut es nicht. Der Stoff ist weich, er trägt die Hose seit Wochen. Tilda bekommt ihn da nicht mehr heraus. Schon lange legt sie ihm keine frische Kleidung mehr hin, auch keine Wäsche. Samstags steckt sie ihn in die Wanne, da wechselt er die Wäsche, aber er besteht auf der Hose. Nur einmal hat Tilda sie gewaschen, in den Tagen danach ist er nicht einmal aus dem Bett gekommen.

Gut, dass Hannah nicht da ist, denkt Tilda, gut dass sie das hier nicht erleben muss. Sie hat sich immer so an

Willem geklammert, obwohl er sich nie richtig gekümmert hat. Ihr nie irgendetwas beigebracht hat. Das blieb immer an mir hängen, denkt Tilda, Messer und Gabel und wie man die Hände wäscht. Die Teller zum Tisch tragen, einen nach dem anderen. Strümpfe anziehen, den Faden durchs Nadelöhr befördern. Und wenigstens ein paar Worte in diesen kleinen Kopf bringen. Verstanden hat sie schon immer viel, das hat Tilda früh gemerkt, und auch der Kinderarzt hat das bestätigt. Aber reden wollte sie einfach nicht. Wie lange hat es gedauert, bis Tilda wenigstens Bitte und Danke und Guten Tag aus ihr herausgebracht hat! Oder etwas, das zumindest irgendwie danach klang, zwischen all dem Brummen und Stöhnen und Quietschen. Willem war das egal, diese Kämpfe musste sie immer allein ausfechten. Und trotzdem hängt das Kind so sehr an ihm, denkt Tilda. Sobald er zu Hause war, ist sie nicht mehr von seiner Seite gewichen. Saß neben ihm auf der Couch, wenn er in einem Fachbuch las, hat sich von ihm daraus vorlesen lassen, als würde sie auch nur ein Wort verstehen. Er hat ihr den Schraubenzieher in die Hand gedrückt, als er den kaputten Eierkocher reparieren wollte, und ihr jedes einzelne Schräubchen erklärt. So was Verrücktes! Und was hat Hannah gemacht: Alle Teile in einer langen Reihe an der Tischkante entlang ausgelegt. Der Größe nach sortiert. Und Willem mit seiner Schafsgeduld hat einfach danebengesessen und sie machen lassen. Und dann die Sache im Hobbykeller, das war kurz bevor Hannah ins Heim kam. Der Sonntagsbraten war längst fertig, aber die beiden erschienen einfach nicht, also ist Tilda runter. Die Musik hatte sie natürlich auch oben schon gehört, doch dieser Anblick! Alle beide versunken in einem irren Tanz. Willem, die Krawatte über der Schulter, schmiss Arme und Beine von sich, und Hannah tat es ihm gleich, ohne Schuhe, nur in Socken. Willem sang lauthals mit, Hannah brummte dazu. Man hätte nicht sagen können, wer verrückter ist. Aber dieser Willem ist nicht mehr da. Und Hannah auch nicht, wenn auch auf eine andere Art, denkt Tilda jetzt. Und sie denkt, dass es gut so ist. Dass das ja niemand aushalten kann, so einen abgestorbenen Willem. Auch kein Kind, nicht einmal ein Kind wie Hannah.

Tilda ist nebenan, nur die Schiebetür trennt sie, aber sie schläft nicht. Sie hat seine Schritte auf dem blanken Boden gehört und dann das Knirschen der Polster. Jetzt sitzt er auf der Couch, gleich wird er sich hinlegen. Und sie denkt, dass das nicht schlimm ist, nicht schlimm sein kann, denn es ist Mittagszeit, er ist krank, und schließlich liegt sie ja auch. Gerade hat sie noch am Couchtisch gesessen, ihn wortlos mit Kartoffelbrei gefüttert. Sie hat ihre Portion kräftig nachgesalzen, und dann doch stehen lassen. Sie kann diese Schonkost nicht mehr aushalten, dann isst sie lieber nichts. Und gleich gibt es sowieso Kaffee und Kuchen, das verträgt er merkwürdigerweise. Aber das ist ihr egal, dann ist das eben so, darüber will sie nicht mehr streiten. Die Mahlzeiten sind das Einzige, was ihnen einen Rhythmus vorgibt, seit Willem nicht mehr arbeitet. Tildas Wecker klingelt bloß noch, damit sie ihm seinen Haferschleim rechtzeitig machen kann. Ohne Milch, bloß Haferflocken und Wasser. Wie er das nur runterbekommt? Und dann steht sie an seinem Bett, das eigentlich gar nicht seines ist, sondern Hannahs. Seit Monaten schon schläft er dort. Letzten Winter haben sie das angeschafft, Hannah wurde langsam zu groß für das Gitterbett, und jetzt liegt Willem darin, seit der Bandscheibenoperation. Am Anfang sagte er noch, das sei aus Rücksichtnahme und damit Tilda besser schlafen könne, er müsse in der Nacht wegen der Schmerzen so oft aufstehen. Aber er ist einfach dortgeblieben, auch als die Schmerzen schon längst weg waren, liegt unter Hannahs rosa karierter Bettdecke mit der kleinen Blumenborte, zwischen den Kuscheltieren, für die sie sich nie interessiert hat. Und jeden Morgen steht Tilda da, die Schüssel mit dem Brei in der Hand, der mal zu heiß ist und mal zu kalt, zu kurz oder zu lang gekocht, mit zu viel oder zu wenig Wasser. Willem dreht bloß noch die Augen zur Decke, stöhnt matt und schickt sie mit einer müden Handbewegung in die Küche, um einen neuen zu kochen. Vor ein paar Wochen hat Tilda damit begonnen, einfach denselben Brei wieder zu bringen, und er isst ihn. »Siehst du«, sagt Willem dann immer, »geht doch.« Doch gerade liegt er gar nicht im Bett, denkt Tilda, gerade liegt er auf der Couch. Ich bin hier, denkt sie, und er ist dort drüben, und es gibt nichts mehr, was wir einander zu sagen hätten. Sie setzt sich auf, draußen wird es schon dunkel. Sie knipst die kleine Wandlampe an, und plötzlich sieht sie nicht mehr den Garten und die große Tanne, sie sieht sich selbst in der Scheibe. Die Haare sind wieder gewachsen, sie trägt sie jetzt bis zum Ohr, ein kurzer Pagenkopf. Und sonst, fragt sie sich, was hat sich sonst verändert? Sie mag nicht hier sitzen und auf diese traurige Gestalt ihr gegenüber starren. Und es ist ja auch schon spät, der Kuchen ist bestimmt schon aufgetaut.

Tilda steht in der Küche und hört der Kaffeemaschine zu. Willem hat den Wigomat letztes Jahr angeschafft, so wie er immer alles sofort kaufen muss, was neu und technisch ist. Fehlt bloß noch ein Grießbreiautomat, dann hätte er bald gar nichts mehr zu meckern. Und sie müssten nichts reden. Seit Willem zu Hause ist, geht es nur noch um seinen Rücken und seinen Magen, was sie falsch macht und sonst um nichts. Und seit Wochen waren sie auch nicht mehr bei Hannah, denn Willem kann nicht fahren, mit dem kaputten Hals, und sie alleine traut es sich nicht zu. Sie hat einen Führerschein, natürlich, darauf hat Mutti bestanden, die damals eine der ersten Frauen mit einer Fahrerlaubnis gewesen war und diesen emanzipatorischen Schritt auch von ihren Töchtern erwartete. Also hatten beide die Fahrprüfung abgelegt, aber Tilda war seitdem eigentlich nicht gefahren. Erst hatte es keine Autos gegeben und dann, als der Opel da war, hat Willem sie nicht gelassen. Nicht dass er das so deutlich gesagt hätte, er war schließlich ein fortschrittlicher Mann, dennoch war immer er es gewesen, der sich hinter das Steuer gesetzt hatte, ohne Frage, ohne zu zögern. Irgendwann traute sich Tilda nicht mehr. Sie hat es einmal angesprochen. »Wir müssten mal wieder zu Hannah«, hat sie gesagt, als Willem wie jeden Nachmittag auf der Couch lag, ein paar Kissen im Rücken, ein aufgeschlagenes Buch auf dem Bauch, in dem er sowieso nicht las, und nach draußen starrte. Was er da bloß zu finden hoffte? Er bewegte sich etwas, stöhnte leise. »Hast du gehört?«, fragte sie noch einmal. »Wir müssen mal wieder zu Hannah.« Ein weiteres Stöhnen, die Couch knarzte. Tilda stellte sich vor das Fenster, er musste sie jetzt sehen. Aber er hielt seinen Blick weiter geradeaus, als könnte er direkt durch Tilda hindurch in den Garten schauen. Als wäre sie gar nicht da. Sie griff nach seinem Fuß, die Hausschuhe standen neben dem Sofa, akkurat an der Teppichkante. Da trug er noch welche, dabei war es Sommer. Oder Spätsommer, auf jeden Fall noch warm. Sie zog an seiner Socke, kniff ihn dabei in den Zeh, bohrte die Nägel von Daumen und Zeigefinger in diesen fleischigen Zeh. Willem zuckte zurück, setzte sich auf, nahm die Brille ab, fuhr sich mit beiden Händen über den Kopf, rieb sich das Gesicht. Sein Kopf war ganz rot, als er sie anschaute. »Und wie sollen wir da hinkommen? In meinem Zustand.« Er fuhr mit der Rechten an seinem Körper entlang. »Ich könnte doch fahren«, erwiderte Tilda. Willem schwieg. Er schob die Brille zurück auf seine Nase.

Gestern bin ich verloren gegangen. Ich war im Garten, so nennen sie das hier, obwohl da nichts wächst, was zu einem Garten gehört. Kein Baum, kein Strauch, keine einzige Blume. Nur ein langes Stück Rasen, mit einer Hecke am Ende und dahinter die Mauer. Und hinter der Mauer ein Wald. Aber dahin kommen wir nicht, dahin kann man nur vom Speicher aus schauen. Und auf den Speicher kommt nur, wer lieb ist und folgsam und Schwester Ilsa hilft, die Wäsche aufzuhängen und dann wieder abzuhängen und in die großen Körbe zu legen. Dahin kommt nur, wer lange nicht unter der

Schlange liegen musste. Dieses Glück habe ich selten, doch gestern war es so. Schwester Ilsa kam in den Schlafsaal, zog mir die Decke weg, und ich wollte sie schon festhalten und mir den warmen Stoff wieder über den Kopf ziehen, da neigte sie sich zu mir herunter, ganz nah, und flüsterte mir zu: »Heute ist Samstag. Wäschetag. Du kommst mit auf den Speicher.« Und schon war sie beim Bett nebenan, zog der Nächsten die Decke weg, ich hörte ihre Schritte und ihre Stimme sich von mir entfernen. Ihre Stimme ist gut, nicht so laut, selbst wenn sie schreit. Rund und warm rollt sie durch meinen Kopf. Ich habe ihn langsam hin und her bewegt, den Kopf, leicht darauf geklopft, um die Stimme in Schwung zu halten, und schon war sie wieder bei mir. Sie drückte mir meinen Kittel und die Strümpfe in die Hand: »Hopp, hopp, wir wollen los!« Ich begann, meine Sachen anzuziehen, aber sie wollten nicht. Sie wollen nie, die Sachen. Immer verschließen sie sich, verdrehen sich, haben Löcher und Öffnungen an Stellen, an denen tags zuvor noch keine waren. Zu Hause hat Mami mich immer angezogen, Mami hat die Sachen unter Kontrolle. Bei ihr geht nichts verloren, alles bleibt an Ort und Stelle. Ich habe den Kittel aufs Bett gelegt und genau betrachtet: Unten die große Öffnung, wo später die Beine herausschauen und erst der Kopf hindurchmuss, oben die kleinere für den Kopf und dann noch die beiden für die Arme. Schon hat mich Schwester Ilsa einfach hineingestopft, zwei Handgriffe, zack, zack, und ich war drin. Dann noch die Strümpfe und die Pantinen und los ging es, Schwester Ilsa ist mit dem großen Korb vorneweg, den Flur entlang und durchs Treppenhaus und schließlich durch die kleine Tür und die Stiege hinauf auf den Speicher. Ich bin lange nicht mehr eine solche Strecke gelaufen, meine Füße wollten heraus aus den Schuhen, und die Schuhe wollten keinen einzigen Schritt mehr gehen. Ich habe sie stehen lassen, einer passt genau in eine der länglichen Fliesen, der andere auf die daneben. Das war nicht einfach, ich musste mich hinknien, tief hinunterbeugen, die Wange auf den Boden legen, um zu prüfen, ob auch alles richtig ist. Die Fliesen waren kühl, ich hätte noch eine Weile liegen bleiben können, aber Schwester Ilsa riss an meinem Arm und mich hinter sich her. Die Schuhe blieben zurück, und wir waren oben. Ich schob mir den Hocker unter das Fenster. Schwester Ilsa ließ mich in Ruhe, wie sie mich immer in Ruhe lässt. Die Sonne schien herein und mir ins Gesicht, mit harten Schlägen schüttelte Schwester Ilsa die Wäsche aus, bevor sie sie über die Leine warf. Staub wirbelte auf und tanzte in den Sonnenstrahlen. Ich hörte das alles, ich musste mich nicht umdrehen, um es zu sehen, und ich hörte auch, wie sie sang, mit ihrer runden Stimme Wörter zusammenband, die auch zusammenpassten. Ich legte meinen Kopf auf das harte Fenstersims, und da war der Wald. Ich hörte mein Herz schlagen und spürte, wie er an mir zog. Ich lief die Treppe hinunter und an den Schuhen vorbei, den Flur entlang und zur Tür. Sie war nicht verschlossen. Ich lief immer weiter, spürte erst den Kies und dann das Gras unter meinen Füßen, rannte auf die Mauer zu. Im Kopf Schwester Ilsas Lied von Heimweh und Ferne und meinen eigenen Herzschlag. Meine Hände und Finger, die Füße fanden Halt in der Mauer, es war gar nicht schwer, alles war, wie es sein sollte. Schon war ich oben, sprang hinunter und rannte in den Wald hinein.

Der Kaffee ist durchgelaufen. Tilda stellt den Kuchen aufs Tablett und trägt beides ins Wohnzimmer, sie haben schon ewig nicht mehr im Wintergarten gesessen. Nein, Willem muss auf der Couch bleiben, auf der Couch oder im Bett. Auch in den Hobbyraum geht er nicht mehr. Und nicht nach draußen. Immer nur vom Bett zur Couch und zurück.

Alles bleibt in meinem Inneren, denkt Willem und weiß nicht, was er mit diesem Gedanken anfangen soll. Da ist Tilda mit dem Kuchen, und er merkt, dass sich etwas wie Freude in ihm regt. Kuchen ist gut. Er richtet sich auf, kann es kaum abwarten, bis Tilda ihm ein Stück auf den Teller legt, angelt sich schon die Gabel vom Tablett. Der Kaffee ist auch da, gut. Er steckt sich ein Stück Kuchen in den Mund, spült mit Kaffee nach. Für diesen kleinen Moment ist alles perfekt, doch dann fängt Tilda wieder an. Sie kann es einfach nicht lassen, kann ihm nichts lassen. Nicht einmal diese fünf Minuten Genuss am Tag. Er versucht, nicht hinzuhören, richtet seine ganze Aufmerksamkeit auf das süße Gemisch in seinem Mund, den Blick gegen die Scheibe. Draußen ist es dunkel, die Tanne steht da immer noch, auch wenn er sie nicht sieht. Was er sieht, ist Tilda und wie sie sich zu ihm hinüberlehnt, ihren dunklen Schopf und den Kuchenteller auf ihren Knien. Und er sieht sich selbst. Er könnte sich sehen, er spiegelt sich genauso in dieser Scheibe, wie Tilda das tut. Er schaut nicht hin. »Wir müssen miteinander reden,

Willem«, sagt sie, und Willem weiß, dass sie recht hat. Aber er kann einfach nicht. Sein Mund ist verschlossen, wie zugeklebt von Kaffee und Kuchen und allem, was sonst noch in ihm ist. Als wäre er gar nicht hier, sondern draußen, auf der anderen Seite der Scheibe. Als würde er da stehen und sich selbst zuschauen und gar nicht verstehen, was der da tut. Mühsam stellt er den Teller auf den Couchtisch und dreht sich weg.

Natürlich haben sie mich wiedergefunden, es hat nicht lange gedauert. Ich hätte davonlaufen können, doch das habe ich gar nicht gewollt. Ich habe bloß kurz da liegen wollen, auf dem weichen Boden, über mir die Wipfel der Bäume, und riechen wollen, wie der Wald riecht. Ich habe mit meinen Händen über das Moos fahren wollen und mir Blätter aufs Gesicht legen, und das habe ich auch getan. Mehr wollte ich nicht, und das war gut so, alles war gut. Und jetzt, wo ich wieder unter der Schlange liege, auf dem harten Bett, die Riemen um meine Hand- und Fußgelenke, jetzt, wo ich weiß, dass das Riemen sind und wozu sie dienen, jetzt denke ich immer noch an den Wald. Die Riemen tun mir weh, aber ich denke an den Wald. Ich denke an seine geräumige Ruhe und wie man verloren gehen kann in ihm. Die Schlange stört mich nicht dabei, denn dieser Wald ist nicht nur draußen, nicht nur auf der anderen Seite der Mauer. Er ist hier, in mir, und ich kann da hineingehen, wann immer ich will.

2

Heute Nacht hat er auf der Couch geschlafen. Dass er das überhaupt aushält. Tilda ist in der Küche und brüht Kaffee auf. Sie hat den Wigomat stehen lassen und den Keramikfilter aus dem Schrank geholt. Den Wasserkessel in der Hand, lehnt sie an der Arbeitsplatte und sieht der braunen Brühe beim Versickern zu. Nachdem sie in die Küche kam, hat sie das Fenster der Durchreiche vorsichtig zugeschoben. Sie weiß nicht, ob er das bemerkt hat, ob es ihn überhaupt interessiert, aber so hat sie wenigstens das Gefühl, hier allein zu sein. Das fehlte ihr gerade noch, dass er da liegt und nicht hinten in Hannahs Zimmer. Sie hört sogar seinen Atem, oder ist das ihr eigener? Ihr Blick geht aus dem Fenster, der Kaffee ist längst durchgelaufen. Sie denkt daran, dass sie früher gar nicht schnell genug aus dem Bett kommen konnte, dass es ihr das Schönste war, allein in der Küche den ersten Kaffee zu trinken. Das war schon so, als sie noch zu Hause wohnte. Zuhause, denkt sie und sie denkt, dass dieser Gedanke völlig falsch ist, denn zu Hause ist jetzt hier und schon lange nicht mehr bei den Eltern und Gerda. Vati ist längst tot. Gerda hat ihr eigenes zu Hause, und Mutti? Mutti ist noch da, doch sie hat ihr nicht verziehen. Die Sache mit Willem nicht und nicht die mit Lav und schon gar nicht das mit Hannah. Dass Hannah so geworden ist, hält Mutti noch immer für Tildas Fehler. Tilda stützt die Hände auf der Arbeitsplatte ab, mit einem einzigen Schwung sitzt sie oben, es braucht nur diese kleine Wendung der Hüfte. Sie lehnt den Hinterkopf gegen den Oberschrank, die

Füße stellt sie auf den Rand der Spüle, trinkt ihren Kaffee und schaut weiter aus dem Fenster. Hier gibt es nicht viel zu sehen: den Vorgarten, den Bürgersteig, die schmale Straße und dahinter der Bach. Den sieht sie nicht, sie sieht bloß die Büsche davor, aber sie weiß, dass er da ist und hinter dem Bach die Fabrik. Aus jedem der Häuser derselbe Ausblick. Die kleine Straße führt nirgendwohin: Felder, ein Wald, das war es. Und trotzdem, denkt sie jetzt, besser als hier drin. Wo Willem gleich nach ihr ruft und die Haferschleimgeschichte wieder losgeht. Schon ist sie im Flur, nimmt den Mantel vom Haken und den Schal, fährt in ihre Schuhe und ist draußen. Sie gräbt die Hände tief in die Taschen, schreitet weit aus, nicht lange und sie lässt die Straße hinter sich. Da ist das Feld, dahinten der Wald. Sie wird immer schneller, ihr Atem auch, sie ist lange nicht mehr gerannt.

Willem schreckt hoch. Wo Tilda nur hin will? Sie kann ihn doch hier nicht allein lassen. Was, wenn etwas passiert? Was, wenn ihm übel wird? Er hat schließlich noch nicht gegessen. Er richtet sich auf, sein Herz rast. Was, wenn er einen Infarkt bekommt? Er greift sich an die Brust, ein dumpfer Druck ist da, er atmet immer schneller. Ob er den Arzt rufen soll? Und natürlich ist Tilda nicht da. Sie ist nicht da, obwohl er sie braucht.

Tilda hat die Siedlung hinter sich gelassen, aber nach Himbeere riecht es auch hier am Waldrand. Auch wenn Willem nicht in der Firma ist, wenn er zu Hause auf der Couch liegt und sich nicht rührt, riecht es im ganzen Viertel nach Himbeere. Tilda zieht sich den Schal über die Nase. Himbeere mitten im Winter, das ist verrückt, denkt sie, und sie denkt, dass es gar nichts ausmacht, dass Willem nicht mehr in die Firma geht. Irgendwer anders erledigt das schon, diese sinnlose Arbeit. Immer tiefer geht sie in den Wald hinein, sie ist langsamer geworden, weit und breit kein Mensch. Tilda nimmt die Hände aus den Taschen, lässt die Arme frei schwingen. Dann geht Willem eben nicht mehr dahin, denkt sie, was soll es. Diese Arbeit muss kein Mensch tun, und es kann ja auch gar nicht sein, dass sie Willem Spaß macht. Er tut nur so, damit er sich vor sich selbst nicht schämen muss. Willem, der große Forscher, der Rennfahrer, der Pilot. Willem, der Kriegsheld. Dr. phil., Dipl.-Chem. Das alles ist er nicht mehr, oder er ist es nie gewesen, nur seine Geheimnisse bewahrt er immer noch. Einmal nur hat er davon gesprochen, von seiner Heimkehr, als Überlebender, und zu Hause sind Frau und Kind tot. Hat sich umgebracht, seine Frau, und das Kind auch. Aus Angst vor den Russen oder aus Scham. Tilda weiß es nicht. Sie hat das alles zum ersten Mal gehört. Es gab eine Frau, und ein Kind, Tilda hatte es sich vielleicht gedacht, hatte es irgendwie geahnt, denn Willem war ja viel älter als sie. Und überhaupt, so ein Draufgänger, da war es schon klar, dass sie nicht die erste Frau in seinem Leben war. Aber dass er verheiratet gewesen war, dass er verheiratet war, als er auf dem Schiff mit ihr geflirtet hat, und dass er zuerst zu seiner Frau ging nach dem Krieg, und erst dann zu ihr kam, als er wusste, dass die andere tot ist, das hätte Tilda sich nicht vorstellen können. Und dann erzählt er es in einem solchen Moment. Es war ein Mädchen, das hat Tilda dann doch gehört. Sie hieß Gerda. Ausgerechnet wie ihre Schwester.

Nur einmal hat er ihr das erzählt. Ist mir egal, hat er gesagt, ob das Kind von mir ist oder von Lav, ich heirate dich so oder so. Sie waren spazieren gewesen, sie hat seine Hand gehalten. Die Hochzeit war schon längst geplant, aber Willem wusste noch nichts von der Schwangerschaft, und vor allem nicht, dass es auch von Lav hätte sein können. Die Sache war zwar vorbei, seit Monaten schon, nur einmal hatte sie ihn noch gesehen, und deshalb konnte sie sich nicht völlig sicher sein. Sie hatte sich auf ein schwieriges Gespräch eingestellt, hatte ein paar Tage gezögert, mit allem Möglichen gerechnet, mit Wut, auch Verzweiflung, mit Trennung sogar, doch Willem hat gar nichts gesagt. Hat ihre Hand genommen und sie sich an seine Wange gehalten. Hat ihre Hand genommen, als wäre es seine eigene, und sie sich vor die Augen gehalten. Dann hat er sie geküsst, erst die Hand und dann Tilda und sie gefragt, ob sie ihn immer noch heiraten will. Kein Wort zur Schwangerschaft. Tilda war froh gewesen und hat nicht weiter darüber nachgedacht. Wollte nur das Schöne sehen, die Hochzeit, das Kind, eine Zukunft, und hat sich das alles auch nicht vorstellen können. Bis er zu ihr kam, ein paar Tage später, ihr die Geschichte erzählt hat, von seiner Frau und seinem Mädchen. Und dass er kein Kind mehr haben kann, nie mehr. Ein Kind kann ich nicht mehr haben, hat er gesagt. Ich kann es nicht ertragen, es zu verlieren. Keinen einzigen Tag kann ich den Gedanken ertragen, es zu verlieren. Aber dass er eine Idee hätte, eine Lösung, so wie Willem schon immer Ideen und Lösungen hatte. Sie würden das Kind wegmachen, er kenne sich aus. Und Berti würde helfen. Da musste Tilda lachen. Berti, der Buchhalter, der Mann ihrer Schwester. Wie sollte er helfen? »So genau musst du das gar nicht wissen«, erwiderte Willem. »Ich weiß schon, was ich tue.« Und sie war schließlich auch Chemikerin, sie konnte sich schon vorstellen, was er plante. Gut, hat Tilda gedacht, dann machen wir das eben weg. Dann machen wir Tabula rasa. Sein Kind ist tot und meines auch, dann fangen wir neu an. Sie wollte nicht an seine Frau denken, nicht daran, dass sie ihn betrogen hatte. So war das damals, wo man nicht wusste, was der nächste Tag bringen würde. Sie wollte ihm das verzeihen und sich selbst auch. Ich bin noch jung, die Dinge ändern sich, wir haben noch so viel Zeit. Und sie war auch erst ganz am Anfang, das war noch gar kein richtiges Kind. Nicht so wie Willems Gerda, die zwei Jahre alt war, als er sie das letzte Mal gesehen hatte. Es gibt ein Foto von ihr und auch von Willems Frau, aber das kannte Tilda da noch nicht, das hat sie erst viel später gefunden. Das hat sie erst gefunden, als Hannah schon längst auf der Welt war.

Ihr Leben ist natürlich weitergegangen. Auch wenn Willem denkt, dass nur er etwas erlebt hat, dass nur er gelitten hat in diesem Krieg. Denn das denkt er, da ist Tilda sicher, auch wenn er es niemals sagen würde. Erst war Willem weg und dann auch die anderen Männer. Vati war noch da, die Firma war kriegswichtig, aber letztlich haben sie ihn sich doch geholt. Er kam nicht wieder, und sie und Mutti und Gerda mussten sehen, wie es weitergeht. Das Leben, die Schule, die Firma, mit allem standen sie allein da. Zum Glück war Mutti so patent, die hat sich zu helfen gewusst. Hat Gemüse angebaut im Garten, hat die Firma gerettet, und uns auch. Wenn sie geahnt hätte, dass Vati nicht wiederkommt, wer weiß, ob sie das dann alles geschafft hätte. Und Willem? Sie weiß, was sie selbst getan hat in diesem Krieg, doch was Willem getan hat, das weiß sie nicht, das ahnt sie nur. So lange war er fort und jetzt tut er diese sinnlose Arbeit. Kein Wunder, dass er da nicht mehr hinwill, denkt Tilda, sie kann ihn plötzlich verstehen. Das mit dem Geld würden sie geregelt kriegen. Dann muss sie eben noch mal mit ihrer Mutter sprechen. Es ist ja nicht so, dass es kein Geld gäbe in dieser Familie.

Hier ist es so laut, von überallher dröhnt und tönt es. Ich sitze am Tisch, gleich ist das Essen vorbei. Ich rühre in dem zähen Brei, mein Löffel steckt darin fest, ich bekomme ihn kaum heraus. Ich streiche die Oberfläche des Breis mit dem Löffel glatt, ich lecke den Löffel an und fahre immer wieder darüber. Es wird immer glatter und glänzender. Ich lasse einen Spucketropfen darauf fallen und verteile ihn vorsichtig mit der Rückseite meines Löffels. Ich lecke noch einmal daran, da trifft mich ein Schlag am Hinterkopf.

Es ist eine solche Enge in seiner Brust, Willem richtet sich auf. Er zerrt an seinem Pyjamaoberteil, reißt die Knöpfe ab. Soll er jetzt sterben, so ganz allein? Tilda ist nicht da. Und Hannah auch nicht. Niemand ist da, nur er selbst ist noch übrig. Aber wie lange noch? Sein Herz rast, etwas sticht in seinen Augen, die Sonne blendet ihn. Sie scheint zwischen den Tannenzweigen hindurch, sein Blick verengt sich. Seine Haut wird kühl, das muss der Fahrtwind sein. Er fasst sich an die Stirn, will die Schutzbrille nach unten ziehen, doch da ist keine Brille. Er sitzt nicht auf der Horex und auch in keinem Flieger. Das ist nicht die spanische Sonne, die in seinen Augen brennt, nicht der Fahrtwind schneidet ihm die Luft ab. Er ist zu Hause, auf dem Sofa. Er muss aufstehen, muss nach draußen gehen, da wird er besser atmen können. Willem stürzt zur Terrassentür, reißt sie auf, die kalte Luft beißt in seiner Brust. Er spürt seinen Herzschlag bis weit in seinen Kopf hinein, als wäre er gerannt. Das Atmen wird nicht einfacher davon. Er braucht einen Arzt, er muss einen Arzt rufen. Willem steht jetzt vor dem Telefontisch im Flur. Wieso muss das Telefon ausgerechnet hier stehen, in diesem dunklen, zugigen Flur? Und wo ist nur diese verdammte Nummer. Die muss doch irgendwo in Tildas Büchlein – da, er hat sie. Tildas schräge Schrift, eine lange Reihe von Zahlen, eine ordentlich hinter der anderen. Er muss an Hannah denken, wie leicht würde sie diese Zahlen verwandeln, in ein Bild oder ein Tier. Etwas, das nicht sie selbst ist. Er streicht mit der Fingerkuppe über die Ziffern, als könnte er so den Doktor erreichen. Reiß dich zusammen, Willem! Die Wählscheibe bewegt sich quälend langsam. Willems Finger zittern, er schwitzt. Endlich, die Sprechstundenhilfe geht dran. »Kamp«, ächzt er in den Hörer, »Willem Kamp. Ich sterbe.«

Tilda kniet neben Willem am Boden. Sie hat ihn gleich gesehen, als sie ins Haus kam. Die Haustür stand offen, und Dr. Grote hatte sich über ihn gebeugt. Der Flur ist schmal, er bietet kaum genug Platz für sie drei. Und da kommt auch noch die Sprechstundenhilfe aus der Küche, das Fräulein Meyer oder so, ein Glas Wasser in den Händen. Tilda fährt sie an: »Was machen Sie denn hier?« Die Meyer bleibt ungerührt. »Dr. Grote hat mich mitgenommen. Wir konnten ja nicht wissen, in welchem Zustand wir Ihren Mann hier antreffen würden.« Sie schiebt sich an Tilda vorbei und drückt Willem das Glas in die Hand. »Was soll das heißen: *in welchem Zustand*?« Tilda schaut sich Willem genauer an. Er sitzt auf dem Boden, die Beine angezogen, den Rücken an der Wand gegenüber vom Telefontischchen, trinkt in lächerlich kleinen Schlucken, macht lange Pausen dazwischen. Sein Hemd ist durchgeschwitzt, die Haare stehen wirr von seinem Kopf, die Brille ist ihm weit nach vorn auf die Nase gerutscht. Er sieht blass aus, aber sonst normal. Was ist nun schon wieder los, denkt Tilda. Dr. Grote richtet sich auf: »Ihr Mann hat uns angerufen. Er dachte an einen Herzinfarkt.« Grote macht eine kurze Pause, fasst sie am Arm. So etwas kann Tilda gar nicht leiden. »Keine Sorge, Frau Kamp, alles in bester Ordnung. Nur ein kleiner Schwächeanfall mit anschließender Panik.« Tilda blickt noch einmal zu Willem hinunter, der immer noch sein Wasser trinkt. Er schluckt und schluckt, setzt das Glas ab, nur um gleich wieder daran zu nippen, verschüttet etwas auf sein Hemd, der Fleck breitet sich schnell aus. Willem trinkt und trinkt und trinkt, aber das Glas ist noch ganz voll. Was soll das denn, denkt Tilda, dieses Theater! Sie nimmt ihm das Glas aus der Hand, stellt es auf das Telefontischchen. Das wird einen Abdruck geben, besser sie trägt es gleich in die Küche. Auf der Schwelle dreht sie sich noch einmal um. Willem sitzt am Boden, die Beine lang ausgestreckt, den Kopf im Nacken, die Augen geschlossen. Die Hände im Schoß verschränkt und die Brille in den Händen. Wieso hat er bloß die Brille abgesetzt? Tilda betrachtet sein rundes Gesicht. Es ist ein Gesicht zum Anfassen, denkt sie, man will diese runden Wangen unter den Händen spüren. Und sie denkt: Merkwürdig, so einen Gedanken hatte ich ja noch nie. Sie macht einen Schritt auf ihn zu. Dr. Grotes Worte kommen ihr wieder in den Sinn. Er dachte an einen Herzinfarkt, denkt sie, und fast muss sie lächeln.

Mein Gesicht ist voller Brei. Der Kittel auch und das Hemd darunter. Alles ist kühl und zäh, tropfig. Jetzt klebt es an meinem Kittel, und ich wische darüber. Stecke die Finger in den Mund, jemand schlägt darauf, zerrt an mir. Es ist Schwester Ilsa. Sie hat mich an der Hand genommen, sie zieht mich hinter sich her. Sie sagt irgendetwas, aber ich höre nicht zu. Ich will es nicht hören, es gibt nichts zu hören hier. Lieber wäre mir, sie würde ihr Lied nochmal singen, das Lied vom Dachboden. Dann könnte ich zuhören und an den Wald denken. Vielleicht fielen mir ein paar Worte wieder ein, und ich könnte mitsingen. Wir würden zusammen singen, wir würden singend den Flur entlanggehen. Aus der Tür hinaus und durch das große Tor. Wir würden in den Wald gehen. Ich ziehe an Schwester Ilsas Hand. Sie soll stehen bleiben, nur einen Moment, damit ich sie an das Lied erinnern kann. Sie geht weiter. Ihr Griff ist so fest, sie merkt gar nicht, dass ich dagegenhalte. Das Lied ist auch so da, ich kann es hören, auch wenn Ilsa es nicht für mich singt. Ilsa. Ilsa. Ilsa. Es ist da irgendwo in mir, ich muss es bloß finden, und dann singt es sich ganz von selbst. Wenn sie nur kurz anhalten würde, dann wäre es leichter. Dann könnte ich mich besinnen, und alle Worte kämen von allein in meinen Kopf. Das ganze Lied. Aber Ilsa bleibt nicht stehen. Ilsa zerrt und zerrt an meiner Hand. Ilsa, Ilsa an meinem ganzen Arm. Das muss sie gar nicht tun. Ich weiß sowieso, wohin es geht, und ich würde ihr freiwillig folgen. Wenn sie nur kurz stehen bliebe und auf mich wartete.

3

Willem sitzt auf der Couch. Das Wohnzimmer ist dunkel, nur aus der Küche fällt ein schmaler Streifen Licht, die Durchreiche ist einen Spaltbreit geöffnet. Er hört Tilda werkeln. Sie ist wieder da, sie hat ihn gar nicht verlassen, sie hat nur einen kurzen Spaziergang unternommen. Und jetzt gibt es Abendessen. Sie werden einander gegenüber im Esszimmer sitzen. Der Stuhl zwischen ihnen wird frei sein. An Hannahs Platz wird die Karaffe mit dem Wasser stehen, vielleicht eine Flasche Bier. Willem mag trotzdem nicht an diesem Tisch sitzen. Er hat gar keinen Hunger. Er friert, er trägt immer noch sein verschwitztes Hemd. Es war kein Herzinfarkt, das weiß er jetzt auch. Dr. Grote hat nichts weiter gemacht, als ihm ein Glas Wasser zu geben. Das hätte er sich auch selbst nehmen können. Er hält die Augen geschlossen, die Brille liegt auf dem Couchtisch. Er braucht sie nicht, es ist sowieso alles dunkel hier. Er streicht mit den flachen Händen über seine Oberschen-kel, spürt den samtigen Cord, den Druck der Hände auf seinen Beinen. Er bewegt sich sacht vor und zurück. Ein leises Knirschen. Sein Körper versinkt in den Sofa-kissen und richtet sich von selbst wieder auf. Vor und zurück. Hin und her. Das bin ich, denkt er. Das hier ist mein Körper. Und den muss ich noch eine Weile durch die Welt tragen. Tilda kommt herein, sie setzt sich ne-ben ihn. Sie legt eine Hand auf seinen Rücken, und er lässt es geschehen. »Willst du nicht schnell unter die Dusche?«, fragt sie. »Vor dem Essen. Dann fühlst du dich sicher besser.« Willem nickt, was soll er auch sonst tun! Er nickt, steht auf und nickt, kann gar nicht aufhören zu nicken, geht durchs Wohnzimmer, bleibt auf der Schwelle stehen. Hier habe ich gerade geses-sen, denkt er, hier habe ich ans Sterben gedacht.

Sie hat sein Handtuch über die Heizung gehängt und die Heizung angestellt. Sie hat ihm frische Sachen auf den Hocker gelegt. Ein ordentlicher Stapel, obendrauf Socken und Unterwäsche. Willem beginnt, sich auszu-ziehen, lässt einfach alles auf den Boden fallen. Die Hose mag ich gar nicht hergeben, denkt er, während er schon aus ihr herausschlüpft. Aber jetzt ist es zu spät, jetzt gibt es kein Zurück mehr. Er steigt über den Rand der Wanne und dreht die Brause auf. Er neigt den Kopf, das Wasser läuft ihm in den Nacken. Es wird nur lang-sam wärmer, aber er hält das aus. Weiß ja, dass es nicht lange dauert. Jetzt läuft es schon heiß an ihm he-runter, er legt den Kopf nach hinten. Steht lange so, im Wasserdampf, mit geschlossenen Augen, das Wasser fließt über sein Gesicht und die Schultern, an seinen

Armen herunter. Es wird immer heißer, es hört gar nicht mehr auf, heißer zu werden. Er denkt an seinen Körper und wie das Blut durch ihn hindurchfließt. An sein Herz und wie es das Blut pumpt. Dass es nicht aufhört damit, egal was er darüber denkt. Er spürt es pochen unter seiner Haut, in der Brust. Das ruhige Schlagen dröhnt in seinen Ohren, erfüllt ihn ganz, und dann Tildas Stimme: »Willem, ist alles in Ordnung bei dir? Wie lange willst du noch da drinbleiben?« Eine kleine Pause, ein Klopfen. »Das Essen ist fertig.« – »Ja«, sagt er, »ja, ja«, und kann sich selbst kaum verstehen. »Ich komme gleich. Gleich bin ich da.« Tilda genügt das offenbar. Das Geklopfe hat aufgehört.

Was, wenn er doch gestorben wäre, denkt Tilda plötzlich, und der Gedanke breitet sich in ihr aus. Was, wenn ich zurückgekommen wäre, und im Flur hätte ein toter Willem gelegen? Wenn Dr. Grote nur noch mit den Schultern hätte zucken können und die Meyer mir das Wasserglas gereicht hätte, denkt Tilda, dann hätte ich wohl auch in so winzigen Schlucken trinken müssen. Sie kann den Gedanken an den toten Willem nicht mehr aufhalten. Sie steht mitten im Wohnzimmer, hört das Wasserrauschen aus dem Bad und weiß ja, dass er dort lebendig unter der Dusche steht, und kann trotzdem nicht aufhören, an den toten Willem zu denken. Dabei ist er dem Tod doch schon so oft entkommen. Warum hätte er also heute sterben sollen, wenn er damals nicht gestorben ist. Wenn er bislang noch nie gestorben ist. Nicht bei seinen waghalsigen Motorradausflügen und nicht in Spanien, und auch später im Krieg ist er nicht gestorben. Sie haben nie darüber gesprochen, aber sie weiß es ja doch, natürlich weiß sie es. Vati ist auch nicht zurückgekommen, so viele sind nicht zurückgekommen, und jeder weiß, dass es im Krieg ums Sterben geht. Und auch das Spanienkreuz hätten sie ihm nicht verliehen, wenn er sich dort nicht in Gefahr begeben hätte, wenn es nicht um sein Leben gegangen wäre. Sie weiß, dass er es immer noch hat, dieses verdammte Kreuz. Sie hat es gefunden, unten, im Hobbyraum, in einer Schublade, in die sie nicht hätte schauen dürfen. Natürlich nicht. Da waren auch andere Sachen, eine Pistole und Briefe, einige Fotos, das Foto von seiner ersten Frau, sie hat sich das alles nicht genau angeschaut. Nur die grüne Schachtel hat sie geöffnet, und da lag das Kreuz, auf rotem Samt. Sie hat es gleich wiedererkannt, Willem hat es schließlich lang genug getragen. Sie hat die Schachtel fallen lassen, als hätte eine tote Maus darin gelegen. Das Ding ist rausgefallen, sie musste es unter dem Schrank hervorholen. Und da stand sie nun, im Hobbykeller, mit dem Hitlerorden in der Hand. Die Schwerter, die kleinen Adler, natürlich die Hakenkreuze, alles daran erschien ihr plötzlich so bösartig. So beliebig. Wie kann das sein, denkt sie jetzt, und sie dachte es wohl auch in dem Moment, dass ich mich vor so einem kleinen Orden erschrecke, mit winzigen Hakenkreuzen darauf, und damals war das überall. Die ganzen Hakenkreuze, auf jedem Papier, an jeder Hausecke, überall. Und natürlich auch die Orden und Uniformen, die Anstecknadeln und Hitlerbilder. Sie hatten eine Büste zu Hause, im Wohnzimmer. Vati hat seine Witze darüber gemacht, hat dem Hitler immer seinen Hut aufgesetzt, wenn er aus der Firma kam. Aber er war trotzdem da, und die meiste Zeit ohne Hut. Und dann war das alles plötzlich weg. Alle haben sie vergessen, diese Zeit und was sie getan haben. Oder eben doch nicht vergessen, nur in eine Schachtel gepackt, in irgendwelche Schubladen gesteckt, obwohl das ja offenbar gar nichts hilft, wenn es einem doch immer wieder einfällt. So wie ihr jetzt, wo sie doch eigentlich bloß froh sein sollte, dass Willem noch lebt. Diese Naziwelt war ihr auch nicht zuwider, damals, im Gegenteil, sie denkt, dass es ihr gefallen hat, irgendwie. Und auch Willem hat ihr gefallen, auf den Fotos, in seiner Uniform, mit den Abzeichen daran. Was sie gestört hat, war die Masse, dass alle beteiligt waren, dass jeder sich plötzlich einbilden konnte, ein guter Deutscher zu sein. Dass jeder plötzlich dazugehören konnte. Nicht jeder, das nicht, natürlich, aber jeder, der die Voraussetzungen mitbrachte, und das waren nicht wenige. Es reichte ja schon, die richtige Abstammung zu haben, denkt Tilda, und sie stört sich nicht an diesem Gedanken. Natürlich denkt sie auch an Hannah, das kann sie gar nicht verhindern, dass dieser Gedanke kommt. Dabei kann sie das doch sonst so gut, die Gedanken von sich fernhalten. Sie weiß genau, was mit Hannah geschehen wäre, wäre sie zehn Jahre früher geboren worden. Fritzi war schließlich auch irgendwann weg gewesen. Erst hieß es, in einem Heim, aber er kam nie zurück. Auch nicht in den Ferien. Und dann hieß es plötzlich, dass er gestorben sei. Plötzlicher Herztod. Obwohl er immer so lebendig gewesen war. Nicht dass sie ihn gerngehabt hätte, das nicht, er war laut und seltsam und hat die ganze Zeit gesabbert. Leidgetan hat es ihr trotzdem, denn er hat immer gelacht, wenn sie ihn im Hinterhof gesehen hat. Einmal hat sie Mutti gefragt, woran er wohl gestorben ist, aber Mutti hat nicht darüber reden wollen. Was weiß ich, hat sie gesagt, bin ich eine Ärztin? Ist doch besser für ihn, hat sie nachgeschoben, so etwas ist doch gar kein Leben. Aber ein Leben war es ja doch, denkt Tilda. Sie weiß noch, wie seine Schwestern ihn immer herumgetragen und geküsst haben und wie sie selbst sich geekelt hat davor. Vor diesem fremden, runden Gesicht, vor dem Spucketropfen, der immer an seinem Kinn hing. Vor dem Gestöhn und Gekrächze. Sie denkt an Hannah. Obwohl sie sonst nie an sie denkt, zumindest soweit sie es vermeiden kann. Und auch nicht an das andere Kind, an das schon gar nicht. Wenn sie anfangen würde, an dieses andere Kind zu denken, dann wäre sie verloren. Sie kann es nicht mehr aufhalten, die Gedanken rollen durch sie hindurch. Ein toter Willem ist da und ein winziges totes Baby, und auch Gerda taucht vor ihr auf, Willems Gerda, obwohl sie die gar nicht kannte, und Willems frühere Frau sieht sie, wie sie Hand an das Kind legt. Tilda erkennt, dass sie gar nicht weiß, wie diese Frau das Kind getötet hat, dass sie Willem nie danach gefragt hat, und weil sie es nicht weiß, tauchen nun alle möglichen Bilder auf, der Gashahn, ein Kissen, ein Pulver im Glas. Dazwischen das ganze Blut von ihrem eigenen Kind und irgendwo Hannah, im Hintergrund, am Rand. Aber sie ist doch da! Wie sie durch den Garten hüpft, wie sie den Weihnachtsbaum hinter sich herschleift. So viele Kinder, denkt sie, und sie denkt, dass sie immer davon geträumt hat, drei Kinder zu haben, und dass jetzt nichts mehr übrig ist von diesem Traum. Nichts außer Hannah. Sie atmet ein, es will ihr nicht recht gelingen,

ein trockenes Geräusch dringt aus ihrer Kehle. Mit all-
dem kann er mich doch nicht alleinlassen, denkt sie, er
kann doch nicht einfach so sterben! Wie soll denn ein
einzelner Mensch damit fertig werden? Tilda steht im
Esszimmer, die kalte Bierflasche gegen den Bauch gedrückt. Sie sieht ihr Spiegelbild in der dunklen Scheibe, ihr Kopf ist abgeschnitten, er verschwindet hinter
der Lampe, die seltsam schräg auf ihrem Oberkörper
sitzt. Das macht nichts, denkt sie. Sie stellt das Bier auf
den Tisch, gerade hat sie noch gedacht, dass Willem
heute vielleicht ein Bier trinken wollen würde, und
jetzt denkt sie daran, was sie wohl mit sich herum-
trüge, wenn alles anders gekommen wäre: wenn Willem tot wäre. Sie kann sich nicht mehr aufrecht halten,
setzt sich an den Tisch. Spürt das kühle Porzellan des
Tellers unter ihrer Wange. Sie greift nach der Serviette
und zieht sie sich über den Kopf.

Ich liege wieder unter der Schlange, aber diesmal kam
die Schlange mir nicht freundlich vor, und sie war auch
gar keine Schlange. Diesmal wollte ich lieber draußen
sein. Ich wollte in den Wald gehen, mit Schwester Ilsa,
und wollte, dass sie dort ihr schönes Lied für mich
singt. Oder irgendein Lied. Ich habe es ihr gesagt, sie
hat mir nicht zugehört. Sie ist immer weitergelaufen
und meine Füße sind durcheinandergeraten, ich bin
auf den Boden gestürzt. Es war kühl, ich wäre trotzdem gerne dort liegen geblieben. Doch Schwester Ilsa
hat mich emporgerissen, und die Kacheln waren viel
zu glatt, daran konnte ich mich nicht festhalten. Sie
hat mich hinter sich hergeschleift und dabei nach dem
Doktor gerufen. Sie ist immer schneller geworden, und

ihre Stimme hat sich gar nicht mehr schön angehört. Darum wollte ich auch nicht mehr, dass sie für mich singt. Also habe ich selber zu singen begonnen, aber ich wusste kein Lied. Ich musste an Weihnachten denken, an die Lieder und an Mamis Stimme, die so anders ist, wenn sie singt. An den Baum musste ich denken, wie schön der war. Schön und herausgeputzt, und er glitzerte überall, aber er hat mir leidgetan. Lieber wollte ich ihn nach draußen bringen, und das habe ich auch geschafft. Daran dachte ich noch und ich konnte gar nicht mehr aufhören zu singen, so viele Lieder gingen durch meinen Kopf. Immer mehr Lieder waren da, ich konnte nicht aufhören zu singen und meine Fäuste zu ballen, es hat nichts geholfen, keiner mochte meinen Gesang. Jetzt liege ich hier auf dem kalten Bett und weiß ganz genau, dass das keine Schlange ist, die sich schwer über meinen Bauch und die Brust spannt. Ich spüre, dass ich bald nicht mehr da sein werde. Dass ich bald kein einziges Lied mehr wissen werde.

Willem ist auf der Schwelle stehen geblieben, er kann sich nicht losreißen von diesem Anblick. Tilda hat ihren Kopf auf den Teller gelegt und eine Serviette darübergezogen. Ihre Schultern zucken, ihr ganzer Oberkörper ist in Bewegung. Die Lampe malt Lichtstreifen auf den Tisch und über Tilda, über ihren bebenden Rücken. Er könnte zu ihr gehen und sie in den Arm nehmen oder ihr eine Hand auf die Schulter legen, die Finger zwischen die hellen Streifen, aber er traut sich nicht. Also nimmt er sich seinen Stuhl, trägt ihn um den Tisch herum und stellt ihn neben Tilda. Nicht so, dass sie sich berühren, doch nah genug, dass sie spüren kann, er ist da. Er setzt sich, er sitzt aufrecht, beide Hände auf den Oberschenkeln, und denkt, dass er seine Hand lieber auf ihren Rücken legen würde, dass er lieber über ihren Rücken streichen würde als über seine Oberschenkel, aber er wagt es nicht. Er sieht die Flasche Bier vor Tilda auf dem Tisch stehen, es sieht kühl und frisch aus, Kondenswasser läuft an ihm herab. Willem denkt, dass er gerne einen Schluck daraus trinken würde, doch auch das wagt er nicht. Also bleibt er einfach sitzen, und sie sitzen lange so, bis Tildas Schluchzen weniger wird und verebbt. Schließlich greift er vorsichtig nach der Serviette und zieht daran. Tilda rührt sich nicht. Er zieht ein bisschen mehr, sieht ihren Hinterkopf und wie das immer noch kurze Haar sich auf dem weißen Porzellan ringelt. Er legt vorsichtig seine Hand darauf, und sie lässt es geschehen. »Besser?«, fragt er schließlich, und ihr Haar knirscht leise auf dem Teller, als sie nickt. Er zieht den Stuhl etwas näher an sie heran, legt den Arm um sie und seinen Kopf neben ihren auf den Tisch. Am liebsten würde er die Serviette über sie beide ziehen. Er denkt daran, wie er als Kind im Bett seiner Eltern lag, wie sein Vater ein Schiff aus den Decken baute oder eine Kutsche, wie sie in diesen seltenen Momenten am Sonntagmorgen die Welt bereisten und wie es doch das Schönste war, sich ganz unter den Decken zu vergraben, so lange, bis der eigene Atem ihm heiß ins Gesicht schlug, bis er es nicht mehr aushielt. Bis er zu ersticken glaubte. Und wie er dann emporkam, aus seinem Versteck in die kühle Luft des Schlafzimmers: ein Pirat, ein Eroberer, ein Krieger. Das ist er schon lange nicht mehr, und er träumt auch nicht mehr davon. Er ist bloß ein Mann mittleren Alters, mit einer schwachsinnigen Tochter und einer Frau, die nicht mehr weiß, wer sie ist.

Er legt seinen Arm etwas fester um sie, greift nach ihrer Schulter. Sie lässt es geschehen. Sie sitzen lange so, bis Tilda sich aufrichtet und nach dem Bier greift. Sie nimmt einen großen Schluck und reicht Willem die Flasche. Sie schmiert ein Leberwurstbrot und schiebt ihm den Teller hin. Sie beißen abwechselnd von dem Brot ab. »Ich bin müde«, sagt Tilda schließlich, »lass uns ins Bett gehen.« Und sie steht auf, lässt den Tisch, wie er ist, lässt alles einfach stehen, löscht das Licht und geht ins Schlafzimmer. Willem folgt ihr.

Es ist dunkel und still, nichts ist zu hören. Keine Schritte im Flur, kein Vogelgesang. Nichts. Selbst meinen eigenen Atem kann ich nicht mehr hören. Ich singe schon lange nicht mehr. Meine Kehle ist trocken, ich bin schon lange hier. Manchmal taucht jemand auf, steht neben dem Bett, lockert die Gurte und zieht sie wieder fest, gibt mir etwas zu trinken, eine neue Spritze, dann ist er wieder fort. Und ich bin es auch, bin ganz verschwunden. Bin nur noch die Decke, die auf mir liegt. Die harte Matratze. Die Gurte, die sich über meine Brust und die Beine spannen. Diesmal dauert es lange, diesmal hört es nicht auf. Hier ist nichts mehr zu zählen, ich sitze fest in dieser endlosen Sekunde. Mal ist es etwas heller und mal dunkler. Unerträglich hell. Das muss die Sonne sein, aber sie ist kalt geworden. Sie kommt nicht mehr nur durchs Fenster, sie kommt von überallher. Selbst wenn ich die Augen schließe, ist sie noch da. In meinem Kopf ist nichts mehr außer diesem schneidenden Licht. Wenn ich die Augen öffne, strahlt es aus ihnen heraus. Ich bin ein Scheinwerfer in dieser dunklen Nacht. Etwas rast über mich hinweg. Etwas fährt durch mich durch. Nichts mehr zu erkennen, nichts mehr zu spüren. Dunkel oder hell, es macht keinen Unterschied.

Tilda sieht ihre Hand auf dem Kopfkissen, Sonnenstrahlen fallen durch die halb offene Jalousie. Sie bewegt die Hand unter den Lichtstreifen, der Kissenbezug ist glatt und kühl. Willem ist schon aufgestanden. Sie schließt die Augen und dreht sich noch mal um. Sie denkt, dass sie lieber aufstehen sollte, und bleibt dann doch liegen. Sie denkt nicht an Willem und auch nicht an Hannah und schon gar nicht an die anderen toten Kinder und das ganze Elend. Sie denkt an sich selbst und wie sie hier unter der warmen Decke liegt, wie die Sonne auf sie scheint. Und dann denkt sie, dass diese Sonne überall scheint, auf alle Menschen, und dass das ein tröstlicher Gedanke ist. Aber dann wird ihr doch die Oberflächlichkeit dieser Überlegung klar und sie erkennt, wie wenig zutreffend das ist. Es macht sie traurig, dass selbst so ein ermutigender Gedanke nicht wahr ist, und sie fragt sich, ob es unter diesen Umständen Trost geben kann. Ob es überhaupt Trost gibt. Die Sonne scheint ja trotzdem, denkt sie, wenn auch nicht zu jeder Zeit auf alle Leute. Und dann steht sie doch auf. Sie hat keine Lust, liegen zu bleiben, doch sie will sich auch nicht anziehen. Sie nimmt den Morgenmantel, der an der Innenseite der Schlafzimmertür hängt. Dort hängt er immer, und sie wäscht ihn regelmäßig, auch wenn sie ihn nie trägt. Willem hat ihn ihr zum ersten Hochzeitstag geschenkt, und er war damals schon altmodisch, ein Kriegsmodell, vielleicht sogar noch aus der Vorkriegszeit. Blasslila Wolle, knöchellang, gehäkeltes Muschelmuster, tailliert, geschlitzte Ärmel. Woher Willem den wohl hatte, fragt sich Tilda und hakt die zwei Perlmuttknöpfe in die Häkelschlaufen. Sie schaut nicht in den Spiegel, sie will gar nicht wissen, wie sie darin aussieht.

In der Küche ist Willem auch nicht, aber er hat Kaffee gemacht und den Rest tatsächlich in die Thermoskanne geleert. Tilda gießt sich eine Tasse ein und tritt damit vors Haus. Es ist kalt, sie friert. Die Garage ist offen, das Auto steht in der Einfahrt. Wo ist er bloß hin? Und dann weiß sie es: Er ist mit dem Motorrad losgefahren, und sie hört auch schon das Knattern des Motors, das hat sie lange nicht gehört. Willem biegt mit der Horex um die Ecke, sie muss lachen, als sie ihn sieht. Er hat seine Lederhaube auf und die Motorradbrille, einen Rucksack auf dem Rücken und die Lederjacke an. Willem hebt den linken Arm und winkt ihr zu. Sie winkt zurück. Er sieht beinahe so verwegen aus wie auf ihrer Hochzeitsreise, nur dass sie damals mit dem Sozius unterwegs waren. Seit Jahren hat er die Maschine nicht mehr aus der Garage geholt. Er parkt in der Einfahrt und geht dann mit großen Schritten auf sie zu. Er lächelt, aus dem Rucksack hat er einen Strauß rote Nelken gezogen. Ausgerechnet.

Sie hat den Morgenmantel an, den hat sie noch nie getragen. Ich kann es verstehen, denkt Willem, während er die Horex in die Garage schiebt, sie sieht tatsächlich ein wenig seltsam darin aus. Aber das macht nichts, damals gab es eben nichts anderes. Und sie kann ihn tragen, sie kann alles tragen, sie hat immer noch ihre schmale Taille. Er hat den Morgenmantel gegen die P38 getauscht, was auch immer das alte Mütterchen damit vorhatte. Es ist ihm nicht schwergefallen, sie herzugeben, aber die Astra hat er behalten. Die ist zwar nicht so elegant wie die Walther, bei Weitem nicht, doch sie ist ihm ein Erinnerungsstück. Eine Handfeuerwaffe muss reichen in Friedenszeiten. Trotzdem gut, dass Tilda nichts von ihr weiß, denkt Willem. Im Hobbykeller wird sie sie nicht finden, da geht sie ja nie hinein. Und auch gut, dass er ihr die Blumen mitgebracht hat und nicht nur den Eierkocher, das hätte sie sonst vielleicht falsch verstanden. Die Fahrt war herrlich, allein für die Fahrt hat es sich gelohnt. Das mache ich jetzt öfter, denkt er, und wer weiß, vielleicht setzt sich auch Tilda noch einmal hintendrauf. Oder ich schraube den Sozius wieder an, denkt er. Nach Spanien ist sie schließlich auch mit ihm gefahren.

Ich liege hier und immer noch spannen die Gurte über meiner Brust, über den Armen und Beinen. Nur den Kopf kann ich anheben und hin und her drehen. Manchmal mache ich das auch, dann knirschen meine Haare auf dem Matratzenbezug. Wenn sie mir ins Gesicht gefallen sind, kann ich sie mit einer schnellen Bewegung wieder loswerden, meistens ist mein Kopf zu schwer dazu. Oder ich vergesse ihn einfach. Dann liege ich herum, ohne das zu wissen. Ich hätte zählen können, wie viele Tage ich hier schon bin, aber auch das habe ich vergessen. Manchmal höre ich etwas von draußen, meistens bin ich verschwunden. Der Arzt kommt gar nicht mehr, Schwester Ilsa gibt mir jetzt die Spritzen. Sie klopft davor mit ihrer warmen Hand ein-, zweimal auf meine Armbeuge, das ist ein angenehmes Gefühl. Aber lieber würde ich wieder in meinem Bett im Schlafsaal liegen. Auch wenn mich die vielen Betten mit den anderen Kindern darin stören. Und die Decke zu rau ist und viel zu viel Platz um das Bett herum. Man kann so leicht herausfallen aus so einem schmalen Bett, da ist das mit den Gurten schon besser. Morgens scheint die Sonne in den Schlafsaal direkt auf meine Decke, davon wird meine Brust ganz warm. Doch ich liege nicht im Schlafsaal, und keiner kommt, um mich zu wecken, keiner will, dass ich mich anziehe, niemand reißt mir die Decke weg. Oder zu Hause, der Garten. Auf der Wiese. Und über mir die Tanne. Und wenn ich mich umdrehen will, kann ich mich umdrehen. Ich kann über das Gras streichen, so lange ich will, und mein Gesicht da hineindrücken. Ich kann die Grashalme in meinen Mund nehmen oder darüberlecken, das sieht keiner. Ich kann mit Papa in den Wald gehen und muss nicht seine Hand halten dabei. Schwester Ilsa hat mir neulich an die Stirn gefasst und mir über die Haare gestrichen. Sie hat gar nicht mehr aufgehört damit, das war ein komisches Gefühl. Sie hat auch geredet, ich habe die Augen nicht aufgemacht und gehofft, dass sie bald fertig ist. Dass sie mir die Spritze gibt und wieder geht. Wenn sie wenigstens gesungen hätte. Ich finde es schlimm, dass sie nicht weiß, wie gern ich sie singen hören will.

Die Nelken stehen immer noch auf dem Esstisch im Wintergarten. In der Küche blubbert der neue Eierkocher, Willem hat ihn gekauft bei seiner Tour in die Stadt. Als wäre alles wieder gut mit ein paar Friedhofsblumen und einem neuen Eierkocher. Wie eine Trophäe steht er auf der Arbeitsplatte, wie der Inbegriff eines Neubeginns, dabei ist es bloß ein Eierkocher, und ich bin weiterhin diejenige, die die Eier darin zu kochen hat. Die sie herausnimmt und in die Eierbecher stellt, die das Tablett mit allem, was ich vorbereitet habe, hinüber zum Esstisch trägt. Das bin ja immer noch ich, auch wenn Willem nach wie vor nicht zur Arbeit geht. Für zwei Wochen hat Dr. Grote ihn krank geschrieben, danach müssen wir langsam wieder an die Arbeit denken, hat er zu Tilda gesagt. Nicht einmal wegräumen darf ich den dämlichen Eierkocher, denkt sie. Egal, wenigstens das Abstauben kann ich mir sparen: Wir benutzen ihn jeden Tag. Jetzt gibt es jeden Morgen Eier, der Haferschleim ist vergessen. Wer einen Eierkocher hat, der isst eben Eier, und Eier isst man am Tisch. Niemand liegt auf dem Sofa und balanciert ein weich gekochtes Ei auf der Brust. Deshalb frühstücken sie wieder im Wintergarten, und dort hat sie die Blumen hingestellt. Denn es ist ganz offensichtlich: Wer täglich ein Ei essen will, dem geht es besser. Willem hat seine Krise überstanden.

III

1

Willem hat im Heim angerufen. Die wollten gar nicht, dass sie kommen, das hat Tilda sofort an seiner Reaktion gemerkt. Sie hat es gehört, an Willems Antworten. Es war ein langes Telefonat, Willem hat sich nicht abwimmeln lassen, und dann hat er schließlich gesagt: »Nix da; am Sonntag um zehn sind wir da«, und hat aufgelegt. Die Küchentür war angelehnt, Tilda stand direkt dahinter und hat genau gehört, wie er leise »diese Schweine« gesagt hat. »Diese Schweine«, hat er gesagt und den Hörer noch mal hochgenommen und ihn dann wieder auf die Gabel fallen lassen. Es hat eine Weile gedauert, bis er schließlich zu ihr in die Küche gegangen ist. Er hat sich neben sie ans Fenster gestellt, seine Hand auf ihre gelegt und gesagt: »Alles in Ordnung. Wir fahren am Sonntag. Hannah wird sich freuen.« Tilda hat nichts dazu gesagt und hat ihn auch nichts gefragt. Sie hat genickt und es ausgehalten, dass seine Hand auf ihrer liegt, und hat auch den Gedanken ausgehalten, dass sie nun also dahin fahren, nachdem sie so lange nicht bei ihr waren. Nachdem sie Hannah schon beinahe vergessen hatte.

Das ist ein neues Lied, bestimmt hat er sich die Platte gekauft, als er neulich in der Stadt war, denkt Tilda. Für mich den Eierkocher und für sich eine Platte. Dass ich vielleicht auch einmal Lust auf Musik hätte, daran denkt er gar nicht. Daran denkt niemand, und jetzt sitzt er da unten und denkt, dass er der einzige Mensch ist, der sich gerne mal woanders hin träumt. Dass er dort in seinem Keller der einzige mit Empfindungen ist. Wie er das nur aushält? Tilda graust es schon, wenn sie nur kurz da unten ist. Deswegen musste es unbedingt ein Bungalow sein, weil sie nie mehr in einen Keller wollte. Noch nicht mal daran denken wollte sie, denkt Tilda. Praktisch hin oder her, ich habe genug von Kellern. Und dann findet Willem das Haus, und ja, es ist ein Bungalow, aber es hat trotzdem einen Keller. Willem musste es natürlich gleich kaufen, weil es so nah an der Fabrik liegt, und überhaupt, so eine Gelegenheit kommt nicht wieder. Kauft das Haus und sagt keinen Ton darüber, dass es eben doch einen Keller gibt, wenn auch nicht unter dem ganzen Haus. Doch das spielt überhaupt keine Rolle, Keller ist Keller, und sie wollte nie mehr in einem Keller sitzen und wollte vor allem keinen Keller mehr brauchen. Sie hat lang genug in Kellern gesessen, ich will das nicht mehr, denkt sie, ich will da nicht mehr sitzen, im Dunkeln zwischen allen anderen, mit ihrer Angst und ihrer Selbstsucht und den Streitereien darum, wer den besten Platz hat und wem dieser eigentlich zusteht. Zwischen den ganzen Leuten, die sich alle an irgendetwas klammern, eine Uhr, einen alten Hut oder ihr eigenes Kind. Ich will das nicht! Und ich will nicht mehr herauskriechen aus irgendeinem Keller und nicht mehr sehen, was es da zu sehen gibt, und will es auch nicht riechen. Alles Tote, Verbrannte, Unkenntliche. Das Harte und das Weiche, die ganze Asche und den Gestank. Und überall der Schutt, der aus den Überresten der Häuser quillt. Unvorstellbar, dass es so viel braucht, um auch nur ein einziges Haus zu bauen. Und dazwischen die Leute, die Frauen, die Alten, die Kinder, gehen umher, als hätten sie das schon immer getan. Als hätte ihr Weg sie schon immer über Trümmer und Schrumpfleichen geführt. Und überall die Ratten! Denn das Leben war ja nicht verschwunden, es hatte nur andere Formen angenommen. Die Leute hingen weiter ihre Wäsche auf, kochten über offenen Feuerstellen, liefen zur Arbeit. Ein bisschen schneller zwar, die Rücken etwas gekrümmter, die Augen niedergeschlagen, aber dennoch: als hätte sich nichts verändert. Unten im Keller noch die ganze Angst und das Geschrei und die Tränen, und draußen sind alle stumm und geduckt, gehen umher mit seltsam knicksigen, trippelnden Schritten. Nur schnell alles erledigen und dann zurück. Aber Tilda wollte nicht mehr zurück. Nicht in den Keller und auch nicht mehr in die Stadt, die gar nicht mehr ihre Stadt, die überhaupt keine Stadt mehr war. Das Haus stand noch, seltsamerweise, auch wenn alle Fenster geborsten waren, sie wollte trotzdem nicht mehr dahin zurück. Auch heute, obwohl der Krieg schon lange vorbei ist, will sie nicht mehr dahin. Ich will nicht einmal mehr daran denken, denkt Tilda, doch das geht nicht. Denn hier unter meinen Füßen ist dieser verdammte Keller, und Willem sitzt darin und hört Musik, als hätte es das alles gar nicht gegeben. Als könnte man das vergessen. Dabei hat jeder von uns einen Winkel in sich, wohin er diese vollständige Zerstörung und das Entsetzen darüber verbannt hat, wo sie immer noch wohnt. Ein winziger Moment, ein kleiner Spalt, der sich auftut, und hinein mit dem ganzen Schrecken. Und nicht mehr danach schauen. Und weitermachen. Nach vorne blicken. Etwas aufbauen aus dem Kaputten und schnell vergessen, dass auch das Neue aus nichts anderem besteht als aus den Überresten des Alten, aus dem Toten und Verbrannten. Aus diesem ganzen Material. So ist das gewesen, und so ist es immer noch. Auch Willem hat einen solchen Winkel in sich, natürlich hat er das. Jeder hat einen solchen Winkel in sich, mit seinen eigenen Toten. Willems Tote sahen anders aus. Willem hat in keinem Keller hocken müssen, er hockte woanders. Ich weiß nicht, wo, ich weiß nicht, in welchen Gruben und Gräben, und was er dabei empfand, das weiß ich erst recht nicht.

Sie hat kein Wort dazu gesagt, doch Willem weiß es trotzdem: Sie will nicht. Aber es hilft nichts, sie müssen dahin. Hannah ist ihr Kind, und sie können nicht länger so tun, als wäre das anders, als hätten sie keine Verantwortung für sie. Als könnten wir diese Verantwortung ablegen, denkt Willem, und in irgendeine Schublade stecken und dort vergessen. Das geht nicht, und es nutzt auch nichts, denn alles, was in den Schubladen liegt, ist ja immer noch da. Die Dinge verschwinden nicht, nur weil wir sie gerne vergessen wollen. Weil wir über sie hinwegsehen und nicht mehr an sie denken wollen. Das versteht Tilda nicht, sie will immer jedes Problem beiseiteschieben und dann so tun, als hätte es nie eins gegeben. Aber nicht mit mir, mit mir nicht! Ich bin Wissenschaftler, ich weiß, was ich tue, ich schaue den Dingen ins Angesicht, und wenn es ein Problem gibt, dann muss man es lösen. Die Platte ist zu Ende, Willem dreht sie um, setzt sich wieder in den Sessel. Es gibt immer eine Lösung, das sieht man an ihm: Es ist ihm schlecht gegangen, und jetzt geht es ihm gut. Und, davon abgesehen: Er will Hannah ja gar nicht vergessen. Tilda vielleicht, es kann sein, dass sie Hannah wirklich vergessen will, das vermag er nicht zu beurteilen. Er selbst jedenfalls will Hannah nicht vergessen. Er will sie bei sich haben und sich vergewissern, dass sie lebt. Ich will ihr jeden Abend Gute Nacht sagen, und wenn ich selbst zu Bett gehe, will ich nachschauen können, ob sie noch da ist und ruhig schläft, denkt Willem. Sie könnte hier bei ihm sitzen, auf meinem Schoß, und gemeinsam würden sie sich die neue Chet-Baker-Platte anhören. Ihr würde das ganz sicher gefallen. Er hat sie sich in der Stadt besorgt, aber das weiß Tilda nicht. Und sie wird es auch niemals bemerken, denn sie hat überhaupt keine Ahnung von Musik. Und keinen Sinn dafür. Sie hört das gar nicht, diese tröstliche Stimme. Willem ist aufgestanden, seine Hüften bewegen sich langsam. Er schiebt die Füße über das Linoleum, die Augen geschlossen. Das kleine Trompetensolo jetzt, eine solche Präzision, ein solches Wunder! Hannah könnte das erkennen. Ein kleines Tänzchen, nur wir zwei. Sie auf meinem Arm, und ich singe ihr das Lied ins Ohr. Sie würde das verstehen, sie würde mich nicht auslachen. Niemals. Er steht vor dem Regal. Es muss gelingen, wir müssen Hannah zurückholen. Willem zieht die Schublade auf, weiß genau, wo die Astra liegt.

Sie haben mich aus dem Schlangenzimmer geholt, gestern schon. Plötzlich war Schwester Ilsa da und hat mich abgeschnallt. Sie hat mich geschüttelt, an meinen Händen und auch an den Füßen herumgedrückt und -geklopft und mich dann nach oben gezogen, sodass die Beine über die Kante der Liege herunterhingen. Das war ganz seltsam, plötzlich zu sitzen, nachdem ich zuvor so lange gelegen hatte. Meine Beine waren schwer, ich konnte sie gar nicht rühren, der Kopf auch, mein Rücken, der ganze Körper war weich und schwer. Ich konnte mich nicht halten und bin von der Liege gerutscht. Der Boden unter mir war kalt, ich konnte deutlich den Unterschied zwischen meiner nackten Haut und den glatten Fliesen spüren. Hier meine Haut, da der Boden, und ich habe mich gefragt, wie man diesen Bereich nennt, diesen Ausschnitt der Welt. Diesen schmalen Streifen zwischen mir und den Dingen. Mein Blick ist den Boden entlanggerutscht und ich habe die Linien zwischen den Fliesen gesehen und dachte, so wie diese Linien zwischen den Fliesen verlaufen, muss doch auch irgendetwas zwischen meiner Haut und den Fliesen sein. Irgendetwas, dem man einen Namen geben und das man zählen kann. Seltsam ist, dass ich diese Linie plötzlich so deutlich sah und spürte und gerade noch dachte, dass es gar keinen Unterschied gibt zwischen dem Ende meines Körpers und dem Beginn der Welt. Schwester Ilsa hat mich liegen gelassen, auf dem kalten Boden, und eine andere Schwester geholt, aber auch zu zweit haben sie mich nicht in Gang bekommen. Schließlich mussten sie mich in einen Rollstuhl setzen und damit schieben. Das war eine wilde Fahrt! Wir sind durch den Gang gesaust, in den Fensterscheiben flitzte der Park vorbei, und ich dachte schon, es geht nach draußen! Durch das Tor, über die Mauer hinweg und in den Wald hinein. Aber nein, am Ende des Flurs fuhren wir nach links und in den Schlafsaal, und dort haben sie mich einfach wieder ins Bett gelegt. Da liege ich jetzt, auf meiner Brust nur meine Hände und die Decke, darüber das warme Viereck der Sonne. Selbst wenn ich die Augen schließe, bin ich noch da. Ich spüre noch deutlich den kühlen Abdruck der Fliesen auf meiner Haut, auf der Wange und an meinem linken Arm. Die Hüfte und das ganze Bein entlang spüre ich diesen Abdruck.

2

Sie sind auf dem Weg, und Tilda fährt. »Magst du morgen fahren?«, hat Willem sie gefragt. »Das wolltest du doch schon so lange.« Erst schweigt er sich aus und reagiert monatelang nicht auf ihre Bitten, und jetzt das, jetzt tut er so, als wäre es ganz selbstverständlich, dass sie fährt. Dabei hat Tilda seit Ewigkeiten nicht mehr am Steuer gesessen. Aber bitte, ich habe nichts dagegen, wenn die Fahrt länger dauert. Und wenn ich mich auf den Weg konzentrieren muss, kann ich wenigstens nicht die ganze Zeit daran denken, was uns bei unserer Ankunft erwartet. Also hat sie mit den Schultern gezuckt, genickt. »Wieso nicht?«, hat sie gesagt und ihre Lederhandschuhe rausgesucht.

Willem sitzt neben ihr. Das Radio ist aus, obwohl es normalerweise immer an ist. Willem denkt sicher, dass ich sonst abgelenkt bin, denkt Tilda. Sie schweigen beide. Das Fahren macht Spaß, noch mehr, als sie dachte. Sie wird schneller, sie ist noch nicht aus der Übung, das fühlt sich gut an. Das Lenkrad in den Händen und wie draußen die Welt vorbeisaust, wie sie in diese Welt hineinsaust. Tilda dreht die Scheibe herunter, der Wind fährt ihr durchs Haar. »Was hast du eigentlich gemacht, damals, in Spanien, als wir uns noch kaum kannten?« Seit ein paar Tagen wird sie den Gedanken an Spanien nicht los und jetzt ist vielleicht eine gute Gelegenheit. Denn sie fährt, und Willem kommt ihr nicht aus. Dabei weiß sie doch, was er da gemacht hat, denkt sie, und sie meint nicht die anderen Frauen. Und auch nicht, dass er ihr verschwiegen hat, dass er schon eine Frau hatte. Nein, was soll er schon getan haben, damals in Spanien? »Hm«, macht Willem, und sie sieht aus dem Augenwinkel, wie er den Kopf zur Seite dreht, aus dem Fenster schaut. Nach einer Weile fragt er: »Kommst du zurecht mit dem Wagen?« Er hat sein Fenster nun auch heruntergekurbelt, Tilda versteht ihn kaum, der Wind tost zwischen ihnen hin und her. Natürlich komme ich zurecht, denkt sie, und das weiß er auch. Aber sie kann nicht aufhören an den Keller zu denken, an diese ganzen Keller, in denen sie gesessen haben, während über ihnen die Bomben einschlugen und die Häuser brannten. Und klar, denkt sie weiter, du warst im Krieg und hast gekämpft, und das war sicher auch schrecklich, aber wir waren hier und der Krieg plötzlich auch. Du hast das schließlich so gewollt, wir aber nicht. Ich habe das nicht gewollt, ich wollte, dass wir es besser haben, und ja, ich habe dafür einiges in Kauf genommen und über vieles nicht nachgedacht, doch ganz ehrlich: Wer hat das schon? Wenn ich das alles richtig verstehe, dieses Kreuz und die Reise nach Spanien und das alles, dann bist du ja schon in den Krieg gezogen, bevor er überhaupt begonnen hatte. Und zwar nicht, weil du musstest, sondern weil du das wolltest. Dieses verdammte Kreuz haben schließlich nur Freiwillige bekommen, *Freiwillige mit Feindberührung*, so hast du damals gesagt, als wir uns das erste Mal wiedergesehen haben, als du vor dem Haus standest, das damals noch alle Fenster hatte. In Uniform hast du da gestanden, mit deinem verdammten Kreuz an der Brust, und die Brust mir stolz entgegengereckt. Nur Freiwillige mit Feindberührung. Ja, ich gebe zu, das hat mir imponiert, denkt Tilda und tritt das Gaspedal noch etwas mehr durch, das hat vielleicht sogar den Ausschlag gegeben. Doch da wusste ich auch noch nicht, was das ist: ein Bombenkrieg, diese deutsche Erfindung. Aber jetzt weiß ich es. Und ich frage mich, was dir daran so gefallen hat, an der Niederwerfung des Bolschewismus, dass du unbedingt dabei sein wolltest? Bomben auf Städte werfen wolltest? Auf Wohnungen und auf Fabriken und auf die Menschen dort? Denn das hast du getan, das musst du getan haben. Und du warst erfolgreich dabei, sonst hättest du dieses Kreuz nicht. Wenn es dir damals nicht gefallen hätte, wenn du wenigstens einen Zweifel verspürt hättest und dich heute dafür schämen würdest, dann hättest du es doch schon längst weggeworfen. Es ist immer noch da. Es liegt da, in seiner Schatulle und glänzt und blinkt, als würdest du es jeden Tag herausnehmen und dir an die Brust heften. Als würdest du es herausnehmen und anschauen und polieren und abküssen. Denkst du dann daran, wofür du es bekommen hast? Erinnerst du dich, wie du im Flugzeug gesessen und deine Bomben auf Menschen geworfen hast? Denkst du, dass du das gerne mal wieder tun würdest? Hast du vergessen, dass auch ich mich unter solchen Bomben geduckt habe, dass auch ich vor ihnen gezittert habe? Denkst du überhaupt jemals an mich? Oder immer nur an dich und deine Abenteuer und daran, dass du sie jetzt nicht mehr erleben kannst, weil du eine Familie zu versorgen hast, die überhaupt keine Familie ist, sondern nur ihr kümmerlicher, verkrüppelter Rest? Denkst du manchmal an deine tote Frau und deine toten Kinder? An die ganzen toten Frauen und Kinder, denkst du manchmal an die? Und da hört sie, dass er weint, und sie atmet langsam aus. Willem hat neben mir zu weinen begonnen, denkt sie, und für einen Moment ist Tilda unsicher, ob sie das alles gerade wirklich ausgesprochen hat. Aber sie spürt eine gewisse Rauheit in ihrer Kehle und wie ihre Hände sich um das Lenkrad krampfen.

Heute Morgen haben sie mich wieder aus dem Bett geholt und in den Rollstuhl gesetzt. Sie haben mich in den Waschraum gefahren, das war vielleicht eine Prozedur. Raus aus dem Rollstuhl und auf den Hocker, und dann haben sie mich komplett ausgezogen. Das war nicht Schwester Ilsa, das waren irgendwelche anderen, deren Namen ich mir nicht merken will. Sie haben den Hocker an die Wand gestellt, damit ich nicht so leicht umfalle, und dann hat die eine mir das Knie in die Seite gedrückt, während sie mir mein Hemd auszogen und auch das Höschen. Sie hat ihr Knie erst fortgenommen, als sie das Wasser über mich schütteten.

Mit einer großen Kanne, über meinen Kopf und den Rücken, die Brust, überall war das Wasser. Ich konnte kaum Luft holen, so kalt war es. Anders als die Fliesen, auf denen ich gerne gelegen hatte. Die Kälte drang von allen Seiten in mich ein, so sehr, dass ich nicht mehr wusste, wer ich bin. Und dann haben sie mich abgerieben mit einem Stück Seife, überall, auch hinten und zwischen den Beinen, im Gesicht. Es war kalt, und die Seife hat gebrannt, aber ich habe den Mund gehalten. Das habe ich schon gelernt hier: Wenn ich ganz still bin, wenn ich die Dinge einfach aushalte, wenn ich mitmache, dann gehen sie schneller vorbei. Und so war es auch diesmal. Sie haben mich in ein Handtuch gewickelt und in die Bekleidungskammer geschoben. Dort haben sie meine Sachen aus der Schachtel herausgeholt und sie mir angezogen. Ich war ganz steif und schwer, ich konnte mich gar nicht rühren, es hat ewig gedauert. Das Unterzeug, das Hemd, die Latzhose und die Socken, sie mussten mich richtig in die Sachen hineinstopfen. Ich wusste plötzlich wieder, wie viele Fächer im Regal sind. Ich habe es gesehen mit einem einzigen Blick: sechsundzwanzig. Genauso viele wie Betten im Schlafsaal. Sechsundzwanzig Betten, sechsundzwanzig Schachteln, und in jeder Schachtel die Sachen, Unterwäsche, Hemden, Kleider und Strümpfe. Ein Teddy oder irgendein anderes Kuscheltier und natürlich die Dinge aus den Päckchen, die hier ankommen, zu Ostern oder Weihnachten. Von allem Essbaren abgesehen, das nehmen sich die Schwestern. All das steckt in den Schachteln und kommt nur dann hervor, wenn sich Besuch angekündigt hat. Dann werden wir ausstaffiert und sitzen da wie die Puppen. So wie ich hier sitze, mit meiner Latzhose und der weißen Bluse und einem kleinen Häschen in der Hand, dessen Fell weich aussieht, aber steif und rau ist. Es hat ein grünes Band um den Hals mit einer kleinen Glocke daran. Wenn ich es schüttle oder über meine Wange reibe, bimmelt sie leise. Die Schwester hat mir sogar eine Schleife ins Haar gebunden. Woher auch immer die stammt. Hat daran gezogen und gezerrt, so lange, bis es ihr gefallen hat.

Zum Frühstück gab es wieder Brei. Er war schon kalt, sie haben mich als Letzte in den Speisesaal geschoben, alle anderen waren schon weg. Irgendwer hat mich gefüttert, ich habe den Mund aufgesperrt und einfach alles hinuntergeschluckt. Noch ein Löffel. Und noch einer. Und noch einer. Ich habe mich nicht gewehrt. Und jetzt steht der Rollstuhl mit mir drin am Fenster, und das finde ich gar nicht so schlecht. Ich sehe den Rasen und die Büsche vor der Mauer und die Mauer selbst, die sehe ich auch. Und ich weiß: Dahinter ist der Wald. Das Häschen habe ich immer noch, keine Ahnung, was ich damit anfangen soll. Mutti und Vati kommen heute, haben sie gesagt, aber ich weiß nicht, wer das ist. Vielleicht soll ich denen das Häschen geben. Ich behalte es sicherheitshalber in der Hand, auch wenn ich dort, wo das harte Fell meine Haut berührt, sehr schwitze.

Willem sagt noch immer kein Wort. Wieso konnte ich auch meinen Mund nicht halten! Tilda schlägt mit der Hand auf das Lenkrad, sie fährt wieder langsamer. Gleich sind sie da, er muss sich zusammenreißen. Irgendwie müssen sie da durch, irgendwie muss er das runterschlucken. Das kann er doch sonst auch, er war immer ganz hervorragend darin, aber jetzt sitzt er neben ihr und heult und heult. Tilda hört, wie er schluchzt und schnieft, sieht aus dem Augenwinkel, dass seine Schultern zucken und wie er sich die Hände vor das Gesicht geschlagen hat. So geht es nicht weiter, denkt Tilda, ich muss irgendwo anhalten. Willem muss sich beruhigen.

3

Es ist gar nicht mehr weit bis zum Heim, da vorne beginnt schon der Wald, und dahinter ist es ja. Wenn der Wald nicht wäre, könnte man es von hier aus sehen. Tilda hat angehalten. »Es macht nichts, wenn wir eine halbe Stunde später kommen«, hat sie gesagt und den Wagen auf einen Feldweg gesteuert. Sie ist um das Auto herumgegangen und hat die Beifahrertür geöffnet. Sie hat Willem an der Hand genommen und ihn auf dem Feldweg hinter sich hergezogen, bis sie zu einer Bank kamen. Die Felder und Wiesen formen sich zu Hügeln und Abhängen, weiter hinten scheint die Sonne, dahin schauen sie. Ich mag gar nicht reden, denkt Willem, und auch nicht nachdenken. Tilda hat schon genug gesagt, sie hat ja recht. Falls es überhaupt ums Rechthaben geht. Ich weiß das schon, mehr, als sie gesagt hat, weiß ich, auch wenn ich noch nie darüber nachgedacht habe. Auch wenn ich immer wieder dieses verdammte Kreuz hervorhole und mir an die Brust hefte, wenn ich es anschaue, als gäbe es daran irgendetwas zu entdecken, weiß ich ja doch, wie falsch das alles ist. Er beugt sich nach vorn, der Lauf der Astra drückt gegen seine Rippen. Wie falsch das alles war! Das trügerische Gefühl der Freiheit in seiner Brust, als er losflog, um Bomben abzuwerfen auf was oder wen auch immer. Wie er dastand, diese dumme Brust jemandem entgegengereckt, der ihm dann den Orden ansteckte. Er streicht über den wolligen Stoff seines Jacketts. Er spürt das alles: seine Sehnsucht und die Angst, die ganze verdammte Ohnmacht. Daran halte ich mich fest, denkt er, bis heute halte ich daran fest, als gäbe es sonst nichts, wozu ich stehen könnte. Ich will mich nicht erinnern, nicht an die tote Johanna und auch nicht an mein totes Kind. Ich kann mich auch gar nicht erinnern, zumindest nicht an deren Tod, denn dass sie tot sind, das ist mir ja nur erzählt worden. Das hat mir nur die Nachbarin erzählt, die Leichen habe ich nie gesehen. Sie hat es mir erzählt, nachdem ich endlich heimgekehrt war, aus einem Krieg, der zu diesem Zeitpunkt schon längst kein Krieg mehr war, und vor unserem Haus stand, das kein Haus mehr war, sondern nur noch eine verkohlte Ruine. Und an den Tod dachte, so wie er eigentlich die ganze Zeit schon an den Tod gedacht hatte. Seit ich das erste Mal in einen Flieger gestiegen bin, habe ich unentwegt an den Tod gedacht, denkt Willem und streckt den Rücken. Er schaut nach oben in die spärlichen Wolken und denkt an den Tod. Eine Angewohnheit, die er bis heute nicht losgeworden ist, die immer noch in ihm steckt. Und wie er da so stand und an den Tod dachte, da kam sie angerannt, die Nachbarin, hervorgekrochen aus irgendeinem Kellerloch. Wie sie mir um den Hals fiel, erinnert er sich, wo er doch nie jemandem um den Hals gefallen war, schon gar nicht der Nachbarin, deren Namen er nicht wusste, den er vielleicht nie kannte. »Herr Kamp«, rief sie, »Sie leben, Herr Kamp!« Dann stockte sie, verstummte, ließ ihn los. Sie trat einen Schritt zurück und Willem dachte noch, pass auf, dass du nicht auf eine Ratte trittst, und dann redete sie doch weiter: »Wissen Sie das von Ihrer Frau?« Er wusste es nicht, konnte es sich nur denken, so wie das Haus aussah, und zeigte darauf. »Nein«, sagte sie, »das hat sie überlebt, wir waren alle zusammen im Bunker. Aber das später, das mit den Russen, das hat sie nicht überlebt. Sie ist ins Wasser gegangen, in den Kanal. Und die kleine Greta hat sie mitgenommen.« Greta hat sie gesagt, nicht Gerda, sodass er sich selbst einen Moment unsicher war. Dass er einen Moment lang dachte, das kann gar nicht Johanna gewesen sein, die ihr Kind mit ins Wasser genommen hat. Denn unser Kind heißt Gerda, das dachte er. Aber das ist letztlich nichts anderes als eine der zahllosen Geschichten, die nach Kriegsende überall erzählt wurden, denkt Willem jetzt. Wozu also soll ich mir ausmalen, was damals geschehen ist und was ihrer Tat vorausging, wenn ich es doch niemals sicher wissen kann? Ich habe einen Grabplatz gekauft und einen Stein und ihre Namen darauf geschrieben, aber niemand liegt darin. Manchmal stehe ich da und weiß nicht weiter, denkt Willem, und an alles andere will ich nicht denken. Denn die Erinnerung ist nur ein Bild, und das, was war, die Ereignisse selbst und meine Gefühle dabei, die gab es nur in diesem Moment, daran brauche ich nicht festzuhalten. Keine Ahnung, was Tilda von mir erwartet, ich will es auch gar nicht wissen. Das alles ist vorbei und hinter mir, und ich kann es nicht mehr ändern, egal wie oft ich darüber nachdenke, wie sehr ich manches bedauern würde. Aber das kann ich Tilda niemals sagen, denn sonst denkt sie, dass ich gar kein Mensch bin, niemand, dessen Hand man halten wollen würde. Und deshalb ist es gut, dass ich eben geweint habe, denn daran sieht sie, dass ich Gefühle habe, dass man sich mir zuwenden kann. Wenn sie es wollte, wüsste sie das sowieso, denn niemand, der die Musik so sehr liebt wie ich, könnte keine Gefühle oder Empfindungen haben. Und Empfindungen habe ich, die habe ich auch jetzt, denkt Willem. Es ist schön, mit Tilda auf dieser Bank zu sitzen, ihre Hand auf meiner, und in dieses Tal und auf den Wald dahinter zu blicken. Es ist schön zu wissen, dass wir gleich, wenn wir hier fertig sind, ins Auto steigen und zu unserem Kind fahren werden, denkt Willem. Selbst wenn dieses Kind ein Kind wie Hannah ist. Und jetzt legt er den Arm um Tildas Schulter und zieht sie vorsichtig zu sich heran. Sie gibt etwas nach, er spürt ihren Körper an seinem, und auch wenn er weiß, dass sie niemals den Kopf auf seine Schulter legen würde, gefällt es ihm, wie es ist.

Tilda mag nicht mehr so sitzen. Das bringt ja doch nichts. Sie kann sagen, was sie will, sie wird ihn niemals erreichen. Er lebt in seiner eigenen Welt, und da ist kein Platz für komplizierte Gedanken. Sie sollten losfahren, zu Hannah, sonst ist der Tag vorbei, und sie waren wieder nicht bei ihr. Sie löst sich aus seiner unbeholfenen Umarmung, klopft ihm im Aufstehen auf den Oberschenkel: »Na, komm«, sagt sie, »los, wir fahren.« Sie müssen nur noch durch das kleine Waldstück, dann sind sie da. Willem hat nun doch das Radio angestellt. Es läuft irgendein Schlager, sie stören sich nicht daran. Tilda versucht an nichts weiter zu denken, und da kommt ihr dieses Lied gerade recht. Auch wenn sie es nicht mag, hat sie es schon tausendmal gehört. Sie klopft den Rhythmus auf dem Lenkrad und beginnt mitzusingen. Willem stimmt ein, er legt sich richtig ins Zeug. Sie singen beide: »Tiritomba, Tiritomba, einmal möcht ich noch in deine Augen sehen, Tiritomba, Tiritomba, denn die Liebe ist so schön!« Sie fangen an zu lachen und sie lachen immer noch, als das Auto geparkt ist und das Lied längst vorbei. Das Tor war offen, sie sind einfach hindurchgefahren. Kichernd gehen sie auf die Eingangstür zu. »Tiritomba, Tiritomba«, brummt Willem noch einmal, und Tilda knufft ihn in die Seite.

4

Sie sitzen im Besucherraum. Außer der Schwester, die sie hereingeführt hat, haben sie noch niemanden gesehen. Hannah ist bestimmt gewachsen, denkt Tilda. Und ob sie sich sonst verändert hat? Irgendetwas müssen die Medikamente doch bringen. Wozu sonst hätten sie dem zustimmen sollen! Die Tür geht auf, und Willem greift nach ihrer Hand. Sie lässt es geschehen. Doch es ist nicht Hannah, die hereinkommt, es ist die Brandes, natürlich. Willem steht auf, er blickt ihr entgegen. Tilda schafft es nicht, sie erhebt sich kurz, drückt sich mit den Ellenbogen auf der Tischplatte ab, kommt aber nicht hoch. Sie lässt sich wieder auf den Stuhl fallen, schüttelt der Brandes aus dieser Position die Hand. Die Brandes setzt sich hin, sie hat die Augenbrauen hochgezogen, macht ihr ernstes Gesicht und fängt umstandslos an. »Hannah geht es nicht gut. Schon länger nicht. Sie wissen das, mein Mann hat Ihnen geschrieben.« Tilda denkt an die Briefe, an Willem adressiert, die sie aus dem Briefkasten genommen hat. Sie hat sie nicht geöffnet, natürlich nicht, sie waren nicht für sie. Sie hat sie Willem auf das Tablett gelegt und sie ihm zusammen mit dem Mittagessen gebracht. Nach dem Essen waren die Briefe immer verschwunden. Er wird sie mir schon zeigen, wenn es etwas Wichtiges gibt, hat sie gedacht, er wird es mir erzählen, wenn es etwas zu erzählen gibt, und nicht weiter danach gefragt. Aber das hat er nicht, Willem hat ihr nicht von den Briefen erzählt, obwohl er sie alle gelesen hat. Wort für Wort. »Wir mussten sie sedieren«, redet die Brandes weiter, »anders konnten wir sie nicht zur Ruhe bringen. Sie war eine Gefahr für sich. Und für andere.« Willem schweigt, er hat es also gewusst. »Und jetzt«, fragt Tilda, »was ist jetzt?« Die Brandes wirft einen schnellen Blick zu Willem. »Wir haben einen Teil der Medikamente abgesetzt. Ihr Mann hat darauf bestanden.« Tilda zieht an der Hand, die Willem noch immer umklammert hält, aber er lässt sie nicht los. »Sie ist schwach«, fährt die Brandes fort, »immerhin: es gab bislang keinen weiteren Anfall.« Willem lässt Tildas Hand nun doch los. »War das alles?«, fragt er. »Dann wollen wir sie jetzt sehen!« Und da geht auch schon die Tür auf, eine Schwester schiebt einen Rollstuhl herein. In dem Rollstuhl sitzt ein Kind, es kann sich kaum aufrecht halten. Es ist blass, fast weiß, und dünn, so dünn. Eine riesige Schleife in den Haaren, in den Händen einen Stoffhasen. Tilda erkennt den Hasen, den haben sie Hannah zum Geburtstag geschickt. Ist das Hannah, soll das Hannah sein? Das Mädchen schaut zum Fenster, es scheint Mühe zu haben, den Kopf gerade zu halten, das Schleifenband ist ihr in die Stirn gefallen, ein Speichelfaden hängt an seinem Kinn. Jetzt erkennt Tilda auch die Latzhose, die das Mädchen trägt. Willem ist aufgesprungen, er kniet vor dem Rollstuhl, er hat die Arme um das Mädchen geschlungen. Es ist vornübergesunken, Spucke glänzt auf Willems Glatze. Tilda fährt mit den Händen über die kühle Tischplatte. Das soll Hannah sein? Diese traurige Gestalt? Sie denkt daran, wie sie durch den Garten gesprungen ist, im Gras gelegen hat, die Arme links und rechts ausgestreckt, Hannah, die immer überall im Haus unterwegs war. Man konnte nie wissen, was sie als Nächstes im Sinn hat, worauf sie als Nächstes eine Zahl schreiben würde. Sie sieht, wie Hannah den Weihnachtsbaum quer durch das Wohnzimmer und bis in den Garten schleppt, wie ihr Blick fasziniert den Linien auf dem Papier folgt, die unter ihrer Hand entstehen. Hannah an Willems Hand und wie sie durch den Wald laufen, Hannahs Brummen. Sie denkt an Willem und Berti und an den Spaß, den die drei miteinander hatten. Sie sollte doch nur ein bisschen normaler werden, ein bisschen weniger auffällig, doch nicht völlig kaputtgehen. Die Brandes hat nach Tildas Händen gegriffen und begonnen, auf sie einzureden: »Das ist ganz normal nach einer längeren Sedierung, das gibt sich wieder. Sie können gerne mit meinem Mann darüber sprechen, wenn Sie nächstes Mal kommen. Ausgerechnet heute ist er leider nicht im Haus.« Tilda reißt sich los, steht auf, geht auf Willem und Hannah zu. Sie packt Willem am Arm und zerrt ihn nach oben. »Nächstes Mal«, schreit sie, »nächstes Mal? Ja, sind Sie denn völlig verrückt?« Sie reißt an Willems Arm. »Es wird kein nächstes Mal geben. Unser Kind bleibt keine Sekunde länger in dieser Einrichtung.« Tilda hat den Rollstuhl gepackt und schon begonnen, ihn Richtung Tür zu schieben, da ruft die Brandes hinter ihr her: »Sie dürfen sie überhaupt nicht mitnehmen! Dieses Kind gehört Ihnen nicht mehr. Sie haben uns das Sorgerecht übertragen, das ist ein ganz normaler Vorgang. Das haben Sie unterschrieben.« Sie macht eine kleine Pause. »Fragen Sie Ihren Mann, wenn Sie mir nicht glauben. Der weiß das alles.« Tilda blickt zu Willem, der neben ihr steht, der kaum wahrnehmbar nickt, mit den Schultern zuckt, einen Schritt auf die Brandes zugeht. Doch dieser kleine Verrat kann Tilda nicht mehr verletzen, und auch nicht der große, der dem vorangegangen ist. Und schon gar nicht kann er sie aufhalten. Das ist mir doch egal, denkt Tilda, was ihr euch da ausgedacht habt, das ist mein Kind, ich habe es geboren. Und ich nehme es jetzt mit. Sie geht weiter auf die Tür zu, spürt Willems Zögern, doch das kümmert sie nicht mehr. Soll er doch hierbleiben, wenn er will, denkt sie noch. Es ist nicht einfach, mit dem Rollstuhl die Tür zu öffnen, sie muss wenden, rückwärts da hindurch, und da kommt Leben in die beiden anderen. Die Brandes läuft los, aber auch Willem setzt sich in Gang, schubst die Brandes zur Seite, schnappt sich den Rollstuhl und stürzt vorwärts, Tilda hinter ihm her. Sie hört noch, wie die Brandes fällt, und hört auch ihr Fluchen, dann sind sie im Gang. Sie rennen an den hohen Fenstern vorbei, Hannah hat leise zu brummen begonnen. »Alles ist gut«, stößt Tilda hervor, »mach dir keine Sorgen.« Aber als sie zu der großen Eingangstür kommen, ist die natürlich verschlossen. So einfach kommen sie hier nicht raus. In dem Moment öffnet sich die Tür von außen, und Herr Brandes tritt ein. Willem nickt, schiebt den Rollstuhl an ihm vorbei. »Guten Tag, Herr Brandes«, sagt Tilda und streicht sich durchs Haar.

Es ist nicht einfach, den Rollstuhl über den Kiesweg zu schieben, sie müssen sich beeilen, viel Zeit haben sie nicht. Als sie den Wagen endlich erreicht haben, hebt Willem Hannah aus dem Rollstuhl. Das ist gar kein Problem, sie ist so leicht, er legt sie auf die Rückbank. Tilda setzt sich zu ihr, blickt nach vorn. »Das Tor!«, ruft sie. »Jemand hat das Tor geschlossen!« Aber Willem startet den Motor, wendet und fährt langsam darauf zu. Er hat keine Ahnung, wie sie da hindurchkommen sollen, aber jetzt gibt es kein Zurück mehr. Im Rückspiegel sieht er den Brandes, der im Laufschritt auf den Wagen zukommt. Willem fährt weiter Richtung Tor, noch zögert er, doch dann ist der Brandes neben ihnen, greift schon nach der Beifahrertür. Der Wagen stößt gegen das Tor, Willem hält das Gaspedal gedrückt. Der Brandes ist immer noch da und schlägt auf das Dach. Es knirscht, Metall auf Metall, Willem lässt nicht nach. Hannah stöhnt und brummt, Tilda redet ihr gut zu oder dem Opel, das kann Willem bei dem ganzen Lärm gar nicht unterscheiden. Aber der Wagen ist egal, das kann man alles richten, es kommt nur darauf an, dass der durchhält. Da kracht es, das Tor fliegt auf, und sie machen einen Satz nach vorn. Der Brandes hat losgelassen, im Rückspiegel sieht Willem, wie er sich aufrappelt. Willem kurbelt die Scheibe ein Stück herunter, reißt die Astra aus der Tasche, winkt damit, schießt in die Luft. Er schlägt noch zweimal mit der Waffe aufs Dach, bevor er sie zurücksteckt und die Hand wieder ans Steuer nimmt.

5

Sie sind schon eine Weile unterwegs, als Tilda zu sprechen beginnt. »Haben die wirklich das Sorgerecht?«, fragt sie. Willem nickt. »Was machen wir dann? Wir können nicht nach Hause, da suchen sie zuerst. Jetzt erst recht, nachdem du … « Sie bringt den Satz nicht zu Ende, sie will nicht daran denken. Leise setzt sie hinzu. »Was wollen die denn von ihr, warum wollen sie sie bloß behalten?« Willem schweigt, Hannah stöhnt vor sich hin. Nach einer Weile sagt Willem doch etwas: »Ich weiß es nicht«, sagt er, aber das glaubt Tilda ihm nicht. Natürlich weiß er, was da vor sich geht. Wusste es die ganze Zeit. Sonst hätte er wohl auch die Pistole nicht mitgenommen. Doch wozu sich mit ihm streiten? »Wir fahren erst mal ein Stück. Schauen, dass Hannah sich beruhigt. Besorgen irgendwo etwas zu essen.«

Tilda lacht auf. »Du kannst immer nur ans Essen denken. Denk doch mal an was Wichtiges.« – »Essen ist wichtig«, entgegnet Willem und stellt das Radio an.

Das müssen Mutti und Vati sein. Von denen sie gesprochen haben. Mutti und Vati. Ich erinnere mich an den Geruch hier. Auch ihre Stimmen habe ich schon mal gehört, das ist lange her, ich kann mich trotzdem erinnern. An den harten, hellen Klang und an das Dunkle dazwischen. Wie die Stimmen sich abwechseln, das stört mich gar nicht so sehr, aber ich mag hier nicht mehr liegen, mir wird übel davon, ich mag lieber sitzen. Und jetzt auch noch der Gesang und diese merkwürdigen Geräusche. Die singen nicht so, wie Schwester Ilsa gesungen hat. Lieber würde ich nicht hier liegen, lieber würde ich vorne sitzen und aus dem Fenster schauen. Wie soll ich das nur schaffen. Ich klopfe mit dem Handrücken ein bisschen gegen die Tür und den Sitz vor mir, das fühlt sich angenehm an. Meine Füße wollen sich auch bewegen. Hier ist der Wagen und da das Polster, auf dem ich liege, und neben mir sitzt noch jemand. Und das hier, das bin ich.

Sie ist so unruhig, denkt Tilda, das ist kein Wunder. Die ganze Aufregung und Willems Geknalle. Und was sie dort mit ihr gemacht haben. Wie konnten wir sie dort überhaupt hingeben? Sie ist doch unser Kind, sie war doch so klein. Und jetzt gucken ihre Waden unten aus den Hosenbeinen raus. Nur weil sie so dünn ist, passt ihr die Hose überhaupt noch. Auch die Bluse ist zu kurz. Wir hätten daran denken müssen, dass sie wächst. Natürlich wächst sie, denkt Tilda. Auch wenn

sie nicht bei uns ist, auch wenn wir nicht an sie denken, wächst sie ja trotzdem weiter. Wir hätten ihr
neue Sachen kaufen sollen, wir haben nicht daran gedacht. Ich habe nicht daran gedacht, denkt Tilda, auch
wenn Gerda bei jedem Telefonat gefragt hat: »Na, wie
geht es Hannah, sie ist doch sicher gehörig gewachsen?« Als könnte man sonst nichts fragen, hat sie nicht
daran gedacht. Und jetzt liegt ihr großes Kind hier neben ihr im Auto, die Knie fast bis zum Kinn angezogen, zuckt und klopft und stöhnt, stößt mit dem Fuß
gegen Tildas Oberschenkel. Am liebsten möchte ich
danach greifen, denkt sie. Ich möchte nach dem Fuß
greifen, ihn umfassen und sie zu mir ziehen, sie an ihrem Fuß zu mir ziehen, bis sie schließlich ganz auf
meinem Schoß liegt. Ich könnte meine Arme um sie
schlingen und meine Nase in ihre dichten dunklen
Haare stecken, an ihrem Nacken riechen, denkt Tilda,
während Hannahs Zucken neben ihr immer heftiger
wird. Tilda wagt es nicht, Hannah mochte es noch nie,
von ihr angefasst zu werden. Tilda legt ihre Hand auf
den Sitz, wer weiß, vielleicht gelingt ihnen eine flüchtige Berührung. Sie schaut noch einmal hin: Da liegt
ihre Hand und daneben zuckt Hannahs Fuß. Und
plötzlich erkennt Tilda, dass Hannah gar keine Schuhe trägt, sie hat bloß Söckchen an, so klein, dass das
eine schon über ihre Ferse gerutscht ist. Wie kann das
sein, dass sie keine Schuhe hat! Die hätten sich doch
melden müssen, vom Heim, dass die Schuhe zu klein
geworden sind, dann hätten sie welche geschickt,
selbstverständlich. Sie können doch das Kind nicht
ohne Schuhe lassen. Und da erinnert sie sich: Hannah
hatte etwas an den Füßen, als sie sie im Rollstuhl in

den Besucherraum geschoben haben, Holzpantinen hatte sie an. Tilda sieht es ganz genau vor sich, die kleinen Füße in den riesigen Holzschuhen. Die sind sicher verloren gegangen, als sie Hannah in den Wagen verfrachtet haben und liegen da immer noch, denkt sie, auf dem Kiesweg, neben dem Rollstuhl. Wir haben ein Kind ohne Schuhe, denkt Tilda, wie sollen wir das irgendjemandem erklären? Sie lehnt sich nach vorne, klopft Willem auf die Schulter: »Willem, Hannah hat gar keine Schuhe an.« Ihr kommen die Tränen, sie unterdrückt sie. »Wir haben ihre Pantinen verloren.« Was nutzt es, wenn sie jetzt weint. »Nun gut«, sagt Willem, pragmatisch wie immer, »dann kaufen wir eben welche.« Und fragt nach einer Weile: »Welche Größe hat sie denn?« Und nun beginnt Tilda doch zu weinen. »Ich habe keine Ahnung«, stößt sie hervor, »woher soll ich das denn wissen?«

Gut, denkt Willem, dann fahren wir eben zuerst in die Stadt und besorgen Schuhe. Es kann doch nicht so schwierig sein, Schuhe für ein neunjähriges Kind zu kaufen. Er wirft einen Blick in den Rückspiegel und sieht Hannah auf dem Rücksitz liegen. Sie zuckt und stöhnt, Speichel läuft aus ihrem offenen Mund. Nein, denkt er, in ein Schuhgeschäft mitnehmen kann er sie nicht, das muss er allein erledigen. Wenn er nur wüsste, welche Größe sie hat. Er kurvt durch die Straßen der kleinen Stadt, irgendwo muss es doch einen Schuhladen geben. Und ja, da ist einer. Er sitzt den Blinker, aber Tilda legt ihm schon wieder die Hand auf die Schulter. »Nein«, sagt sie, »bitte nicht hier, nicht mitten in der Stadt. Park etwas weiter weg, in einer

Seitenstraße. Dass uns nicht so viele Leute sehen.« In Ordnung, Willem fährt weiter. Biegt ein paarmal ab und findet einen Parkplatz vor einer kleinen Grünfläche. Bevor er aussteigt, beugt er sich nach hinten, er hat sich etwas überlegt. »Gib mir ein Söckchen«, sagt er und deutet auf Hannahs Fuß, der schlapp über das Polster ragt. Sie ist eingeschlafen. Vorsichtig zieht Tilda den Strumpf ab, Hannah schreckt kurz auf, aber schläft weiter. Tilda reicht Willem das Söckchen. »Die sind doch viel zu klein«, sagt sie. »Trotzdem«, erwidert Willem und steckt sich die Socke in seine Jacketttasche. Er dreht sich noch mal nach hinten, misst die Länge von Hannahs Fuß vorsichtig mit der Spanne seiner Hand. »Aha«, sagt er, »siehst du, etwa zwanzig Zentimeter, vielleicht einundzwanzig.«

So ein Glück, dass sie schläft, denkt Tilda, was hätte ich sonst nur mit ihr getan, so ganz allein? Sie legt den Kopf auf das Polster und betrachtet ihr schlafendes Kind. Alle Spannung ist aus dem kleinen Körper verschwunden, der Atem geht ruhig und regelmäßig. Jetzt könnte sie sie streicheln, Tilda unterlässt es. Sie ist auch müde. So ein langer Tag, und er ist noch nicht vorbei. Noch lange nicht. Was sollen sie nur tun? Nach Hause können sie nicht, zumindest nicht, bis die Sache geklärt ist, sonst nehmen sie ihnen Hannah gleich wieder weg. Wer weiß, vielleicht steht die Polizei schon vor der Tür. Der Brandes ist kein Mann, der einen solchen Vorfall auf sich sitzen lässt. Gerade er nicht, mit seiner Esoterik und dem Seelenheil und dem ganzen Blablabla. Bestimmt ist die Polizei schon bei ihnen. Ein gefundenes Fressen für die Schmelzki, aber das ist Tilda egal. Sie müssen mit einem Rechtsanwalt sprechen. Und sie brauchen eine Unterkunft. Zu Gerda will sie nicht, sie hat keine Lust auf ihre dummen Fragen und Bemerkungen. Und sie mag keine Erklärungen finden müssen. Das Gleiche gilt für Mutti. Tilda will allein sein mit Willem und Hannah. Also ein Hotel. Am besten, sie fahren noch ein Stückchen und suchen sich dann eine kleine Pension auf dem Land. Doch erst muss Willem mit den Schuhen zurückkommen. Wo bleibt er denn nur? So schwierig kann das doch nicht sein.

Willem geht die Reihen auf und ab, die Verkäuferin ist ihm auf den Fersen. So viele Kinderschuhe, wieso muss es denn so eine große Auswahl geben? Was soll er nur nehmen? Sandalen oder besser Spangenschuhe? Oder vielleicht etwas zum Schnüren? Tilda hätte ihm ruhig einen Hinweis geben können. Die Verkäuferin spricht ihn an: »Kann ich Ihnen helfen?« Was soll es, denkt er, wahrscheinlich ist sie wirklich eine Hilfe. »Ja, ich suche Schuhe für meine Tochter. Ich habe leider ihre Größe vergessen.« Er spreizt den Daumen und den kleinen Finger, dreht die Hand langsam hin und her. »So etwa, vielleicht einen Zentimeter länger.« Die Verkäuferin macht große Augen, schluckt ihre Bemerkung aber hinunter. »Dann schauen wir mal«, sagt sie schließlich und holt ein kleines, fußförmiges Brett mit zwei Schiebern, auf dem Schuhgrößen notiert sind. Sie hält es Willem hin. »Zeigen Sie mal!« Willem spreizt erneut die Hand, sie schauen beide auf das Brettchen. »Hm«, sagt die Verkäuferin, »34, vielleicht 35. Wie alt ist Ihre Tochter denn?« Willem überlegt kurz. »Neun«, bringt er schließlich heraus, »Hannah ist neun.« – »Ja, das könnte passen.« Die Verkäuferin scheint zufrieden zu sein. Sie geht mit ihm zum Regal, macht eine einladende Handbewegung. »Was soll es denn sein?« Willem zuckt die Schultern, zieht das Söckchen hervor. »Vielleicht, wenn es dazu passen würde?« Das Söckchen ist winzig und armselig in seiner Hand. Mit einer schnellen Bewegung lässt er es wieder in seiner Jacketttasche verschwinden. »Spangenschuhe«, sagt er dann. »Am besten wäre ein Paar Spangenschuhe.«

Mit dem Karton unter dem Arm geht Willem zum Wagen zurück. Er ist zufrieden. Neben dem Schuhladen war ein Bekleidungsgeschäft, er hat ein Hemd für sich gekauft und eine Bluse für Tilda. Unterwäsche und Strümpfe für sie alle. Eine kleine Reisetasche. Und ein Kleid für Hannah. Er war sich mit den Größen nicht sicher, aber es wird schon passen. In der Drogerie hat er Zahnbürsten besorgt und eine Seife, einen Rasierer, er hat an alles gedacht. Aber am besten gefallen ihm die Schuhe, dunkelblaues Leder mit einem kleinen Lochmuster. Nach dem Rat der Verkäuferin hat er sie eine Nummer größer genommen. »Besser zu groß als zu klein«, hat sie gesagt. »Und das Kind wächst ja. Zur Not passen sie eben nächstes Jahr.« Genau, hat Willem gedacht, das Kind wächst, und nächstes Jahr braucht es auch Schuhe. Am Wagen wirft er einen Blick durch das Seitenfenster. Sie schlafen beide. Er steigt ein und schließt leise die Tür. Die Taschen und den Karton mit den Schuhen legt er auf den Beifahrersitz. Es ist schon dunkel, als sie bei der kleinen Pension ankommen. Willem hat Hunger, er ist die ganze Strecke durchgefahren. Dort bekommen sie sicher auch etwas zu essen, und er wollte fahren, solange die beiden schlafen. Er dreht sich zu Tilda um, die ist schon wach. »Wo sind wir?«, flüstert sie. »Erkennst du es nicht?«, fragt er, während er aussteigt. »Hier waren wir doch in den Flitterwochen.«

6

Willem ist ein Spinner, denkt Tilda, als sie ihm nachblickt, wie er mit der Reisetasche in der Hand auf den beleuchteten Eingang zugeht. Was er da bloß alles gekauft hat? Und dann die Unterkunft! Wir haben gerade unsere eigene Tochter entführt, und er denkt an Romantik. Aber bitte, dann sind sie eben hier. Außerdem ist die Reisetasche eine gute Tarnung, das muss sie ihm lassen. Und die Pension ist schön, die Wirtin war freundlich damals, vielleicht ist das alles gar keine schlechte Idee. Andererseits, sie wird sich an sie erinnern, hier können sie sich nicht unter einem anderen Namen anmelden. Wieso sollten wir auch, denkt Tilda, wir sind schließlich keine Verbrecher. Wir sind Eltern, die mit ihrem Kind eine kleine Urlaubsreise unternehmen. Wir sind eine Familie. Willem ist zurück. »Alles geklärt«, sagt er, »komm!« Er öffnet die Tür und legt sich die schlafende Hannah über die Schulter. »Das war eine lange Fahrt, aber jetzt sind wir da.« Tilda geht hinter ihm her. Willem nickt der Wirtin zu, legt einen Finger an die Lippen und trägt Hannah die Treppe hoch.

Um mich herum ist alles weich. Da sind leise Stimmen, etwas Leichtes liegt auf mir. Meine Augenlider sind schwer, ich öffne sie trotzdem. Es ist Licht an, das stört mich nicht. Mutti und Vati sitzen an einem kleinen Tischchen, sie essen und reden. Ich liege auf einem großen Bett, in der Ecke ist eine Stehlampe, ein Tuch hängt darüber. Lichtstreifen reichen bis zu mir. Ich bewege meine Hand darunter, das macht ein schabendes Geräusch, und Mutti dreht sich um. Die Schatten bleiben. Sie kommt zu mir herüber. Sie sagt etwas. Es dauert eine Weile, bis ich merke, dass es mein Name ist. Ich habe ihn lange nicht mehr gehört. Ich mache die Augen wieder zu und lasse sie reden. Hauptsache, sie fasst mich nicht an.

»Lass sie schlafen«, sagt Willem und fasst nach Tildas Hand. »Es dauert, bis alle Medikamente aus ihrem Körper sind. Sie wird noch eine Zeit lang müde sein. Und das ist gut so. Das macht es uns leichter.« Tilda zieht ihre Hand weg. Was das soll! Als hätte sich irgendetwas geändert zwischen ihnen, nur weil Hannah jetzt da ist. Nur weil sie vorhin – war das wirklich heute? – zusammen auf einer Bank gesessen und auf ein Feld geschaut haben. Und immer muss er alles besser wissen. Ich bin schließlich Hannahs Mutter, und ich habe sie gar nicht aufgeweckt, denkt Tilda. Hannah ist ganz von alleine aufgewacht. Willem hat den Anwalt der Firma angerufen. Der ist zwar kein Experte für Familienrecht, natürlich nicht, aber er ist nett, meint Willem, und bereit, sich morgen mit ihnen zu treffen. Willem ist zuversichtlich, dass es eine schnelle Lösung gibt. Wahrscheinlich war dieser Sorgerechtsverzicht juristisch gar nicht sauber. Wie er das mit den Schüssen erklären will, daran denkt Tilda nicht, das geht sie nichts an, das ist allein Willems Sache. Doch das bedeutet, dass sie heute wirklich alle drei in diesem Zimmer schlafen müssen. Sie drei in einem Bett, diesen Gedanken hat Tilda so lange wie möglich vor sich hergeschoben. Er erschreckt sie mehr als die Vorstellung, dass Willem eine Pistole mit sich herumträgt. Tilda kann sich nicht vorstellen, sich neben Hannah ins Bett zu legen, aber hier gibt es nur dieses eine, so kurzfristig war kein größeres Zimmer frei. Und sie können froh sein, dass sie überhaupt eine Unterkunft haben. »Leg dich ruhig hin«, sagt Willem plötzlich, »ich bleibe noch eine Weile hier sitzen.« Tilda zögert, doch es hilft ja nichts. Also zieht sie Rock und Strümpfe aus, die Bluse auch, legt alles über den Stuhl, auf dem sie eben noch gesessen hat, und geht in Unterwäsche auf das Bett zu. Hannah liegt in der Mitte, auf der Ritze, zusammengerollt wie eine Katze. Tilda schiebt sich vorsichtig unter die Decke, das Bett quietscht und raschelt, aber Hannah wacht nicht auf. »Lass das Licht an, wenn du dich hinlegst«, sagt sie kaum hörbar und schließt dann so vorsichtig die Augen, als könnte auch das ein Geräusch machen. Sie ist nicht müde. Kein bisschen. Schließlich hat sie die ganze Fahrt geschlafen. Aber was soll sie sonst machen? Besser, Willem denkt, dass sie schläft. Hauptsache, er spricht sie nicht an. Das waren genug Gefühle für einen Tag, mehr kann sie nicht aushalten. Sie liegt auf dem Rücken, halb unter der Decke, atmet flach. Es gelingt ihr einfach nicht, sich zu entspannen. Und was ist mit Willem? Sie öffnet vorsichtig ein Auge. Willem sitzt am Tisch. Sie kann ihn kaum erkennen, er hat die Stehlampe zur Wand gerichtet, damit es dunkler ist. Sie kann nicht sehen, ob seine Augen offen sind. Vielleicht schläft er im Sitzen. Willem kann überall schlafen.

Etwas trifft sie im Gesicht. Und gleich noch mal an der Schläfe. Und dann dieses Geschrei. Das ist Hannah, sie klingt nicht wie ein Mensch, schon gar nicht wie ein Kind. Tilda setzt sich auf, beugt sich zu ihr. Hannah schreit und stöhnt und schlägt um sich. Tilda ruft nach Willem. Wo ist Willem, was sollen sie jetzt nur tun? Sie schaut sich um. Willem sitzt immer noch am Tisch. Wie spät ist es? Vielleicht ist sie doch kurz eingenickt, aber das ist jetzt egal. Sie müssen Hannah beruhigen, sie muss still sein, sonst fliegen sie hier raus. Willem ist aufgestanden, er tritt an die andere Bettseite. Beide blicken sie auf Hannah, die mit geschlossenen Augen tobt und wütet. Wo nimmt sie bloß diese Kraft her, fragt sich Tilda. Das ist anders als gestern im Auto, nicht zu vergleichen. »Hannah«, sagt sie leise, »ist ja gut, beruhige dich. Wir sind doch da.« Hannah reagiert nicht auf sie. Tilda legt ihr eine Hand auf die Schulter, ganz sacht, Hannah schüttelt sie ab. Sie hört nicht auf zu schreien und zu stöhnen. »Was sollen wir denn nur machen?«, herrscht Tilda Willem an. »Steh doch nicht einfach nur herum, tu irgendwas!« Willem rührt sich nicht. »Was soll man da tun?«, fragt er, zuckt kaum merklich mit den Schultern. »So ist sie eben.« – »So ist sie eben?«, schreit Tilda, »So war sie nicht, als wir sie noch zu Hause hatten, so war sie noch nie. Die haben sie kaputt gemacht. Und du wusstest es.« Willem blickt Tilda an, sie sieht Zorn in seinem Gesicht. »Lass das jetzt!«, gibt er zurück. »Was soll es denn helfen, wenn wir uns streiten?« Hannah wird immer lauter, sie bäumt sich auf und dreht und windet sich zwischen ihnen. »Wir fliegen hier raus«, stößt Tilda hervor, »wenn sie nicht bald still ist, fliegen wir hier raus.« Sie schaut Willem an, der noch immer tatenlos am Bett steht, und dann legt sie sich einfach auf Hannah. Wirft sich auf sie, schlingt die Arme um sie und auch die Beine, ganz fest, wickelt sich um sie herum. Hannah schreit und stöhnt noch immer, doch das Toben lässt nach. Tilda zieht mit einer Hand die Decke über sie beide. Da liegen sie, in dieser heißen Höhle, Tildas Kopf nah an Hannahs. Tilda hat auch zu schreien begonnen, sie schreien beide. »Hör auf!«, schreit Tilda. »Hör endlich auf! Sei still! Sei doch still!« Sie schluchzt, sie presst Hannah immer fester an sich. Der kleine Körper in ihren Armen, wie er zuckt und sich wehrt. Tilda spürt alle Knochen, die Muskeln, wie sie sich anspannen und wieder lösen. Die Haare in ihrem Gesicht und wie es in Hannahs Nacken riecht. Der wilde Herzschlag an ihrem eigenen Brustkorb. So schnell das Herz. Ist das nicht zu schnell? Kann man nicht sterben, wenn das Herz so schnell schlägt? Sie löst eine Hand, beginnt Hannah zu streicheln. Die Haare und den Kopf, die Stirn und den Hals entlang, über die Schultern. Den Arm herab und dann greift sie nach Hannahs Hand. Tilda hat aufgehört zu schluchzen, und auch Hannah wird ruhiger. Ihr Körper wird weicher, flacher, als würde er in der Matratze versinken, als würde er schrumpfen. Als Willem die Decke von ihnen nimmt, liegen sie immer noch eng nebeneinander, Hand in Hand, die Haare durcheinander, die Gesichter verschmiert von Spucke und Tränen.

Es klopft an der Tür, die Stimme der Wirtin: »Alles in Ordnung bei Ihnen? Die Zimmernachbarn haben sich über den Lärm beschwert.« Willem geht zur Tür, öffnet sie einen Spalt. »Ja, vielen Dank. Ein Albtraum. Ein Nachtschreck. Ist schon vorbei. Das haben sie manchmal in diesem Alter.« Er macht eine Pause, die Wirtin nickt, scheint aber nicht überzeugt. Sie will nicht gehen, sie versucht, an Willem vorbei einen Blick ins Zimmer zu werfen. Willem lässt sie gewähren. Was kann sie schon zu sehen bekommen, denkt er. Eine Mutter und ihr Kind. »Eine heiße Milch wäre jetzt gut. Hätten Sie das vielleicht? Mit etwas Honig darin.« – »Ja, natürlich.« Die Wirtin hat ihre Stimme wiedergefunden. »Bringe ich Ihnen gleich. Sonst noch etwas?« – »Nein«, sagt Willem, »sonst ist alles gut. Setzen Sie es einfach auf die Rechnung. Vielen Dank. Und gute Nacht noch.« Er lächelt und schließt sacht die Tür.

Das war nicht Mutti, nein, das war nicht die, auf die ich im Heim gewartet habe, das war jemand anders. Jemand anders liegt hier neben mir im Bett, jemand anders hält meine Hand. Ich kenne sie, ich habe sie wiedererkannt: Das ist Mami und weiter hinten im Zimmer, auf dem Stuhl dort sitzt Papa. Die beiden sind es, sie sind gekommen, um mich zu holen. Ich weiß das, aber wir sind nicht nach Hause gefahren, wir sind woanders. Ich will nicht woanders sein. Ich will zu Hause sein, unter der Tanne oder im Wintergarten, meinetwegen auch wieder dort, aber nicht woanders. Und ich will auch nicht, dass sie meine Hand hält. Ich würde sie lieber hervorziehen, ich hätte meine Hand lieber zurück, doch Mami hält mich so fest, dass ich es nicht wage. Ich bin müde, Reste der Schlange sitzen immer noch in meinem Kopf und auf meinen Gliedern, so schwer und dumpf, dass ich vergessen könnte, dass dies mein Körper ist, über den ich bestimme. Und das ist meine Hand, sie gehört mir ganz allein, so wie mein Körper und meine Gedanken. Das alles gehört mir und sonst niemandem. Dort haben sie das nicht verstanden, und dort war es mir auch egal, da gehört niemand sich selbst. Aber jetzt ist es anders, jetzt muss ich alles zurückhaben. Ich ziehe vorsichtig an meiner Hand, und tatsächlich, sie rutscht hervor. Ich ziehe stärker, jetzt liegt sie auf der Decke, zwischen Mami und mir. Ich kann sie sehen, durch meine halb geschlossenen Augen, und ich merke, dass Mami mich anschauen will, aber ich schau nicht hin. Irgendwo klopft es. Papa bewegt sich, ich schau ihm nach. Er ist gar nicht so groß, wie er da steht, er würde sicher auch in so ein Kinderbett passen. Oder unter die Schlange. Von der ich weiß, dass sie gar keine Schlange ist. Noch liegt sie schwer auf mir, drückt auf meinen Brustkorb, auf mein Gesicht und die Oberarme. Etwas kommt näher, beugt sich über mich. Es ist Papa. Er schiebt eine Hand unter mich, stützt meinen Kopf und den Nacken. Und jetzt schließen sich meine Lippen um einen harten Rand, und etwas Warmes fließt in mich hinein. Warm und süß.

Willem stellt die Tasse auf dem Nachttisch ab. Er schaut Hannah an, zieht die Decke noch ein bisschen höher. Ihr Atem geht ruhig, das schwarze Haar liegt wirr auf dem Kissen. Er sieht den feinen Bogen ihrer Brauen, die langen, dunklen Wimpern, die hohen Wangenknochen in dem schmalen Gesicht. »Sie ist dir so ähnlich«, sagt er und hebt den Blick zu Tilda. Tilda steht am Fenster und schaut ins Dunkle. »Sie schläft jetzt«, versucht er es erneut, »die Milch hat ihr gutgetan.« Tilda dreht sich um, geht auf ihn zu, stößt ihn gegen den Schrank. »Sie ist mir nicht ähnlich«, fährt sie ihn an und schlägt ihm mit der flachen Hand vor die Brust, »kein bisschen.« Sie schlägt noch einmal zu, schlägt ihm ins Gesicht, er lässt es geschehen. Sie zischt: »Hannah ist verrückt. So verrückt wie noch nie. Du warst doch dabei, du hast sie doch auch erlebt. Wie sollen wir denn jemals mit ihr zurechtkommen? So können wir sie doch nicht mit nach Hause nehmen!« Tilda steht dicht vor ihm, Willem greift nach ihrer Hand, die sie schon wieder erhoben hat. Er hält sie kurz und lässt sie dann wieder los. Er geht an ihr vorbei, lässt sie einfach stehen, hört sie noch: »So Verrückte wie Hannah, die gibt es gar nicht mehr, die sind längst abgeschafft worden. Wir können uns nirgendwo mit ihr blicken lassen.« Willem setzt sich auf die Bettkante, neben Hannah. Mir ist das egal, wer hier verrückt ist und wer nicht, denkt er. Das hier ist mein Kind, und das ist meine Frau. So ist das eben, daran kann ich nichts ändern. Und dann legt er sich neben Hannah, zieht die Decke ein Stückchen zu sich heran und schließt die Augen. Bald ist die Nacht vorbei, bald beginnt ein neuer Tag. Und was dann ist, das sehen wir dann, denkt er noch, bevor er einschläft.

Sein Herz schlägt, es schlägt ihm bis in den Kopf hinein. Es schlägt und schlägt, er sitzt mitten darin. Schon wieder ein Herzinfarkt? Tilda macht die Augen auf. Ich bin es, Tilda, denkt sie, das ist gar nicht Willems Herz, das hier so schnell schlägt. Es hört nicht auf zu klopfen.

Jetzt ruft irgendjemand, die Wirtin. Es ist die Wirtin, die gegen die Tür hämmert. »Alles in Ordnung bei Ihnen? Es ist schon zwölf durch.« Sie trommelt offenbar mit beiden Fäusten gegen die Tür. »Was ist denn los?«, ruft sie. »Sie müssten längst raus, Sie haben nur für eine Nacht gebucht.« Tilda blickt sich um: Sie liegen alle drei im Bett, Hannah in der Mitte. Sie schläft noch, zum Glück, aber Willem hat sich aufgerichtet. Er steht auf, reibt sich mit der rechten Hand über die Brust, mit der Linken greift er an seinen Hinterkopf und geht zur Tür. Öffnet sie einen Spaltbreit. »Entschuldigen Sie bitte, alles in Ordnung«, sagt er, »wir sind in einer Viertelstunde draußen.« Er schließt die Tür, die Wirtin zetert noch ein wenig, dann zieht sie ab. Irgendwie müssen wir mit Hannah hier rauskommen, denkt Tilda. Ob sie schon wieder laufen kann? Vermutlich nicht. Und selbst wenn, wie sähe das wohl aus! Sie betrachtet ihr schlafendes Kind. Ich mag sie gar nicht wecken, denkt Tilda, wer weiß, was dann wieder passiert. Aber es muss sein. Willem faltet das neue Hemd auseinander. Das müsste man noch mal bügeln, denkt Tilda während Willem es überzieht, ihm ist das offensichtlich egal. »Ich geh schon mal runter«, sagt er, »und bezahle die Rechnung. Ich komme dann und hole euch.« Tilda öffnet die Fenster, und lehnt sich weit nach draußen. Da unten steht der Wagen. Sie müssen jetzt zu diesem Rechtsanwalt, und dann geht es hoffentlich nach Hause.

Draußen ist der Wald. Ich kann es hören und riechen. Die Vögel und wie die Blätter rauschen. Da will ich hin. Sie ist wach und ruhig. So ein Glück, denkt Tilda, sie hat sich sogar aufgesetzt. Tilda nimmt das Kleid und die Schuhe. Ich muss sie jetzt anziehen, denkt sie, wir müssen gleich los. Und diese enge Latzhose und die winzige Bluse, das halte ich keine Sekunde länger aus. Sie sieht ja aus wie ein Findelkind. Auch wegen der Haare, aber das ist im Moment egal, darum kümmern wir uns später. Tilda geht mit den Sachen zu Hannah hinüber und setzt sich auf die Bettkante. Sie legt das Kleid und die Schuhe vor sie ihn. »Schau mal«, sagt sie, »was ich für dich habe. So schöne Sachen.« Hannah fängt an zu brummen. Sie schaukelt vor und zurück, Tilda kann sich darum jetzt nicht kümmern. Sie knöpft die Latzhose auf und zieht Hannah die Bluse aus, mit einer Bewegung zieht sie ihr das Kleid über und die Hose von den Beinen. Nur der eine Strumpf fehlt. Was soll es, denkt Tilda, dann eben ohne, wir tragen sie ja sowieso. Sie greift nach Hannahs Fuß und will ihr den Schuh überziehen, doch Hannah zieht den Fuß zurück. »Na komm schon«, sagt Tilda und merkt, wie sie zu schwitzen beginnt, »das muss sein. Wir haben es gleich geschafft. Nur noch die Schuhe.« Sie greift wieder nach dem Fuß, doch Hannah zieht die Beine unter sich. Sie schaukelt noch stärker und stöhnt leise. Bitte nicht, denkt Tilda, nicht das schon wieder. Sie sitzt da, mit den Schuhen in der Hand, und weiß nicht, was sie tun soll. Es kann doch nicht so schwierig sein, einem Kind ein Paar Schuhe anzuziehen. Wenn sie doch nur ein bisschen ruhiger wäre. Aber sie ist nicht ruhig, im Gegenteil. Hannah hat jetzt auch zu zittern begonnen, sie zittert und schwitzt und stöhnt, sie wirft sich hin und her. Die Tür geht auf, Willem ist zurück. Gut, denkt Tilda, bitte, soll er doch das Problem lösen, und hält ihm die Schuhe entgegen. Doch Willem beugt sich zu Hannah und nimmt sie auf den Arm. Das Stöhnen wird lauter, sie lässt es trotzdem geschehen. Mit der Rechten klopft sie Willem auf den Kopf, gar nicht fest, in einem langsamen Rhythmus. Willem summt ein Lied dazu, und so gehen sie die Treppe hinunter, an der Rezeption vorbei und hinaus zum Wagen. Tilda läuft mit den Schuhen in der Hand hinter den beiden her.

7

Ich bin immer ein Mann der Etappe gewesen, denkt Willem, während er mit Hannah auf dem Arm die Treppe hinuntergeht. Jetzt geht es darum, nach Hause zu kommen. Ich hab Hannah lieb, falls ich überhaupt jemanden lieb haben kann, dann sie. Ich will sie bei mir haben, sie gehört zu mir. Zu uns. Und wenn ich dafür in Kauf nehmen muss, dass sie mir auf dem Kopf herumklopft, dann ist das eben so, denkt er, dann muss ich das aushalten. Er nickt der Wirtin zu, soll sie doch glotzen, und tritt mit Hannah nach draußen. »Jetzt fahren wir nach Hause«, flüstert er ihr zu und hat den Eindruck, dass Hannah noch fester klopft.

Sie sind schon eine ganze Weile unterwegs, sicher sind sie bald da. Tilda ist nervös, Hannah sitzt vorne. Es gab keine andere Möglichkeit, sie hat geschrien, geschlagen und gekratzt, als Willem sie nach hinten zu Tilda bugsieren wollte. Jetzt ist sie dort allein, und Hannah sitzt vorne neben Willem. Er hat das Radio angeschaltet, das scheint ihr zu gefallen. Sie brummt und wippt und klopft auf ihren Schenkeln herum, manchmal erwischt es auch Willem, aber er lässt sich das gefallen. Typisch Willem, denkt Tilda. Doch so kann es nicht weitergehen. Wenn wir mit Hannah zu Hause sind, wenn wir wieder einen gemeinsamen Alltag haben, dann muss sie lernen, dass sie nicht einfach so um sich schlagen kann. Tilda kann gar nicht begreifen, wie Willem das aushält. Der schlägt den Takt auf dem Lenkrad und singt den Refrain mit: »Sing, Baby, sing ein Lied für mich.« Hannahs Brummen wird lauter. »Sing, Baby, sing es auch für dich.« Tilda legt ihm die Hand auf die Schulter, aber Willem kann es einfach nicht lassen. Er greift nach ihr, zieht die Hand an seine Lippen und gibt ihr einen Kuss darauf: »Bring, Baby, bring mir heut das Glück ins Haus.« Hannah tobt auf dem Beifahrersitz, schmeißt die Arme in die Luft, hämmert gegen das Wagendach und immer wieder auch auf Willems Kopf. Der steuert das Auto nur mit einer Hand. »Sing, Baby, sing und tanz dich aus!« Tilda herrscht ihn an: »Reiß dich doch mal zusammen. Das Letzte, was wir gebrauchen können, ist ein Unfall.« Willem lässt ihre Hand los und dreht das Radio leiser. Auch Hannah hat mit ihrem Gezappel und Gestöhne aufgehört. Aber er klopft noch immer auf das Lenkrad, neigt sich zu Hannah hinüber und flüstert ihr etwas ins Ohr. Die juchzt und schlägt noch einmal kräftig auf das Armaturenbrett. Wo hat er denn verdammt noch mal diese gute Laune her?, fragt sich Tilda. Sieht er denn nicht, in was für einer Lage wir uns befinden?

Papa kann tolle Geräusche machen mit seinem Mund, und er kennt viele Lieder, das weiß ich schon lange. Er

versteckt seine Musik im Keller und hat mich oft dort-
hin mitgenommen. Nur Mami durfte es nicht merken.
Ich durfte über die schwarzen Platten streichen, mit
dem Zeigefinger den Weg entlangfahren, in dem die
Musik sich versteckt. *Dirille*, das nennt man *Dirille*, hat
Papa gesagt, *Dirille*, *Dirille*, *Dirille*, und mir die kleine
Bürste mit den weichen Haaren gegeben. Ich bin damit erst über meinen Arm und dann über die *Dirille*
gefahren. Als alles sauber und nur noch das schwarze Glänzen übrig war, kam die Platte auf das Gerät.
Und dann die Musik. Direkt in meinen Bauch und den
Rücken hinein. Die Ohren und der Kopf haben damit
gar nichts zu tun. All die hellen und dunklen Töne, der
Schwung und die Schläge dazwischen. Stimmen, die
etwas erzählen, das ich verstehen kann. Mein Körper
will sich bewegen. Meine Hände wollen mitschlagen,
und auch die Füße. Die Beine, sogar mein Kopf will den
Schwung spüren, bis ich irgendwann nicht mehr weiß:
Kommt das aus mir, oder geht es in mich hinein. Dahin will ich wieder, in diesen Keller. Aber jetzt sind wir
hier, im Wagen, und hier gefällt es mir auch. Mir gefällt, wie Papa und ich singen. Draußen ist es schnell
und hier drinnen auch. Nur Mami mag es nicht. Sie hat
schon wieder diese Stimme. Fuchtelt damit in unserem Lied herum. Gestern hat sie sich noch ganz anders
angehört. Ich habe sie nicht vergessen, diese Stimme,
sie war nur in der Kopfschachtel, und ich habe länger nicht daran gedacht. Doch sie ist wieder da, fährt
in mich hinein. Bringt dort alles durcheinander. Jetzt
schon wieder. Sie beugt sich zu uns nach vorne und
sagt irgendetwas. Malt mit den Händen in der Luft herum. Ich muss an ihre Papiere denken, mit den Stri-

chen darauf. Ich kann sie einfach nicht verstehen. Aber Papa, den verstehe ich, den kann ich immer verstehen. Er hat gesagt, dass wir nach Hause fahren. Zum Keller und zu meiner Tanne. Dass wir schon auf dem Weg sind, es dauert nicht mehr lang. Und dass wir ab jetzt immer solche Lieder singen. Und wir werden auch tanzen dazu.

Ob der Brandes tatsächlich die Polizei verständigt hat? Sicher hat er das. Entführung, Waffengebrauch. Willem hat den grünen Käfer am Ende der Straße gleich bemerkt, als er um die Ecke gebogen ist. Er hat zwar kein Polizeischild entdeckt, aber wer weiß, die können natürlich auch in Zivil kommen. Damit sie kein Aufsehen erregen. Oder es sind irgendwelche Leute aus dem Heim. Eines ist jedenfalls sicher: Die suchen nach ihnen. Willem hält an. Ob sie schon bemerkt worden sind? Tilda hat das Auto natürlich auch gesehen. Sie fuchtelt hinten herum, Willem kann das im Rückspiegel sehen, und redet hektisch auf ihn ein. Er ist einen Moment lang unsicher, was er tun soll. Hinter ihm hupt jemand. Auch das noch. Er muss weiterfahren, sonst werden die noch auf sie aufmerksam. Die haben sicher sein Kennzeichen, wissen zumindest, dass er einen Opel Olympia fährt. Und das hier ist eine Einbahnstraße. Sie müssen also unter allen Umständen irgendwie an ihrem Haus und damit auch an den Polizisten vorbei. Sofern es denn welche sind. Zurück geht es jedenfalls nicht mehr. Es hupt schon wieder. Da steht jemand vor ihrer Tür, der schaut sich um, natürlich. Und bestimmt sitzt ein Zweiter im Wagen, die kommen ja nicht allein. Im Zweifelsfall nehmen sie Hannah einfach wieder mit, verhaften ihn. Das kann Willem nicht riskieren, also müssen sie da jetzt durch. Hannah neben ihm ist unruhig, er stellt das Radio ein bisschen lauter, dreht sich zu Tilda um. »Wir fahren weiter. Wir kommen später zurück. Die werden nicht den ganzen Tag hier auf uns warten.«

Tilda packt seinen Arm, ihre Stimme überschlägt sich. »Wo fahren wir denn hin? Du spinnst doch! Wir können nicht einfach vor der Polizei davonfahren!« Willem schüttelt sie ab. »Still jetzt, beruhige dich! Wir müssen erstmal hier weg.« Er fasst Hannah an der Schulter und zieht ihren Kopf zu sich auf den Schoß. Sie lässt es geschehen, und auch Tilda hinten ist ruhiger geworden. »Alles in Ordnung, gleich haben wir es geschafft«, sagt Willem und weiß nicht, wen er damit beruhigen will. Im Rückspiegel sieht er, dass der eine sich nach ihnen umschaut und dann zum Wagen rennt. Verdammt, denkt er, das hier wird also doch eine Verfolgungsjagd. Sein Oberschenkel spannt sich an, er tritt auf das Gaspedal. Hannah ruckelt auf seinem Schoß herum, und Tilda schreit schon wieder. Doch er regt sich nicht auf, das alles hier ist ihm völlig vertraut. Seine Hände liegen am Lenkrad, sein Herz schlägt langsam und gleichmäßig. Zum Glück sind die bloß in einem Käfer unterwegs, da haben wir gar nicht so schlechte Chancen zu entkommen, denkt Willem und drückt das Gaspedal durch. »Wir machen eine kleine Spritztour!«, ruft er nach hinten. Tilda schimpft vor sich hin, Hannah ist vollkommen außer sich. Sie tobt auf dem Vordersitz, wirft sich vor und zurück, doch Willem hat keine Mühe, sich auf das Fahren zu konzentrieren. Sie können nicht anhalten. »Tilda«, sagt er nach hinten, »du musst etwas tun, Hannah muss sich beruhigen.« Tilda rührt sich nicht, und Willem kann sich nicht um alles kümmern. Er muss schließlich fahren, das ist seine Aufgabe. Er dreht das Radio etwas lauter, den ganzen Tag laufen da offenbar irgendwelche Schlager. Er kennt das Lied nicht, aber das ist egal. Er beginnt zu singen, er kommt langsam rein in das Stück, schlägt auf dem Lenkrad den Takt, während er den Wagen über die kurvige Landstraße steuert. Er weiß, wohin sie fahren können, und er hat den Refrain verstanden. Leider ist das Lied nicht besonders schmissig, er macht das Beste draus: »Steig in das Traumboot der Liebe«, singt er und hängt ein heiteres »Diridum, diridam« an, auf das die Sängerin wohl nicht gekommen ist. Er versucht, den Takt doppelt so schnell zu schlagen, einen Offbeat einzubauen. Hannah gefällt es. Sie ist noch weiter zu ihm rübergerutscht und liegt jetzt quer auf Willems Schoß. Das Lenken ist schwieriger dadurch, aber immerhin ist es insgesamt nicht mehr so gefährlich. Er singt und fährt und ist zufrieden, solchen Situationen fühlt er sich gewachsen. Ich bin ein Mann der Tat, denkt er, und diese Herausforderung werde ich meistern, das wäre doch gelacht. Im Rückspiegel sieht er immer noch den anderen Wagen, aber es kommt ihm so vor, als hätte sich der Abstand zwischen ihnen etwas vergrößert. Wir schaffen es, denkt er, ich schaffe es, ich hänge sie ab. *Diridum, diridam!* Das Lied ist vorbei. »Wir schaffen es!«, ruft er Tilda zu, während Hannah jetzt wieder ruhig auf seinem Schoß liegt. Das neue Stück kennen sie beide, sie haben den Film zusammen im Kino gesehen, und auch Tilda singt. Willem fällt ein: »Que sera sera, Whatever will be, will be, The future's not ours to see, Que sera sera, What will be, will be«, singt er und tritt auf die Bremse. Der Polizeiwagen hat sich hinter einer Kurve verloren, Willem biegt scharf in ein Waldstück ein. Er beschleunigt wieder, so gut es eben geht. Jetzt nur noch diesen Weg ein Stück nach oben und dann noch mal nach rechts, und dann sind wir sie los, denkt er, während er weitersingt, den Takt auf dem Lenkrad schlägt. Hier ist eine Lichtung, das ist gut. Er fährt darauf zu und bis an ihr Ende, es holpert und rüttelt. Zweige knacken unter den Reifen. Weiter hinten stehen die Bäume wieder enger, und auch das Unterholz ist dicht. Er steuert den Wagen so weit wie möglich da hinein. Der Lack ist sowieso schon zerkratzt. Geschafft, denkt er, diese Etappe haben wir genommen.

8

Ich habe die Augen geschlossen, ich weiß trotzdem, wo wir sind. Papa hat die Autotür geöffnet, ich rieche und höre den Wald. Papa singt Worte, die ich nicht verstehen kann, die mir aber gut gefallen. Ich singe leise mit. *Käserasera.* Sogar Mami scheint es zu gefallen, sie schimpft nicht. Ihre Stimme klingt anders, wenn sie singt. Papa hat seine Hand auf meine Seite gelegt, zwischen Schulter und Oberarm, und auch das gefällt mir. Wenn ich den Kopf nach hinten strecke, kann ich den Wald sehen. Sein dunkles Grün mit den helleren Flecken dazwischen. Die länglichen Zapfen und Zweige. Er steht außen herum um eine Fläche, die selbst kein Wald ist. Hier gibt es Moos, und ich weiß, dass es weich und kühl und ein bisschen feucht ist. Die Sonnentupfen auf dem Boden. Auch die Ameisen darunter kann ich sehen. Wie sie durch ihre Gänge flitzen, hin zu dem großen Hügel. Ich muss an die Tanne in unserem Garten denken und wie ich dort lag. Ich möchte lieber zu Hause sein, lieber als im Wald. Auch wenn es hier schön ist und man sich selbst fast vergessen kann, ist es doch besser, zu Hause zu sein. Papas Hand liegt immer noch auf mir. Sie ist ganz warm, ich spüre es durch das Kleid hindurch. Hier ist Papas Hand und da mein Oberarm und dazwischen der dünne Stoff. Papa und ich singen immer noch. Wir singen zusammen, und auch Mami macht mit. Ich strecke mich ein kleines Stück, um an die Tür heranzukommen. Sie soll lieber zu sein. Wir sollten jetzt losfahren.

Was für ein unerträgliches Lied, wer denkt sich so etwas bloß aus? The future's not ours to see. Que sera, sera. Hannah tönt dazwischen, Willem schmettert: Whatever will be, will be. Von wegen Zukunft, denkt Tilda, von wegen! Wir haben zu verantworten, was hier geschieht. Das haben wir getan, wir selbst haben uns in diese Situation gebracht. Genau hierher, in dieses Auto, aber auch schon lange davor: von Anfang an, noch bevor wir überhaupt ein Kind hatten, noch vor der Abtreibung.

Ich selbst habe mich da hineinmanövriert. Indem ich hinweggesehen habe über das, was ich nicht sehen wollte, habe ich es zugelassen. So lange, bis wir es nicht mehr ignorieren konnten. Und dann haben wir sie fortgeschafft. Ich habe sie fortgeschafft, damit ich das Bild behalten konnte, das ich mir von ihr und von mir selbst, das ich mir von meinem Leben gemacht hatte. Für das ich einiges geopfert hatte. Ich habe sie fortgeschafft, als wäre es das Einfachste der Welt, eine tägliche Übung, habe ich erst das eine Kind beseitigt und dann das andere fortgeschafft. Weil es nicht passte. Weil ich es nicht für passend hielt, erschien es mir angemessener, sie zu entsorgen. Als wäre das eine Lösung. Als würde das nicht alles nur schlimmer machen, dieses immer wieder nur Darüberhinwegsehen, dieses unablässige Fortschaffen und Entsorgen. Und keiner glaubt keinem, alle wissen Bescheid. Und jetzt sitzen wir hier, im Wagen, denkt Tilda, in diesem verdammten Wald, und singen dieses verdammte Lied. Singen, als hätte das etwas mit uns zu tun. Und dennoch, die Lüge klingt nach Wahrheit, denkt Tilda, und: Ich singe, das ist ja auch schon etwas, das ist nicht wenig. Ich singe und habe Gefühle dabei, eine Erinnerung an mich selbst. Denn merkwürdigerweise hat es ja doch mit mir zu tun, zumindest empfinde ich es so. Hannahs Füße zucken. Weil ich es nicht geschehen lassen konnte, dass mein Leben sich verändert, denkt Tilda, weil ich es nicht ertragen habe, dass mein Leben anders wird, als ich und selbst die Sterne es vorausgesehen hatten, habe ich schließlich eingegriffen. Dabei hatte ich mir von der Zukunft etwas erhofft, ich hatte an sie geglaubt und daran, dass das Leben etwas für mich bereithält. Natürlich. Nur deshalb habe ich das Horoskop erstellen lassen. Ich wollte wissen, was kommt, deshalb bin ich zu dieser Astrologin gegangen, im Winter '45, als es sonst kaum etwas gab, wo man hätte hingehen können. Ich wollte nach vorne schauen, wohin auch sonst? Woran als an die Zukunft hätte ich glauben sollen? Wo wir herkamen, was wir geworden waren, wozu wir selbst uns gemacht hatten in diesen Jahren, dahin will keiner zurück und davon will ich nichts wissen. Das wollte ich damals nicht und das will ich jetzt erst recht nicht. Also weiter, nach vorn, und vergessen, wozu wir fähig sind, denkt Tilda und beginnt mit der Hand den Takt zu schlagen.

Das Lied ist längst aus, Willem und Hannah singen immer noch. *What will be, will be.* Als könnten wir von der Zukunft, die aus einer solchen Vergangenheit kommt, etwas erhoffen, als stünde uns etwas zu, das nicht schlecht und voller Leid und Einschränkungen ist! Voll von verschütteten Einschlägen. Tilda denkt an die Bombennächte, an die sie eigentlich immer denkt, die immer da sind, egal, wie sehr sie sich bemüht, gerade nicht daran zu denken. Sie denkt an den Morgen im Dezember '43, als sie aus dem Keller gekrochen kam, hinter ihr Gerda und Mutti, und überall war nur Feuer und Tod. Gestank. Zerstörung. Und sie singen und singen. Damals, in den Kellern, haben wir ja auch gesungen, denkt Tilda jetzt, in diesen vielen langen Nächten. Haben gesungen, was uns einfiel. Haben uns festgehalten an diesen Liedern. Dieses Immergleiche in uns wiederholt. Der Rhythmus, der damals in ihrem Kopf hämmerte, hämmert auch jetzt noch darin, sie wird ihn nicht mehr los, er übertönt das Gebrumm und Gestöhn von Willem und Hannah: *Es gibt kein Zurück mehr und keiner darf zagen!* Die Stadt lag zerstört vor ihr, das haben wir verdient, hatte Tilda gedacht, mit ihrem offenen, praktischen Kopf, den ihr das Horoskop zwei Jahre später attestieren würde. Die Katastrophe war vom ersten Augenblick an eingeübt. Wir haben sie herbeigeführt. Durch unser über alles Maß hinausreichendes Töten und Morden. Vielleicht hat sie sogar genickt bei diesem Gedanken. Ein spontanes, inneres Einverständnis beim Anblick der Zerstörung. Ein durch und durch vernünftiger und zutreffender Gedanke. Sie hat an die Zwangsarbeiter gedacht, die in Baracken neben der Firma untergebracht waren. Kein Keller weit und breit, kein Schutz. Sie hatte mit Vati darüber gesprochen. »Kannst du denn nichts tun?« Sie saßen in seinem Arbeitszimmer. »Mir sind die Hände gebunden«, hat er gesagt und sie mit seinem Hundeblick angeschaut. Sie erinnert sich an ein Gefühl von Zorn und Ohnmacht. Wie erbärmlich, dachte sie, sich hinter der Feigheit eines anderen zu verkriechen. Und sie fragte sich, wer sich wohl hinter ihrer Feigheit versteckte. Sie hatte auch an Willem denken müssen, an das Kreuz auf seiner Brust, daran, dass sie nicht wusste, wo er war. An die Bomben, natürlich, wer hätte nicht daran gedacht! Er hatte davon erzählt, als er das erste Mal bei ihnen aufgetaucht war, nach Spanien, noch vor dem Krieg. Er hat mit seinen scheiß Bomben um mich geworben, denkt sie jetzt, er hat mit seinen Bomben um mich geworben, und ich bin darauf hereingefallen. Alles hängt zusammen, und was wir gebaut haben aus diesen Überresten, ist das, was wir heute haben. Alles ist noch da, alles steckt noch darin, Feuer und Tod und Gestank.

Das ganze Unheil. Ein Leben, das wir nicht mehr beherrschen. Hannah und Willem singen immer noch. Als läge vor unserem Kind irgendein Weg, auf den wir ihm etwas mitgeben müssen. Als gäbe es überhaupt einen Weg, den Hannah allein gehen könnte, der nur ihr selbst gehört. Keinen einzigen Schritt könnte sie auf einem solchen Weg ohne uns machen. Wenn überhaupt, dann gibt es einen Trampelpfad durch Unterholz und Zerstörung. Alles hier ist falsch und gelogen, dieses ganze Leben. Das, wo es herkommt, und das, wohin es führt. Alles falsch. Alles gelogen. Ich selbst werde ganz falsch davon. Bin es schon längst. Und Willem sowieso. Was hat mir der Blick in meine Zukunft versprochen? Wo sind die zwei Kinder, die mir das Horoskop vorhergesagt hat? Eins ist tot und eins ist Hannah. So ein Unsinn, denkt Tilda, und dann denkt sie noch: Wozu die Verzweiflung einen treibt! Als hätte es damals keine anderen Sorgen gegeben als einen undurchsichtigen, einen völlig windigen Blick in die Zukunft zu nehmen. Für so viel Sinnvolleres hätte ich Muttis Hochzeitsschmuck eintauschen können. Und dann lag es auch noch in jeder Hinsicht falsch, dieses scheiß Horoskop. Nur eines stimmte: *Es gibt nur wenige, wahrscheinlich 2 Nachkommen mit lebenskräftiger Verfassung.* Der Satz hat sich in ihren Kopf hineingefressen. *Lebenskräftige Verfassung*, denkt Tilda mit einem Blick auf Hannah, was das nur sein soll! Auch das andere war offenbar nicht lebenskräftig genug, denkt sie mit einem plötzlichen Zorn, sonst hätte es Willems und Bertis dilettantischen Eingriff wohl überlebt. Und jetzt, was jetzt? Soll es das gewesen sein, Willem, Hannah und sie selbst? Wir drei in diesem Auto. Sie schaut sich die beiden an. Willem hat offenbar keine Sorgen, der sitzt da, Hannah neben sich, trommelt auf das Lenkrad, als gäbe es noch etwas zu gewinnen, als wäre das hier ein Wettbewerb, und singt inbrünstig dieses vollkommen stupide Lied. Aber was sie tun sollen, wie es weitergehen soll, darüber denkt er ganz offenbar nicht nach. Er singt und singt, als würde darin schon eine Antwort stecken.

Wir kommen nicht vom Fleck, denkt Willem und greift nach dem Lenkrad. Alles steht still, wir drei im Opel, und fahren nicht. Er schließt die Augen, der Wald ist immer noch da. Und alles andere auch. Das Schnelle und das Zähe, die dunklen Winkel, alles noch da, und ich muss es zusammenhalten. Er hört sich beim Singen zu, streckt sich ein wenig. Alles bleibt an mir hängen, das Auseinanderdriften und das Wiederzusammenfügen. *Käsereiserei*, denkt er, *ich bin doch nicht glücklich dabei*. Wollte schon immer singen, denkt er, und wusste kein Lied. Dann also dieses hier. Das ist nicht schlecht, und besser wird es nicht. *Käsereiserei, es ist alles einerlei*. Man kann was draus machen. Eine Zukunft. Und wer man darin sein könnte. Was ist schon Glück, denkt er. Vielleicht sucht mich das Glück am völlig falschen Platz. *Käsereiserei*, singt es in seinem Kopf. Hannah ist da, wir haben Hannah zurück! Er kurbelt das Fenster herunter, lässt den Arm aus dem Wagen heraushängen, klopft von außen ein bisschen gegen das Blech. Und ich bin ja auch noch da. Ich bin da, denkt er, ich bin noch da, und holt tief Luft, haut auf das Wagendach: *Käsereiserei, es sind wir drei, wir drei!*, schmettert er in den Wald. *Hau mir auf den Kopf dabei. Käserei-*

serei! Willem öffnet die Augen. Hannah jubelt. Niemand sieht uns. Nur wir selbst.

Tilda legt die Stirn gegen Willems Rückenlehne. Es riecht nach Wald hier, nach Moos und Erde, nach Baumrinde. Er spinnt, denkt sie, er spinnt total, aber so ist er eben. Und ich habe ihn gern, das schon. Hannah auch, Hannah hab ich auch gern, das ist es nicht. Es ist gut, dass sie wieder da ist. Dass wir sie wiederhaben. Es ist gut, und sie ist lustig. Das ist sie wirklich. Sie muss es von Willem haben. Und ihre dunklen Haare, die schnellen Finger, die hat sie von mir. Füße, die besser ohne Schuhe sein sollten. Ein Kopf, der denkt. Ganz offensichtlich hat sie einen denkenden Kopf. Und ein Herz voller Ecken und Winkel. Wie ich. Wenn ich sie nur mit meinen Augen sehe, dann stört sie mich nicht, dann kann ich sie lieben, wie ich sie als Baby lieben wollte. Aber so sind die Leute nun mal nicht, die Leute wollen jemanden wie Hannah nicht lieb haben. Und ich bin nicht bereit, denkt sie, ich bin nicht bereit, die Augen davor zu verschließen. Das haben wir lang genug getan.

»Hörst du«, sagt sie zu Willem und greift nach seiner Schulter, »ich bin nicht bereit für dieses Happy End. Ich bin nicht bereit, die Augen zu verschließen vor dem, was vor uns liegt. Vor dem, was wir getan haben. Und damit meine ich nicht die Polizei und auch nicht nur das Gericht, vor dem wir werden erscheinen müssen. Damit meine ich dieses ganze verdammte Leben, jeden einzelnen Tag. Alle Schwierigkeiten und Probleme, die hinter uns liegen und die noch auf uns zukommen. Die

Schule, die Schmelzki, alles. Und ich meine auch die Frage, was aus ihr wird, wenn wir einmal tot sind. Was wird dann aus Hannah? Wo soll sie dann bloß hin? Wie soll sie weiterleben können, wenn es außer uns niemanden gibt, der weiß, was ihr guttut und sie glücklich macht? Wenn es außer uns niemanden gibt, der sie lieben kann?« Tilda atmet lange aus, sie spürt, wie ihr Herz schlägt. »Wer soll sie denn lieben, wenn wir einmal tot sind?«, schreit sie und packt fester zu, rüttelt ihn ein bisschen.

Das ist meine Schulter, denkt Willem. Ich spüre Tildas Finger und wie sie sich in den Stoff meiner Jacke graben. Darunter ist meine Haut, mein Fleisch. Alles ist da und lebendig. *Käsereiserei, ich dreh mich nicht um dabei.*

Alles, was in meinen Kopf eindringt, bleibt trotzdem draußen. Die Worte sind hier drinnen, in mir, und türmen sich gleichzeitig um mich herum auf. So ist das eben. Große Haufen und himmelhohe Türme aus Worten. Sie passen kaum ins Auto hinein. Papa verschwindet hinter ihnen. Ich sehe nur noch den Umriss seines Kopfes, ein Blitzen der Brillengläser. So viele Worte, dass seine mich kaum erreichen. Dabei ist es ein schönes Lied, das er singt. Ich mag es, wenn gesungen wird, doch ich kann es kaum hören durch diesen riesigen Haufen aus Worten. Wenn ich wollte, könnte ich ihn anfassen. Ich könnte alles umschmeißen und wieder aufbauen, etwas Neues daraus machen, doch ich komme nicht dran. Ich bin hier allein. In mir und außerhalb von mir bin ich ganz allein. Da kann man nichts machen, es stört mich nicht weiter. Ich habe meine Arme und Beine und den Körper dazwischen. Ich habe Hände, meine Finger, meinen Bauch. Und den Rücken. Meinen Kopf habe ich, vor allem den Hinterkopf, mit dem ich mich auf den weichen Waldboden legen kann. Ich habe meinen Mund mit der Zunge und allen Zähnen darin. Meinen Hals und die Stimme, die rau ist und so ganz anders als die von Mami. Oder Papa. Ich kann damit rufen, und ich kann ihr zuhören. Sie spricht von ganz allein. Ich kann denken, wie ich will, aber meine Sprache gehorcht mir nicht. Sie macht, was sie will, aber sie spricht nicht. Alles, was ich habe, ist eine Stimme und die Gedanken in meinem Kopf, die sich verwandeln auf dem Weg nach draußen. Was spricht in dieser Stimme, wenn ich es nicht bin? Was ballt sich da in meiner Kehle? Was will heraus? Meine Stimme ist drinnen und draußen zugleich. Und dann wieder woanders drinnen, in Mamis Kopf und in dem von Papa. Ich kann mit meiner Stimme überallhin. Mit ihr kann ich alles erreichen. Ich kann sie hinausschleudern, über Papa hinweg oder durch ihn hindurch und aus dem Autofenster. Und dann ist sie draußen, im Wald, und gehört mir nicht mehr. Ich spüre die Rauheit meiner Kehle. Jetzt gehört meine Stimme den Tieren und die machen ein Lied daraus. Ein Lied, das ich mit ihnen singen kann.

Hannah schmeißt sich auf dem Beifahrersitz hin und her, sie zuckt und zappelt, krümmt sich. Wirft die Arme in die Luft, stöhnt und jauchzt, Spucke fliegt in alle Richtungen. Tilda wischt sich über das Gesicht, sie reibt mit dem Handrücken über ihren Rock. Sie hat

Willem losgelassen. Mit dem ist einfach nicht zu reden. Der will nicht sehen, was zu sehen ist. Und schon gar nicht will er irgendetwas unternehmen. Der wandert ja selbst auf der Grenze des Wahnsinns, denkt Tilda, und fühlt sich offenbar wohl dabei. Der benimmt sich wie ein Tobsüchtiger. Ich habe zwei Verrückte hier, einen, der am Steuer sitzt, aber nicht fährt, und eine andere, die den Takt vorgibt. Einen völlig unrhythmischen, uferlosen, aberwitzigen Takt. Einen Takt, dem niemand folgen kann. Und ich kann nichts tun, keinen von beiden kann ich erreichen, die hören mir einfach nicht zu, die sind völlig verloren. Irgendjemand muss hier doch das Kommando übernehmen, denkt Tilda, einer wenigstens muss bei Verstand bleiben. Das bin dann wohl ich, denkt sie, und im selben Moment haut sie Willem von hinten gegen den Kopf. »Kannst du mir, verdammt noch mal, nicht ein einziges Mal zuhören?«, schreit sie. »Kannst du dich nicht einmal wie ein Erwachsener benehmen und tun, was getan werden muss?!« Sie haut ihm wieder auf den Kopf. »Und nicht herumsingen wie ein Irrer!« Sie haut nochmal zu, sie haut und haut. Das klatscht herrlich, und sie denkt, dass sich dieses Klatschen und auch ihr Schreien auf wunderbare Weise in dieses irrsinnige Lied hier einfügen. Dass sie ewig so weitermachen könnte: Schreien und Klatschen, den Dingen ihren Lauf lassen. Das ist ja ein völlig verrückter Gedanke, denkt sie jetzt, weil die Geste, mit der sie das Ganze beenden wollte, sie überhaupt erst mitten hineinbringt, in diesen Wahnsinn, in diese völlige Raserei. Aber das will ich nicht, denkt Tilda. Das will ich nicht denken, und ich will da auch nicht mitmachen. Sie haut noch einmal zu. Irgendwann muss er sich schließlich rühren. Er kann sich doch nicht alles gefallen lassen. Er ist schließlich nicht tot.

Was soll denn das alles, fragt sich Willem, das kann doch niemand mehr verstehen. Dass Hannah das macht, gut, bitte, was soll sie sonst machen? Und ich mache mit, weil es Hannah gefällt. Aber was um alles in der Welt ist in Tilda gefahren? Was will sie nur erreichen? Rums. Schon wieder ein Schlag. Hannah hat ihn mit dem Handrücken im Gesicht erwischt. Nur Verrückte hier! Und noch ein Schlag, diesmal war es Tilda. Er weicht nach vorne aus, haut mit der flachen Hand auf das Lenkrad. Es reicht, jetzt ist Schluss! Die spinnt doch, denkt er, und greift nach ihrer Hand. Bekommt sie zu fassen, dreht sich zu Tilda um und zieht sie gleichzeitig zu sich heran. Ihre Köpfe stoßen hart aneinander, das macht nun auch nichts mehr. Sie schauen einander an. Willem schüttelt sich kurz, und plötzlich weiß er, was es heißt, angeschaut zu werden. Aber er weiß nicht, wer da angeschaut wird. Wen Tilda sieht, wenn sie ihn anschaut. Er kennt sich selbst nicht mehr. Bin das überhaupt noch ich, fragt er sich. Ist das meine Stirn? Sind das meine Haare, die da leise knirschen? Er reibt sich mit beiden Händen den Schädel, klopft sich ein, zweimal gegen den Hinterkopf. Sucht wieder nach Tildas Hand. Hannah jubiliert.

Wie nah er mir ist. Die Höhlen der Wangen, die Nase dazwischen. Seine kleinen Augen hinter den beschlagenen Brillengläsern. Er sieht mich an, denkt Tilda und legt unwillkürlich eine Hand an seine Wange. Tastet mit der anderen nach ihrer eigenen. Vor seinen halb geschlossenen Augen erlangt mein Gesicht plötzlich Gewissheit, denkt sie, und sie denkt, dass das ein kitschiger Gedanke ist. Doch immerhin, es steckt ein Gefühl darin, das sie lange nicht mehr hatte. Das sie vielleicht noch nie hatte. Immer ging es darum, etwas unter Kontrolle zu bekommen, was nicht zu kontrollieren ist, das erkennt sie jetzt. Willem weiß das schon längst, wenn auch nicht im Hinblick auf sich, so doch zumindest was Hannah betrifft. Da hat er einfach aufgegeben, denkt sie plötzlich. Er hat kapituliert. Hannah ist nicht das Kind, das er haben wollte, und sie ist schon lange nicht Gerda. Aber das stört ihn nicht. Er nimmt sie, wie sie ist. Er will sie nicht zu einer anderen formen. Ich bin nicht Johanna, denkt Tilda, und auch das macht ihm nichts aus. Er kämpft nicht dagegen an, er nimmt es hin. Wie seltsam das ist, denkt sie weiter, dass Willem dieses Leben einfach akzeptieren kann, und sie kann es nicht. Er greift nach ihren Händen. Drückt sie noch einmal, bevor er sie ihr zurückgibt. So zumindest empfindet Tilda es. »Wir sollten jetzt nach Hause fahren«, sagt er. »Dieses Davonlaufen die ganze Zeit, das hilft ja doch nichts.«

9

Das Polizeiauto ist weg, das Haus sieht aus wie immer. Und warum sollte es auch anders aussehen? Warum sollte es sich verändert haben, nur weil wir eine Weile unterwegs waren und Dinge getan haben, die wir sonst nicht tun. Die wir noch nie getan haben. Willem parkt den Wagen, Hannah ist eingeschlafen. Sie wird nicht für immer schlafen, das ist Tilda schon klar. Sie wird aufwachen und herumschreien, an ihren Kleidern zupfen. Sie wird sich mit der Hand auf den Kopf hauen und stöhnen und in den Garten laufen wollen. Und ich werde nichts dagegen tun können, denkt Tilda jetzt, so wie ich auch nicht verhindern kann, dass Willem wieder im Keller sitzen wird und rauchen und seine Musik hören wird. Das wird mein Leben sein, denkt Tilda weiter. Kein Horoskop kann das voraussagen und niemand kann es verhindern. So wird es sein, denkt sie und fasst nach dem Türgriff. Sie hat die Tür noch nicht geöffnet, da klopft schon die Schmelzki an die Scheibe. Sie hat sie gar nicht kommen gesehen. Und auch das wird von nun an für immer so sein. Egal was passiert, egal was wir tun, die Schmelzki wird schon da stehen. Doch bevor Tilda die Tür öffnen kann, ist Willem schon ausgestiegen, legt der Schmelzki freundlich die Hand auf die Schulter und geht mit ihr Richtung Straße.

Die Schmelzki bin ich los, denkt Willem, als er zum Wagen zurückgeht, aber das war nicht das letzte Mal, die kommt wieder. Und auch die Polizei wird wiederkommen. Auch wenn die vielleicht gar nichts gegen uns in der Hand haben, irgendein Procedere wird es noch geben. Das macht nichts, ich rufe gleich den Anwalt an, der wird schon eine Idee haben. Er denkt an den Hobbykeller und an eine Zigarette, ein kühles Bier. Hoffentlich ist noch eins da. Kurz denkt er auch an die Schublade, an das Spanienkreuz und an die Astra. Das Kreuz ist ihm egal, niemand interessiert sich für so was. Und trotz allem ist es eine Erinnerung. Auch wenn Tilda Recht hat, auch wenn das alles eine große Scheiße war, das will ich nicht hergeben. Aber das mit der Waffe, das ist nicht ganz ungefährlich, jetzt wo Hannah wieder da ist. Zumindest die Waffe muss er loswerden. Doch er kann sie nicht einfach so in die Mülltonne stecken. Er will das auch gar nicht, die hat schließlich eine Bedeutung, die hat ihm nicht nur einmal das Leben gerettet. Nicht nur einmal hat er sie jemandem an den Kopf gehalten. Aber kein einziges Mal hat er abgedrückt. Bis gestern. Er denkt an Lav, er denkt an sich selbst. Er denkt an seinen Weg zurück nach Hause. Er weiß, dass er die Waffe jetzt nicht mehr braucht, dass er sie nie mehr brauchen wird. Trotzdem. Vielleicht hebe ich sie auf, denkt er. Vielleicht vergrabe ich sie im Garten. Hinten am Zaun, wo niemand jemals nach ihr suchen wird. Ja, genau, denkt er, ich vergrabe sie und pflanze einen Strauch darüber. Oder ein Bäumchen. Dann hat Hannah einen Ersatz, wenn wir die Tanne endlich gefällt haben. Und dass die Tanne wegmuss, das ist klar. Einen Schritt nach dem nächsten, denkt er, das hat alles noch Zeit. Er beugt sich ins Auto und nimmt Hannah auf seine Arme. Er merkt, dass sie aufgewacht ist, er sieht es am Zittern ihrer Lider. Er sieht sie lange an. Hannah ist nicht nur auf meinen Armen, denkt er, nein, sie ist auch in meinem Kopf. Sie dringt ein in mich und lässt sich in mir nieder, vermischt sich mit meinen eigenen Gedanken. Spricht mit meiner Stimme. Und trotzdem bleibt sie weiter draußen, hier auf meinen Armen, neben mir im Wagen. Und wenn ich sie erreichen will, muss ich zu ihr hingehen. Mit diesen Gedanken in seinem Kopf trägt Willem Hannah ins Haus.

Wir tasten uns an den Grenzen des Wahnsinns entlang, wir stehen auf dessen Schwelle. Es ist nicht schlecht da. Eine kleine Pause, und dann weiter. Wir stecken unser Gebiet ab. Die Nacht hält uns umfangen, ihre Dunkelheit stört uns nicht. Hier waren wir schon einmal, diese Gegend kennen wir.

Der Opel. Haus und Garten. Das kleine Stück Straße davor. Und drinnen die Möbel. Langsam, den Kopf geneigt, den Blick nah an den zu prüfenden Oberflächen, gehe ich hier entlang. Überall Staub, als wären wir wochenlang fortgewesen. Ich fahre mit der Hand über Wände, Tischplatten, die Fliesen im Bad, alles vertraut. Alles noch da. Ich klopfe auf die Möbel und Buchrücken, gegen Schranktüren und Wände. Ich bin wieder da. Von unten Musik, eine neue Platte. Das ist der Rhythmus unseres Lebens. Ich tappe mit dem Fuß dazu. Eine kleine Drehung, ich wirble den Staublappen um meinen Finger. Draußen unter der Tanne ist es immer noch dunkel. Sie ist immer noch da, niemand hat sie gefällt. Ich drehe meinen Kopf. Im Nacken die Grashalme, kühl, und darunter die Erde. Meine Haare, weiter unten mein Rücken, mit beiden Beinen daran und den Füßen. Die Hände, die Handflächen habe ich auf den Bauch gelegt. Darunter etwas Dichtes, dunkle Flecken. Wälder. Alles zerfällt und setzt sich neu zusammen. Ich schaue aus dem Fenster. Am Zaun wächst ein junger Strauch. Die Hände in den Taschen geh ich darauf zu. Auch in meinem Kopf brummt es, es spricht von ganz allein. Wird lauter, es will heraus. Käserasera! Ich bleib für immer hier, und abends trink ich ein Bier. Käserasera! Wir tauchen tief hinein in dieses Gewühl. Wir haben keine Angst vor seinen Schatten und finsteren Gewässern. Wir gehen da hindurch, die Arme erhoben, schlagen wir uns einen eigenen Takt. Wir lassen uns nicht aufhalten.

IV

8jähriges Mädchen, jünger aussehend, athletischer Körperbau. Frische Hautfarbe, sichtbare Schleimhäute gut durchblutet. Der Gesichtsschnitt wirkt dysplastisch, die linke Gesichtshälfte erscheint abgeflacht. Hannah kann sich in der Gruppe nicht einordnen. Hannah hat uns in der letzten Zeit viel Sorgen gemacht. Eine Kontaktaufnahme mit der Untersuchten ist nur in ganz begrenztem Maße möglich. Hannah kann zu ihrem bisherigen Lebensweg keine Angaben machen. Ihren Namen kann sie schreiben. Wenn Hannah nicht eigensinnig ist, kann sie schön malen. Die bei Hannah bestehende frühkindliche Hirnschädigung wird in ihren Auswirkungen durch geistig-seelische Störungen verstärkt und bei diesem Mischbild von Krankheitsursachen ist es außerordentlich schwierig nun eine therapeutische Linie, sei sie medikamentöser oder auch soziotherapeutischer Natur, zu finden. Insgesamt muss die frühkindliche Entwicklung als sehr verzögernd verlaufend angesehen werden. Ein Kindergarten konnte nicht besucht werden, ebenso war der Besuch einer öffentlichen Volksschule oder Sonderschule nicht möglich. Hannah zeigt aggressives Verhalten. Die Haltung ist etwas vornübergebeugt, der Gang schwerfällig. Die Gliedmaßen sind auffallend schlank, aktive und passive Bewegungsmöglichkeiten sind frei. Hannah ist bewusstseinsklar und über sich und ihre Umgebung orientiert. Das linke Schulterblatt steht etwas mehr hervor als das rechte, die Wirbelsäure weist keine Seitenabweichung auf. Wenn Hannah tä-

tig sein kann, fügt sie sich fast immer gut, ist lieb und verträglich. Die emotionale Bindungsfähigkeit ist nur schwach, die gesamte Affektivität ist flach und völlig ungesteuert ablaufend. Die gesamte Motorik ist plump, alle Bewegungsabläufe erscheinen schwerfällig. In nahezu autistischer Weise findet sie nur wenig Kontakt zu ihrer Umgebung, erschwert durch gleichförmig wiederholte Reden, dranghafte Unruhe und immer wieder auftretende Verstimmungszustände. Aufgrund dieser so sehr stark gestörten Kommunikationsfähigkeit wirkt Hannah noch sehr viel gestörter als es in der Wirklichkeit der Fall ist. Hannah hat das Bedürfnis, etwas zu schaffen. Hannah ist außerordentlich leicht ablenkbar, darüber hinaus ist sie so sehr mit ihren eigenen Gedanken beschäftigt, dass es ihr schwerfällt, sich auf ihr Gegenüber einzustellen. Sprache verwaschen, schwer verständlich. Lieder und Gedichte lernt Hannah alle mit. Die Gemütsstruktur der Untersuchten wird geprägt von einem hirnorganischen Psychosyndrom bei dem Stimmungsschwankungen, zumeist agitiert-depressiv, Konzentrationsschwäche und Autismen im Vordergrund des Verhaltensbildes stehen. Eine Änderung des Zustandsbildes ist nicht zu erwarten. Hannah zeichnet und malt mit festem Strich. Bei einer Prügelei in aller Frühe zog Hannah sich eine Verletzung am linken Nasenflügel zu, die Wunde musste im hiesigen Kreiskrankenhaus genäht werden. Hannah hat besonders im Singen Fortschritte gemacht. Hannahs Betragen war in diesem Jahr oft störend. Vieles könnte ihr besser gelingen, wenn nicht zwanghafte Vorstellungen und Bewegungen im Wege stünden. Das Ausmaß der Störung

entspricht einer Geisteskrankheit im Sinne des BGB.
Hannah turnt furchtlos an schrägen Leitern.

V

Ich beobachte die Fische im Aquarium und gewöhne mich an den Gedanken zu sterben. Seitdem wir sie haben – ein Wunsch der Kinder in den Coronajahren –, hat mich die Vorstellung beunruhigt, einer von ihnen könnte morgens tot im Aquarium treiben. Außerdem quält mich ein unbestimmtes Schuldgefühl hinsichtlich des lächerlich kleinen Lebensraums, den wir ihnen zur Verfügung stellen. Doch das sind wohl eher meine Sorgen als die der Fische. Vielleicht stört es sie gar nicht so sehr. Sicher denken sie nicht an ihren Tod oder die Möglichkeiten, die sie unter anderen Umständen gehabt hätten. Nicht an mich, die ich sie beobachte, um dabei bloß an meinen eigenen Tod zu denken. Oder an den anderer. In Wahrheit weiß ich nichts von den Gefühlen der Fische. Ich denke an die Aquarienfibel meines Großonkels, die im Regal stand in einem Haus, in dem schon niemand mehr lebte, er schon gar nicht. So viele Zeichnungen sind in diesem Buch und genaue Anweisungen, was man falsch und richtig machen kann. Temperatur, Wasserhärte, Bakterien. Derart kompliziert, dass man das Unterfangen sofort wieder aufgeben möchte. Ich weiß nicht, ob Willem auch so empfand, ob er überhaupt ein Aquarium hatte. In dem verlassenen Haus stand jedenfalls keines. Ganz sicher aber hielt er sich keine Raubkatzen, und trotzdem habe ich auch zu diesem Thema mehrere Fachbücher von ihm geerbt. Oder nicht geerbt: Sie sind bloß in dem Haus geblieben. Nachdem niemand mehr da war und niemand sich für diese Hinterlassenschaften in-

teressierte, habe ich sie mitgenommen. Die Schulhef-
te meiner Großcousine Hannah, ihre Stickversuche
und Plüschtiere, altmodische Seifendosen, Fotoalben.
Briefe und Unterlagen, Gutachten. Ein Eierkocher aus
den 50ern. Alles lag in Haufen oder große Müllsäcke
verstaut in der Garage. Die Zugehfrau hatte sich schon
gekümmert, Schränke und Regale leergeräumt, vieles
fortgeworfen, nur die Sachen in der Garage waren noch
da. Und die Möbel natürlich. Eine Musterring-Schrank-
wand mit verspiegeltem Barfach und Zeitschriftenab-
lage. Die String-Regale und der Schreibtischstuhl, auf
dem ich gerade sitze. Das zierliche Nähkästchen meiner Großtante. Alles habe ich in den gemieteten Trans-
porter geladen und bin noch einmal in den Keller gegangen. Seltsam eigentlich, ungewöhnlich, denke ich
jetzt, das ist ja ein Bungalow, aber er hat doch einen
Keller. An einer der Türen hing ein Schild: *Clubraum.*
Ich weiß noch, wie ich sie erwartungsvoll geöffnet und
hineingeschaut habe. Doch ich kann mich nicht erinnern, was ich dort sah. Oder nicht genau. Ein dunkler
Raum im Gegenlicht, das schräg durch das kleine Kel-
lerfenster fiel. Ein niedriger Sessel. Auf einem Beistell-
tisch ein Plattenspieler. Das Ganze ist schon einige Jahre her. Ich ahnte damals nicht, wie wichtig diese Suche
werden würde. Und jetzt ist das Haus längst verkauft,
das Schild abgeschraubt und fortgeworfen. Es gibt ihn
nicht mehr, diesen Raum, aber vorstellen kann ich ihn
mir. So wie ich mir Willem vorstellen kann. Und Hannah. Und Tilda. Und auch wenn das nicht ihre echten
Namen sind, kann ich mich ja an sie erinnern und an
sie denken. Ich kann an Willem denken und ihn dort
sitzen sehen. Ich sehe, wie er dort sitzt und raucht, an

Hannah denkt. Die vielleicht oben ist oder im Garten unter der riesigen, dunklen Tanne liegt. Die da immer noch steht, trotz seines Vorhabens, sie abzuholzen. Ich höre, wie er die Musik lauter stellt und Tilda trotzdem noch hört. Ihr Rufen nach Hannah oder ihr Schimpfen. Ich sehe ihn vor mir. Ich denke, was er denkt.

Doch da sind andere Bilder. Das Bild, auf das ich jetzt starre, stammt nicht aus meinem Kopf und auch nicht aus dem Haus. Es war in keines der Alben geklebt. Ich habe es im Internet gefunden, nachdem ich »Legion Condor Parade Spanienkreuz« eingegeben habe. Ich entdecke Willem nicht auf dieser kolorierten Fotografie, die sich auf meinem Bildschirm geöffnet hat, ich weiß nicht einmal, ob er überhaupt darauf ist. Ob er dort war, am 6. Juni 1939, bei der Parade Unter den Linden, und ob ich ihn finden könnte, hätte das Foto eine höhere Auflösung. Ob er beim Heranzoomen langsam vor mir auftauchen würde, unter den Hakenkreuzfahnen, zwischen den anderen Veteranen, die Hand zum Hitlergruß erhoben. Mit seinem runden Kopf, den langen Grübchen und den kleinen, tief im Schädel liegenden Augen. Dem schon damals über die Glatze gekämmten Haar. Doch je größer ich das Bild ziehe, desto unschärfer werden die Männer. Nur ihre Stiefel sind noch zu erkennen, die hellen Flecken der Gesichter, dunkle Augenpaare darin. Die hinteren Reihen verschwimmen zu Schlieren und Flecken. Hier kann ich ihn nicht finden.

In dem silbernen Spanienkreuz mit gekreuzten Schwertern, das meine Tante, die Schwester meiner Mutter,

Tildas und Willems Nichte, neulich im Café vor mich auf den Tisch legte, fand ich ihn auch nicht. Ich wusste, dass er bei der »Legion Condor« war, darüber wurde in der Familie gesprochen, wenn auch nur verstohlen. Nicht direkt hinter vorgehaltener Hand, nicht so wie über die Abtreibung gesprochen wurde, die er, der Chemiker, vielleicht sogar selbst, vielleicht mithilfe seines Schwagers an Tilda vorgenommen hatte, wer weiß, nachdem sie ihn mit einem anderen betrogen hatte. Über die Behinderung ihrer Tochter Hannah, die ein paar Jahre nach dieser Abtreibung geboren wurde, sprach man in der Familie kaum, über Willems Beteiligung an der »Legion Condor« schon. »Legion Condor« – ohne um seine Bedeutung zu wissen, kannte ich den Begriff schon in meiner frühen Kindheit. Wie ein Zauberwort. Ein verbotener Spruch. Es lag ein ehrfürchtiger Schrecken, eine unheilvolle Lust in den Stimmen: Wir haben einen Nazi in der Familie. Mehrere, ehrlich gesagt. Meine Urgroßeltern mütterlicherseits hatten eine Fabrik in Leipzig, sie beuteten dort Zwangsarbeiter aus. Sie waren in der NSDAP, eine Hitlerbüste stand im Wohnzimmer, so erzählt es wenigstens meine Mutter, Jahrgang 1952, die das ja auch nur vom Hörensagen wissen kann. Doch darum geht es nicht, jetzt nicht: Jetzt soll es um Willem gehen. Denn wir hatten einen, der schlimmer war als die anderen, der bei der »Legion Condor« war. Freiwillig, stell dir vor! Und dann die Abtreibung! Und danach Hannah! So ist das gewesen. Mehr wurde nicht gesagt. Mehr ist nicht herauszufinden im Hinblick auf seine Beteiligung am Spanischen Bürgerkrieg. Die Archive sind abgebrannt, die Familie weiß nichts oder schweigt sich aus. Es bleibt unklar, was er getan hat. Ob er wirklich geflogen ist. Bomben abgeworfen hat. Vermutlich schon, sonst hätte er das Spanienkreuz nicht bekommen. Das silberne Kreuz mit Schwertern gab es nur für die Beteiligung an einem Luftangriff. Das Panzertruppenabzeichen der »Legion Condor« sah anders aus: ein Eichenkranz mit Totenkopf vor gekreuzten Knochen, darunter ein Panzer. Keine Hakenkreuze. Aber wer weiß, Willem war ein Hallodri, vielleicht ist er auf ganz andere Art an das Abzeichen gekommen. Das dennoch Spuren hinterlassen hat in meiner Familie. Das nach wie vor aufbewahrt wird.

Es gibt nicht nur diese eine Fotografie aus dem Internet, auf der Willem vielleicht gar nicht zu sehen ist. Ich habe viele Fotos, ganze Alben voll. Aber da erscheint er immer nur als Privatmensch. Er und Tilda, in irgendeinem Wald. Wie er sie am Gürtel packt und sich zur Kamera dreht, wie sie ihn anblickt. Gleich reißt sie sich los. Gleich stürmt sie davon. In den Wald hinein. Ich gehe ihr hinterher. Willem auch. Ich versinke in dem weichen Untergrund. Tilda will nicht mehr gesehen werden. Sie will verschwinden, unsichtbar sein, auch für sich selbst. Hier ist eine Wurzel, und sie lässt sich fallen in das feuchte Laub. Vielleicht läuft er hinweg über mich und merkt es nicht, denkt sie. Vielleicht rennt er immer weiter, ohne zu bemerken, dass er mich längst verloren hat. Sie ist gestürzt und hat Willem mitgerissen. Er liegt halb auf ihr und halb auf dem kühlen Boden, schlingt seine Arme um sie, gräbt sich in das Laub. Hält sie und den Mantel und die Blätter. Will nichts davon hergeben. Presst sein Gesicht in den wolligen Stoff, seinen Körper an ihren, zerreibt die Blätter zwischen seinen Fingern und kann nicht aufhören, zu weinen und sich an sie zu drücken.

Nichts davon ist auf dem Foto zu sehen. Nichts davon ist passiert. Oder doch? Ich weiß es nicht, kann es nicht wissen. Niemand hat es mir erzählt, ich habe mir das alles bloß ausgedacht. Die Aufnahme muss bereits kurz nach dem Krieg entstanden sein, vor Hannahs Geburt. Und selbst wenn die Chronologie stimmen würde: So wären die beiden niemals hintereinander hergerannt, solche Gedanken hätten sie nicht gedacht. Doch was weiß ich schon, was kann ich wissen? Die beiden hatten ein gutes, ein erotisches Verhältnis, sagt meine Tante. Sie haben oft FKK-Urlaube gemacht. In Jugoslawien, damals. Davon kann ich nichts sehen auf den Bildern, oder doch, auf diesem einen hier. Auf dem schon. Die beiden sitzen sich am Rand einer Zisterne gegenüber, sie im Badeanzug, er in kurzer Hose. Da sieht man, wie klein er ist. Und wie dünn. Sie packt fest seinen dünnen Oberarm, ihre Finger graben sich tief in das kaum vorhandene Fleisch, sein Handgelenk liegt locker auf ihrem Knie. Es steckt etwas in diesem Bild, das ich nicht sehen kann. Es gibt noch mehr: ein paar wenige Fotos, auf denen auch das Mädchen zu sehen ist. Weihnachten, nicht lange bevor sie ins Heim kam. Im Vordergrund der Baum voller Lametta, dahinter Tilda, wie sie Hannahs Hand hält. Die Lippen aufeinandergepresst, der Blick ruht ernst auf dem Mädchen, das mit der freien Hand auf ein Xylophon einschlägt. Den Mund weit aufgerissen, die Zunge schaut hervor. Das rührt mich, vieles daran, aber es hilft mir nicht weiter.

Meine eigenen Erinnerungen: Wie Willem mich blutend durch den Wald zu den Großeltern trug, weil ich mir den Kopf aufgeschlagen hatte. Wie er mit einem Diamantring, den ich auf der Straße gefunden hatte, meinen Namen in die Scheibe unserer Terrassentür ritzte. Zum Beweis, dass es wirklich ein Diamant war. Meine Eltern sind mittlerweile geschieden, das Haus mit der verschandelten Tür ist längst verkauft. Aber die Sensation dieses Regelbruchs überwiegt für mich bis heute die Tatsache, dass ich bei uns auf dem Dorf einen Diamantring finden konnte.

Es ist wenig, woran ich mich in Bezug auf meinen Großonkel selbst erinnern kann. Es gibt Zeugnisse, Dokumente, Briefe, einzelne Sätze daraus: *Ich habe viel Sehnsucht nach Dir, Du fehlst mir eben immer, unser Zimmer ist wie tot. Heute Abend gehe ich mit Tdh. ins Kino ›Jetzt schlägt's 13‹. Aber ohne Dich, ohne Deine Hand, ist es eben nichts*, schreibt er am 20. April 1951. Viele solcher Briefe gibt es. Und die Geschichten, die in der Familie erzählt wurden, in der er immer ein Außenseiter blieb. Alles, jedes Detail, hatte einen Beigeschmack: Der diplomierte Chemiker, auf dessen Briefpapier jedoch Dr. phil. stand. Dass er eine Horex Regina gefahren ist, mit Sozius. Damit haben er und meine Großtante eine Reise nach Spanien unternommen. Wie konnten sie nur, denke ich heute, wie konnte er nur! Ich schaue mir alle Fotos an. Fremd steht er mir gegenüber. Als Kind habe ich ihn geliebt. Weil ich das gespürt habe, diesen Vorbehalt, den leisen Verdacht der anderen. Das hat mich angespornt, etwas in mir entfacht. Ein Kindskopf war er, immer zu einem Scherz bereit. Deshalb habe ich ihn in Schutz genommen, damals, weil ich etwas in ihm sah, das auch in mir selber steckte. Das mich mit ihm verband. Das ist bis heute so, auch wenn ich jetzt merke, dass er völlig anders war. Oder nicht völlig anders, natürlich, aber dass er Seiten an sich hatte, an die ich damals nicht denken konnte und die ich heute nicht genau ausmachen kann. Ein Spieler war er, das bestimmt. Ein Abenteurer. Ein Flieger, einer, der sich freiwillig gemeldet hat. Der mit Anfang zwanzig Bomben abgeworfen hat auf Zivilisten. Der seine Tochter fortgegeben hat. Der unnachgiebig war im Hinblick auf Finanzen, das konnte ich der Korrespondenz entnehmen, die er mit dem Heim geführt hat. Ich weiß von der Abtreibung und dass er sich über die Hemdchen lustig gemacht hat, die die Heimkinder bei ihrer Tanzerziehung getragen haben. Er und Berti, mein Großvater, mit schwingenden Hüften im Wohnzimmer, die Arme emporgerissen: »Jetzt fehlt uns bloß noch unser Hemdchen!« Es wird erzählt, dass er vor Tilda schon einmal eine Frau hatte. Und eine Tochter. Dass diese Frau bei Kriegsende einen erweiterten Suizid unternommen hat, das weiß ich auch, das hat mir meine Mutter erzählt. Aber was er dachte, als er aus der Gefangenschaft heimkehrte und Frau und Kind waren tot, das weiß ich nicht. Und das wird niemals jemand wissen können. Wohin du auch gehst, geh ich mit dir, denkt er und wendet sich ab.

So kehren sie wieder, die Toten. In meiner Vorstellung, als erfundene Gestalten einer erfundenen Erinnerung. Wandern in unserer Zeit herum oder werden von ihr hervorgebracht. Ein Wort wie »Luftkrieg« weist nicht nur in die Vergangenheit, es gehört in unsere Zeit. Auch wenn wir das nicht wahrhaben, wir das lieber vergessen wollen: Genau dieses Nicht-Hinschauen-Wollen ist ein Teil der Geschichte, die verbunden ist mit der unerzählbaren Geschichte meines Großonkels. Geschehnisse, die mir zuvor lediglich wie private Besonderheiten erschienen sind, Unfähigkeiten meiner eigenen Familie, ein persönliches Gebrechen sozusagen, fügen sich nun zu einem anderen, wenn auch unscharfen Bild. Denn wenn hier keiner wagte, »Flugverbotszone« zu sagen im Hinblick auf die Ukraine, wenn es kein öffentliches Innehalten gibt für die israelischen Opfer des Hamas-Terrors, keine einzige Minute, und andererseits in Anbetracht des menschengemachten Horrors im Gazastreifen kaum jemand ernsthaft einen Waffenstillstand fordert oder das Ende der deutschen Waffenlieferungen, ja, nicht einmal wagt, über diese Frage laut nachzudenken, dann hat das auch mit Willem zu tun. Das Zögern, diese unausgesprochene Angst, das selbst verordnete Schulterzucken und Stummbleiben, das Mit-heiler-Haut-davonkommen-Wollen. Das Gegeneinanderausspielen, anstatt miteinander zu reden, zuzuhören, Widersprüche auszuhalten. Das alles hat mit ihm zu tun. Mit meiner Familie. Mit mir. Mit dem, wovon Willem ein Teil war und wovor er davonzulaufen versuchte. Mit dem Bombenkrieg, den Deutschland erfunden hat. Mit der Schuld. Das klebt an uns, ohne dass wir es bemerken wollen. Ohne dass wir überhaupt versuchen, sie abzuschütteln. Denn die Dehumanisierung betrifft ja nie nur die Opfer. Wenn ich mein Gegenüber zum Unmenschen zu machen versuche, werde ich vor allem selbst dazu. Das steckt uns in den Knochen. Das hat zu einem Sich-Ausschweigen geführt, das immer noch anhält. Das sich nun zeigt oder wiederkehrt in einem Sprechen von historischer Verantwortung, das sich selbst nicht ernst nimmt. Das zeigt sich in Rufen nach dem »Nie wieder!« begleitet von solchen nach »Eindämmung« sogenannter illegaler Migration, nach Aussonderung der Nicht-Eingliederbaren, nach Außengrenzen und Abschottung, nach »Abschiebung im großen Stil«, die bloß der Angst das Wort reden und einer verzagten Moral und nichts weiter sind als ein sattes Schweigen und Sich-Verweigern.

Wie soll ich diesen Dingen beikommen? Mit welcher Vorstellung, welcher Erfindung? Mit welcher Lüge?

Ich konzentriere meine ganze Sorge auf den gelben Fisch, der heute gar nicht emporkommen will, der nur noch am Boden liegt, nach Luft schnappt, in dem kaum noch Leben ist, und ich frage mich, ob ich ihm den Gnadentod verpassen soll. Ob ich es darf und mir zumuten kann, ihn mit dem Schraubenschlüssel zu erschlagen und ihn dann das Klo hinunterzuspülen. Er hat viele Nachkommen gezeugt, das Aquarium ist voll von winzigen gelben Fischen, deren Welt nur zusammengehalten wird von ein paar Glasscheiben, auf die ich starre. Doch selbst hier, in diesem menschengemachten Gehäuse, setzt sich das Leben fort bis zu seinem Ende. Eine lange Reihe winziger Schrecken, nichts darüber steht in der Aquarienfibel. Was hat Willem darin zu finden gehofft? Was suche ich? Die Gedanken an ihn sind bloß ein Ausweichmanöver, das mir erlaubt, beim Thema zu bleiben, irgendwie, und doch über das hinwegzusehen, was mir vor Augen liegt. Spielt es überhaupt eine Rolle, ob Willem dabei war, über Guernica? Was er dachte, als er seine Bomben abwarf, was er sah, als er nach unten blickte? Ob er im blinden Zerstörungsrausch davonflog, um gleich zum nächsten Angriff anzusetzen?

Es geht hier nicht um Willem. Nur indirekt, nur weil ich durch ihn verbunden bin mit diesem Krieg, ja, von ihm abstamme, von seinen Schrecknissen und Verbrechen. Den großen. Und auch den kleineren, die daraus folgten, bis heute. Deshalb suche ich ihn. Es geht nicht um ihn. Es geht um das, was er angerichtet hat, er, seine Generation. Die Generation davor. Was angerichtet wurde und immer weiter angerichtet wird. Was wir anrichten. Wovor wir die Augen verschließen. Wie ein Dominospiel, das kein Ende findet. Der Skandal, der Tabubruch, in dem dieser Gedanke kulminiert: die Aussonderung von Unpassendem, bis hin zum eigenen Kind. Der zwecklose Versuch, sich vor dem Wahnsinn der Welt zu retten, indem man sie oder sich selbst hinter Gittern und Mauern verbirgt: Es geht hier um Hannah.

Ich kann nicht anders, ich schlage meinen Geburtstag nach. Und tatsächlich, da steht es: *Saskia 18. Geb.* Mein Name in diesem Kalender eines Toten, geschrieben wahrscheinlich zu Beginn des Jahres 1994, vor dreißig Jahren, in einer Handschrift, die meiner eigenen so frappierend ähnelt. Blauer Kugelschreiber, winzige Buchstaben. Eine Seite für jeden Monat, eine einzige Zeile pro Tag. 12,7 Zentimeter lang und vier Millimeter hoch. Einer beugt sich darüber und trägt gewissenhaft Termine ein. *Kaffee bei Frau W., Friseur, Fotoeinkleben beendet.* Jeder Tag ist ausgefüllt. Wie schnell sie vergehen! Es gibt weitere Spuren, Nachrichten an mich, einen Eintrag in meinem Poesiealbum: *Zum Andenken an meine liebe Saskia! Als Baumschüler kann ich keine Gedichte schreiben. Dein Onkel Willem, 31.10.86.* Der Stapel an Liebesbriefen beweist das Gegenteil. Ist das Selbstverleugnung in meinem Album, Tarnung oder bloß die humorvolle Haltung eines Großonkels gegenüber seiner Nichte, einem zehnjährigen Kind? Mehr sollte ich nicht wissen, alles andere war tabu. Privat. Darin steckt das ganze Dilemma: Ich krame in dieser Privatheit herum, zerre noch das kleinste Detail ans Licht in dem Versuch, eine Geschichte zu erzählen, die allgemeingültig ist, glaubhaft, offen genug.

Nichts davon ist wahr. Nur manche Bruchstücke sind einer gewesenen Realität entliehen. Alles andere, alles dazwischen habe ich mir bloß vorgestellt. Wohin führt das, wohin konnte es führen? Diese ganzen Erfindungen, die Lücken und Zwischenräume. Ist es zulässig, aus dem maßlosen Horror, den die Deutschen während der NS-Zeit und im Zweiten Weltkrieg über Europa und die Welt gebracht haben, ein Familiendrama zu machen? Ein kleines Erzählstück. Um es anders zu sagen: Wie kann ich von Tod, Aussonderung und Internierung sprechen, ohne auch nur ein einziges Mal den Holocaust zu erwähnen. Ist das zu rechtfertigen? Besonders jetzt, in diesen Tagen und Wochen, in denen ich das hier aufschreibe. Ich weiß es nicht. Ich weiß aber, dass meine Figuren ihren Horizont nicht überschreiten dürfen, ohne unglaubwürdig zu sein. Dass ich sie nur mit Gedanken ausstatten kann, die sie auch denken können. Und dass eine solche, wie immer inszenierte, wie immer zögerliche, Begegnung mit den eignen Abgründen, mit der Schuld und dem persönlichen Versagen vielleicht etwas anstoßen kann. Eine Frage, einen Zweifel, der sonst nicht aufgekommen wäre und der vielleicht etwas verändert. Ich habe vieles ausgelassen – wissentlich, unwissentlich –, und auch das fügt sich ohne mein Zutun zu einer neuen Geschichte. Was wir weglassen, was wir verstecken, was wir verdrängen und wegschieben, lebt ja doch weiter und kommt zurück zu uns.

Warum wollte ich diese Geschichte schreiben? Ich wollte Hannah eine Stimme geben. Ich wollte mir selbst eine Stimme geben. Ich wollte etwas erzählen, das noch nicht erzählt wurde. Einen Raum aufmachen, der bislang verschlossen war, den es vielleicht noch gar nicht gab. Den meine Worte erst geschaffen haben. Der Erinnerung ihr Recht geben und sie zugleich verwandeln. Ein Zauberstück. Eine paradoxe, eine letztlich unlösbare Aufgabe: den Toten neue Möglichkeiten schenken, ihnen ein gelingendes Leben versprechen, eine Versöhnung mit sich selbst. Ich wollte herausfinden, warum ich geworden bin, wer ich bin. Aufgewachsen in einer Familie, in der ein Kind mir nichts, dir nichts fortgegeben wurde. Bloß weil es den Erwartungen nicht entsprach. Weil die Fürsorge, die es einforderte, zu viel verlangt zu sein schien. Ich wollte aus der Ohnmacht heraustreten, aus der Sprachlosigkeit. Mir selbst einen Platz in dieser Geschichte einräumen, indem ich meinen Figuren einen schaffe. Und auch den Dingen, die ihnen gehört haben. Mit allem, was daran haftet. Ich wollte sie verstehen: Willem und Tilda und Hannah. Eine Begegnung mit ihren unversöhnlichen Anteilen. Ihren dunklen Winkeln und Flecken, ihren Abgründen. Aber auch den Abgründen des Landes, in dem ich lebe. Aus dem ich stamme. Die heute deutlicher denn je hervortreten. Sich völlig schamlos zeigen. Das hier ist keine Übung in Akzeptanz. Es ist der Versuch, einen anderen Anfang zu machen, eine andere Geschichte zu erzählen. Ohne das Zerstörerische und Kaputte auszublenden, aus dem sie hervorgegangen ist. Auf dem sie noch immer gründet. In dem Wissen, dass nicht alles erzählbar ist. Dass vielleicht gar nichts erzählbar ist. Und es trotzdem versuchen. Ist das naiv? Vielleicht. Ist es mir gelungen? Ich weiß es nicht. Ich habe nach Willem gesucht, um Hannah zu finden. Und auch mich. Auch nach Tilda habe ich gesucht, natürlich, aber es sind vor allem und nach wie vor die Väter, es sind die Männer, die den Lauf der Geschichte bestimmen.

Ich kehre noch einmal zurück zu dem Foto vom Anfang. Eine schiere Menge an deutschen Soldaten, bereit eine Ehrung entgegenzunehmen für ihr grausames Töten von Zivilisten im Spanischen Bürgerkrieg. Guernica. Hier hat die Zerstörung Europas ihren Anfang genommen. Genau hier steckt Willem. Verborgen in der Masse. Und hier stecke auch ich. Wenn ich Willem irgendwo finden kann, dann in diesem Foto. In der Schachtel, in der das Spanienkreuz liegt und die meine Familie seit über achtzig Jahren aufbewahrt. Und auch in dem Kreuz steckt er, das ihm damals jemand an die Brust heftete und das ich heute für dreitausend Euro verkaufen könnte. Es gibt immer noch Interessenten. Das ist vielleicht mehr, als ich mit diesem Buch hier verdienen werde. Und er ist auch in unserem, in meinem Zurückschrecken vor den nötigen Worten und Taten, was dazu führt, dass auch ich in der Rückschau nur ein unscharfes Bild abgegeben haben werde. Wo kann ich ihn finden? Wo steckt er nur? In den Gräueltaten von Butscha. In den Kellern von Mariupol. In Be'eri und Re'im. In Gaza. In mir selbst. Es ist ein Bild von einer mir unergründlichen Vertrautheit.

Frankfurt am Main im April 2024